今昔百鬼拾遺——河童

Konjaku Hyakki Shuui KAPPA

京極夏彥

王華懋——譯

目次

導讀　曲辰

妖怪兮歸來，推理可以附體些：京極夏彥與「百鬼夜行」系列

（本文涉及小說情節，請自行斟酌閱讀）

當我們回顧某個成功人士的一生時，常會將故事起始於某個挑選出來的時刻，並刻意放大、強化那個時刻的象徵意義；有時為了創造一個好的開頭，甚至不惜虛構創造。

然而，在京極夏彥身上，倒是不用捏造。

京極夏彥原本在廣告公司擔任平面設計與美術總監，礙於健康狀況決定辭職，與朋友一起開設小型設計公司，卻因為大環境的關係，根本接不到案子。為了在公司看起來像是有事做，京極夏彥在工作閒暇時寫起了小說。完成作品後，基於「都花了上班的時間，跟用公司的器材印出來了，不要浪費」的心情，他在一九九四年五月的黃金週連假，打電話去本應沒人的講談社Novels編輯部，居然剛好有個編輯接聽。對方發現是個從未出版過小說、也沒得過任何文學獎項的讀者，想要詢問該怎麼投稿。一般而言，像講談社這種設有推理小說新人獎的出版社，不太會接受外來者直接投稿，不過這位編輯仍請京極夏彥寄來，並告知閱讀原稿以及評估是否出版需要幾個月的時間，請他耐心等候。

豈料，第三天京極就接到編輯的電話，表示即將出版他的小說，希望能見面詳談。後來的事我們都

知道了，同年九月，《姑獲鳥之夏》如同希克蘇魯伯隕石浩蕩登場，不但在推理史或娛樂小說史上留下永久的印記，同時也改變了之後的小說生態。

這幾乎是最完美的作家勵志寓言了，一個原本掙扎於生活的青年，居然靠著創作而找到屬於自己的光。

不過，或許我們先來介紹一下京極夏彥，與他筆下最重要的「百鬼夜行」系列。

京極夏彥與「百鬼夜行」

京極夏彥出身於北海道小樽，要知道一直以來，北海道都被日本統治者視為化外之地。只打算從中獲取自然利益，沒想過要好好經營，直到十九世紀末才被視為日本的一部分，積極進行開發。這也造成北海道的「和風」極為淡薄，特別是小樽，洋溢著西式風情。但就在這樣的距離感中，京極夏彥對「何謂日本」格外著迷。尤其是在民俗或宗教的部分，他甚至還曾考慮成為僧侶，希望可以終日過著讀書與思考的日子。不過，後來他發現經營寺廟需要的絕非閱讀或知識，於是打消念頭，決定做一個人也沒問題的美術設計工作。

根據京極夏彥自述，他從小就喜歡讀書，熱愛由文字建構出的世界，總會超出同齡人的閱讀傾向。他在小學時便靠著字典來猜測漢字的意思，讀完了「柳田國男全集」，並在這位日本民俗學之父的啟發下，對民俗學、宗教這類隱藏於現代文明縫隙的存在產生興趣，「無論說有多喜歡都不為過」，繼而投入水木茂以「鬼太郎」為中心的漫畫世界中，展開對妖怪的思考。這也就是為什麼，《姑獲鳥之夏》的人物設定與故事題材原本是打算畫成漫畫，最後卻發現還是寫成小說比較好，「因為文字比較能保留那種幻想的可能」。

而由《姑獲鳥之夏》開啟的「百鬼夜行」系列，至今將近三十年，出版九部「本傳」與八部「外傳」，外傳暫且不計（註），本傳作品如下：

一、《姑獲鳥之夏》，一九九四年九月。（六百三十頁）
二、《魍魎之匣》，一九九五年一月。（一千零六十頁）
三、《狂骨之夢》，一九九五年五月。（九百八十二頁）
四、《鐵鼠之檻》，一九九六年一月。（一千三百五十九頁）
五、《絡新婦之理》，一九九六年十一月。（一千三百八十九頁）
六、《塗佛之宴——備宴》，一九九八年三月。（九百八十一頁）

註：外傳作品有：《百鬼夜行——陰》（一九九九年七月）、《百器徒然袋——雨》（一九九九年十一月）、《今昔續百鬼——雲》（二〇〇一年十一月）、《百器徒然袋——風》（二〇〇四年七月）、《百鬼夜行——陽》（二〇一二年三月）、《今昔百鬼拾遺——鬼》（二〇一九年四月）、《今昔百鬼拾遺——河童》（二〇一九年五月）、《今昔百鬼拾遺——天狗》（二〇一九年六月）。除了「今昔百鬼拾遺」的三本外，均為短篇集，這三本後來出版合集《今昔百鬼拾遺——月》（二〇二〇年八月）。

七、《塗佛之宴——撤宴》，一九九八年九月。（一千零七十頁）
八、《陰摩羅鬼之瑕》，二〇〇三年八月。（一千兩百二十一頁）
九、《邪魅之雫》，二〇〇六年九月。（一千三百三十頁）（註）

這系列的故事雖然常被命名為「推理小說」，也基本上是依循著「命案發生—偵探介入—真相大白」的敘事邏輯，但細究內容，卻顯得有些不同。

本系列可以稱為偵探的有兩個角色，一個是職業上的偵探——榎木津禮二郎。身為華族之後，卻自己出來開私家偵探社，不過不做任何普通私家偵探會做的跟蹤、調查之類的事。畢竟「調查是下賤的人所行之事，身為神的我是沒必要做的」，又具備觀看他人回憶的超能力，讓他常會有如天啟般說出真相，但由於語焉不詳，在小說中往往扮演著混淆讀者的功用。真正擔綱讀者眼中的偵探的是中禪寺秋彥，開了舊書店「京極堂」並以此為名。不過，除了舊書店老闆外，他還繼承武藏晴明神社，擔任宮司／陰陽師，副業則是專門「驅逐附身妖怪」（憑物落とし）的祈禱師（拜み屋）。

特別之處就在於這個「偵探〃陰陽師」的人物結構中，對口頭禪是「世上沒有什麼不可思議的事」的京極堂而言，解決事件並非僅僅找到「真相」，而是如何將「不可思議」變成「可思議」的過程。相較於其他推理小說的核心關懷是「誰殺的」，「百鬼夜行」系列的問題在揭曉兇手後才真正展開。

正因如此，就算是讀者眼中的偵探，京極堂也從未做過如福爾摩斯那樣蒐集物理證據，或是像白羅那樣到處打聽推敲出言詞的漏洞之類的事情。他更重要的工作，毋寧是將案件及其衍生現象賦予一個總括的「形體」——多半是利用妖怪的象徵概念，再拆解這個形體，讓書中的當事人與書外的我們知道事件背後的結構，得以用「理解」去對抗「附身妖怪」，而只有驅逐了附身妖怪，京極堂的任務才能宣告完結。

之所以會如此設計，或許我們還得回到九〇年代日本推理小說的發展來看。

「百鬼夜行」與新本格

眾所周知，松本清張一九五七年的《點與線》引發日本的社會派風潮，此後三十年本格推理小說只能靠少數堅持不輟的作家延續命派，這段時間甚至被笠井潔稱為「本格之冬」。直到綾辻行人《殺人十角館》於一九八七年出版，從此被標記為新本格元年。

綾辻行人在小說的開頭，清楚地劃分出新本格與社會派的世代遞嬗。他假大學推理社團成員之口說出「我不要日本盛行一時的『社會派』現實主義。女職員在高級套房遇害，刑警鍥而不捨地四處偵查，終於逮捕男友兼上司的凶手歸案——全是陳腔濫調。貪污失職的政界內幕、現代社會扭曲產生的悲劇，全都落伍了」，並同時強調推理小說就是「遊戲」而已。

儘管這極有可能是年少時的狂言戲語，但綾辻行人提出的「遊戲」，很好地說明了新本格的傾向。

註：出版日期以日本新書版的初版為主，頁數則參考講談社文庫版本。

如果我們將遊戲定義為「在規則的限制下，進行一連串互動，需要有個結果並從中獲得愉悅感」，什麼會是「小說」的基本規則呢？我想應該是語言吧，用文字來表現故事以及意欲表達的東西，正是小說的無上命令。換句話說，一種基於遊戲而出現的推理小說，或許正是意識到語言占據的主宰位置，進而對其產生顛覆的意欲。

所以，一種無視現實世界運作規則，甚至無法在真實層面運作的詭計：「敘述性詭計」誕生了。當然，這種基於敘事才能成立的推理小說詭計早就存在，但在八〇年代後現代主義盛行之際，普遍對於這個世界是否有絕對的真實感到困惑，並對我們予以信賴的語言產生質疑時，這個寫作手法卻迅速地引起了新本格作家的興趣，繼而發揚光大。

不過，對京極夏彥來說，語言原本就是無法信賴的東西。他曾經將人的意識比喻為「類比」，語言就是「數位」。在類比的世界中，一如時鐘，指針是均勻地從1移向2，是一種連續性的展現；然而數位時鐘的盤面上，則是直接從1跳到2，無法意識到中間的變化，並構成「不連續性」。正因語言的不連續性，只能截斷並保留某時某刻的想法，當意識化為語言的同時，意識早就繼續往前邁進，這是一個永恆的逸脫的過程。在「百鬼夜行」系列中，他試圖以推理小說的形式來展現這種語言的不可信任，案件本身往往非常單純，但當每個當事人都透過自己的語言企圖謀奪某種真實性的同時，這些言語的交混便會拖延解謎的關鍵。對偵探（＝京極堂）而言，解謎並不困難，麻煩的地方在於，如何藉由自己的語言框限眾人的認知，繼而推導至他希望的結果。對作者（＝京極夏彥）而言，寫推理小說也並不困難，但為了提醒讀者這種語言的不可信，他開始引渡大量的知識進入小說之中，透過偵探之口達到某種調和，繼而讓讀者發現，語言這種可以被任意操作的東西，恐怕才是最需要保持懷疑的對象。當他希望處理的東西越來越複雜麻煩時，他需要動用的知識（＝語言）也就越來越多，這便造成了他小說篇幅益趨膨大的原因。

京極夏彥當初因公司生意不好而寫起小說，但歸根究柢是當時泡沫經濟崩潰，全日本都處於景氣寒冬。日本的企業神話破滅，過去以為不可能動搖的世界產生裂痕，為新本格這種在質疑世界構成的文類打下受歡迎的基礎。於是，京極夏彥成功擴大新本格的受眾，也為自己開創了條獨一無二的寫作道路。

更別提，他還有妖怪呢。

新本格與妖怪

在推理小說的發展中，將鄉野傳說、民俗信仰與殺人命案結合的所在多有，早期西方有約翰・狄克森・卡、日本有橫溝正史，到了九〇年代初期，也有如《金田一少年事件簿》這類漫畫做出現代的嘗試。但這類小說多半有明顯的「否定怪異、高舉理性」的特色，讀者從一開始就清楚知道那些怪物並不存在，就像人工調味料一樣，只是點綴。

但在京極夏彥筆下，妖怪從一開始就占據重要的位置。如果回頭看「百鬼夜行」系列的書名，會發現都是「『妖怪』之『漢字』」這樣的組合，他曾在一次訪談中表示，「妖怪就是啟發整個故事的開端，漢字則總括情節的發展，但我並不會去直書妖怪，而是透過後面的漢字來提醒讀者妖怪的存在」。

如果用台灣同樣在研究妖怪與創作推理小說的作家瀟湘神的說法，就是「京極夏彥的小說中，妖怪是不登場的，但正因不登場，無法被否定，也就可以殘留在讀者的心中」。

「百鬼夜行」系列的故事背景多設定在第二次世界大戰後的日本，儘管故事有時會回溯到戰爭時期或戰前，但如果限定事件本身，九部本傳的時間甚至侷限在一九五二至一九五三的兩年。京極夏彥創造出一個時間凝滯在結界內的世界，在其中盡情地放任妖怪馳騁。這恐怕是因為，那是妖怪還能存在的最後時光了。京極夏彥認為，妖怪可分成兩種：一種是角色化的妖怪，一種是存在於言說中的妖怪。前者藉由圖像表現妖怪的形象，成功建立起大眾的認知，但問題就在於，視覺是一種絕對性的感官。當一個妖怪被圖像化／角色化，等同於定型，這種定型奪走妖怪的可能性，無論是江戶時期的鳥山石燕或昭和時期的水木茂都在做類似的事情。口傳型的妖怪則有各種變形的可能性，還可因應時代與地方做出變形。只是，二次世界大戰之後，日本必須成為現代國家，需要用科學摧毀那些妖怪的存在可能，讓牠們只能存在於畫冊或圖鑑之上，實在是太可憐了。在可能的範圍內，他想重新召喚妖怪，賦予牠們生命。

在華人世界的概念中，妖怪是一種超自然的、威脅到人日常生活的東西，只是「百鬼夜行」系列常把妖怪視為一種「解釋機器」，用來概括描述那些人們無法理解的存在，更用來概括那些人們的恐懼或哀傷。無論是自然定律或人的內在心靈，妖怪得以將「現象」具象化，而一旦具象了，人就能驅逐、迴避，甚至嘲笑牠們。儘管是被排拒出的、殘渣一樣的存在，反倒成為文化或日本本身的具象物。

這讓京極夏彥書寫的妖怪推理獨樹一幟，因為他想書寫的，並非單純的事件或人心的形狀，而是想透過「百鬼夜行」系列，重新書寫傳統、理解現代的根由，對這個世界做出專屬於他的解釋。

畢竟，「這世上沒有不可思議的事，只存在可能存在之物，只發生可能發生之事」。

作者簡介——

曲辰，一個試圖召喚出小說潛藏的世界樣貌的大眾文學研究者。相信文學自有其力量，但如果有人能陪著走一段，可能得以看到更清晰的宇宙。

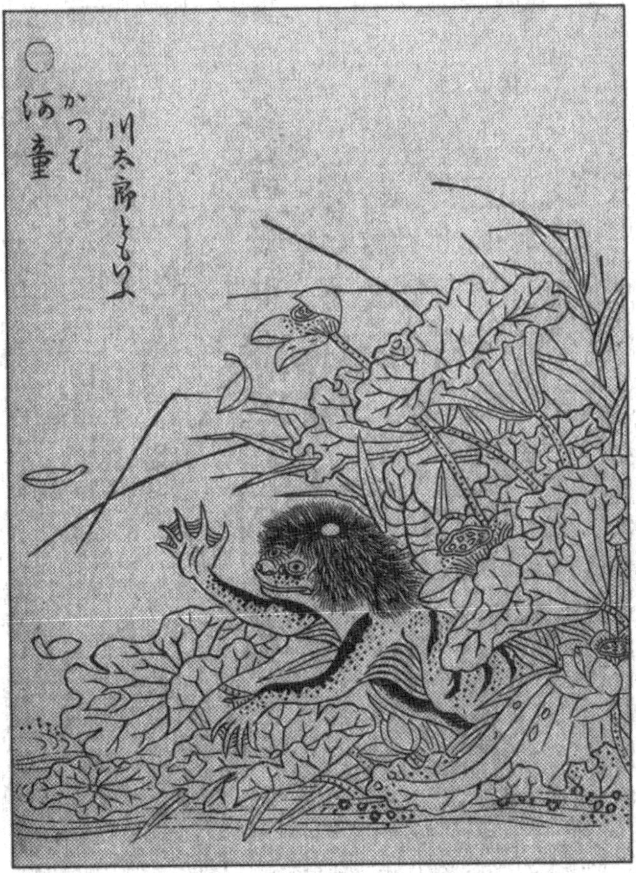

◎河童——

亦稱川太郎

——畫圖百鬼夜行／陰

鳥山石燕／安永五年

1

「怎麼說這麼沒品的事……？」

她倒不這麼覺得。

吳美由紀並不覺得如何，橋本佳奈卻板起了臉孔。

「傳說就是這麼說的，有什麼辦法嘛。」市成裕美說。「這不是我瞎編出來的內容喔，佳奈同學。」

「可是，那個、那個……」

片刻之後，美由紀才察覺佳奈是說不出「屁股」這兩個字。屁股和手腳一樣，都是身體部位之一，卻連說出口都不敢，未免太離譜了。

「聽說喜歡紫色的屁股。」裕美說。

「紫色？哪有那種、那種……」

「橋本同學說不出『屁股』兩個字。」美由紀話聲剛落，裕美便驚呼一聲「哎唷」，佳奈則是尖叫，雙手覆臉。

「可是……像屁股受傷的時候，橋本同學要怎麼說明？」

「那種地方才不會受傷呢，美由紀同學。」佳奈說。

「不過……對了，有可能被蟲子叮咬啊。」

「討厭啦，美由紀同學，那麼丟臉的地方才不會被蟲子咬。因為那裡又不會光溜溜地露出來。」

「什麼光溜溜，佳奈同學的說法才沒品呢。」裕美笑道。

「露出來……那是小朋友被打屁股的姿勢嗎？蚊子就是趁這時候叮屁股吧。好好笑。」

這景象確實好笑，因此美由紀哈哈大笑。裕美見狀，說：

「美由紀同學的笑法好像我家奶奶，也不是奶奶……是阿婆。」

「阿婆？」

「我奶奶是岩手人，腔調很重。我父親和阿婆說話的時候，都會變成鄉音兒。」

「什麼鄉音兒……」

這說法也很好笑。

這些人說話，似乎有自己的一套。每個人都有些矯揉造作。在這種環境下，會沒辦法說出「屁股」兩個字，也不是無法理解。

美由紀不會屈服於這樣的同儕壓力。不，不是不屈服，而是學不來。她試過換成文雅一些的措詞，或是不必要地使用尊敬語，卻是跌跌撞撞，一下就露出馬腳。

那才像是狗顛屁股，逢迎得難看。

「腔調差那麼多嗎？」美由紀問。

「有時候完全聽不懂。」裕美說，「他們的語尾都會加上『唄欸』之類的音。」

「我爺爺也會。」

「是嗎？我記得美由紀同學的家鄉在千葉，對吧？」

「我爺爺是房總（註一）的漁夫。不過他不捕魚了。」

「千葉沒有嗎？」

——河童。

哪裡都沒有河童吧。

不，這樣說太掃興了，但美由紀從小就不記得聽過什麼河童的傳說。若是海入道（註二），她似乎聽過，但海入道應該不是河童。

「海裡有河童嗎？」

「不清楚呢。海裡抓不到河魚，所以沒有河童吧？」

「可是，佳奈同學，鮭魚不是從海裡溯河而上嗎？那樣一來，海裡有沒有河童就很難說了。」

「不是相反嗎？或許不是溯河而上，是流向大海呀。不是有句俗諺『河童溺水』（註三）嗎？」

兩名同學咯咯笑起來。

從樹葉間灑下的金燦碎陽有時扎得人眼花。

註一：安房、上總和下總的總稱，為日本古代行政區名，是以現今千葉縣為主的地區。

註二：亦稱海坊主（海和尚）、海法師等，一種海中妖怪，傳說愈是仰望，就會變得愈高大，但俯視就會消失。

註三：類似「人有失手，馬有亂蹄」之意。

因為夏季的腳步近了吧。

星期六午後，美由紀和同學坐在校園長椅上，漫無邊際地閒聊。

這應該是稀鬆平常的景象，然而三人的話題，卻與世人一般認為女學生會聊的內容大相逕庭。

世人似乎認為，女學生這種生物聚在一塊，只會聊甜食、愛情之類甜膩膩的話題——雖然實際上也常聽到這類內容——不過並非如此。

女學生是非常普通的，美由紀心想。

雖然美由紀不知道什麼叫「普通」，也覺得世上沒有所謂的普通，但她並不認為校園格外特殊。

當然，她就讀的學校是寄宿制，幾乎與世隔絕，學生會聊到的事物有限，加上年紀相近，話題確實會有所偏頗。所以，話題會侷限在某些事物上，但就像流行趨勢，並非總是固定。

不能把女學生一視同仁、一概而論。

事實上，現在她們聊的就不是甜食，也不是愛情。

什麼不好聊，美由紀和同學們居然在聊河童。雖然她也覺得女學生針對河童談論風生，再怎麼說都太奇怪了。

「會不會是稱呼不一樣？」裕美正色道。

「稱呼？……河童不就是『Kappa』（註）嗎？」

「我奶奶把河童叫做『medotsu』或『medochi』呢。發音介於『tsu』和『chi』中間。我以前都不知道她在說什麼，一直以為有這種名稱的動物。」

「聽起來好奇怪，那是日語嗎？」

「真沒禮貌，岩手在日本，當然是日語啊。可是，岩手人把牛叫做『bekoko』，詞彙有些不一樣。母牛叫做『mekka』。」

「Beko我好像聽過，但母牛的稱呼根本是外國話了。」

「所以，我也問阿婆，medochi是什麼？結果阿婆說是fuchizaru。」

「更莫名其妙了。」

「其實是fuchi（淵）和saru（猿）合在一起，淵猿。」

「淵？是積水的水淵嗎？或者，不是積水，是河流水深的地方嗎？」

那種地方有猴子嗎？

「猴子不是住在山上嗎？」

「那不是猴子，因為住在河裡，加上長得跟猴子一樣，才叫做『淵猿』吧？」

「是嗎？」佳奈質疑。「河童和猴子長得又不像。」

「像吧，外形都宛如小小的人，而且臉紅紅的。」

「什麼？」佳奈露出前所未見的表情，「河童的臉是紅的？我從沒聽過。」

美由紀也從不認為河童是紅色。

註：在日文中漢字寫為「河童」，發音為「カッパ」（kappa）。

「佳奈同學是南方人，對吧？」

「我是宮崎人。」佳奈回答。「我在宮崎住到六歲。」

佳奈說，九州有很多河童。

「很多河童……？」

「名稱也形形色色，像是hyozunbo、sekonbo、karikonbo等等。」

聽起來實在是莫名其妙。

「那不是別的東西嗎？」美由紀問。

「各有一點差異，不過半斤八兩，都是河童。每個地區應該不同，但如今已混合在一起，沒辦法明確區別。牠們會咻咻叫，冬天住在山裡。」

這次換裕美「咦」地怪叫，一點都不像她會發出的聲音。

美由紀覺得有點好玩。

總是隨時努力表現得像端莊淑女的同學，為了河童的話題，竟忘掉矜持。美由紀不會說這才是她們的本性，但顯然也有這樣的一面。

雖然美由紀一向是這副德行。

「住在山裡就不是河童了。」

「所以，那不是河童，是hyozunbo。名字裡沒有河川的要素。」

「那就是跟河童不一樣的東西吧？如果是河童，名字應該會和河川有關吧？」

「不，就是河童。妳說的那個me……」

「Medochi。」裕美說。

「那個medochi，也不是河童，是猴子吧？因為在我們家鄉，猴子是用來驅河童的。」

「養猴子來驅河童嗎？」

美由紀問，佳奈回答「不是」。

「聽說猴子和河童是世仇，猴子在陸地上看到河童，一定會找碴打架。即使在水裡，猴子的氣也比河童長，所以猴子更厲害。」

「我才不相信。」裕美說。「佳奈同學，妳說猴子在水裡待得比較久？猴子又不是魚，不可能的。」

「又不是我說的，只是我以前住的地方有這樣的傳說。這不是信不信的問題。何況，我看過猴子，卻沒看過hyozunbo。」

「我也沒看過medochi。」

美由紀覺得那些生物根本不存在，但沒吭聲。

小時候……或許是相信的。不，美由紀打出娘胎以來，應該從未思考過世上有沒有河童——不，她根本沒關心過河童這種東西。

「河童不是會拖馬嗎？」佳奈說。

「拖馬？什麼意思？」

「河童會拖馬。」佳奈強調。

拖那種東西要做什麼？

馬的體型那麼龐大。在美由紀的認知當中，河童的身材與小孩子相當，原來河童還是大力士嗎？

「岩手的河童不會拖馬嗎？宮崎的河童就會拖馬。」

「會呀。佳奈同學說的拖馬，是把馬拖進水裡，對吧？河童就是這種生物。」

這個部分一樣啊？美由紀心想。

「所以，有些村子會在馬廄的屋簷吊掛猴子的手。聽說這麼一來，河童就不敢靠近。」

「猴子的手？天哪，好殘忍！」裕美說，「不過，這太奇怪了。我岩手的阿婆說，medochi和猴子是世仇，卻是同類。猴子長大以後，就會變成猴子的futtachi（經立）這種怪物，最後變成medochi。」

這……美由紀覺得不可能。

而且什麼「經立」，完全聽不出是什麼玩意。

「『經立』是長壽動物變成的怪物。像雞、狼，甚至是魚，只要活得夠久，就會變成經立。然後，猴子的經立有時候會變成medochi。這個medochi如果在家裡定居下來，就會變成座敷童子。」

「那是什麼？」

美由紀聽得一頭霧水。

「住在座敷——也就是房間裡的童子。」

「童子？兒童嗎？是小孩？」

「是小孩。」

「人類的小孩嗎？」

「那樣就是普通的小孩子了呀。」裕美笑道，「住在座敷的童子，所以叫座敷童子。像河童，不就是河裡的童子嗎？是相同的道理。只是外表像人類的小孩，並不是人類。」

「咦，不是人類，會是什麼？怪物嗎？家裡怎麼可能有那種東西？」

「我怎會知道呢？」裕美說，「我又沒看過，也許是人類看不到的東西。畢竟不是人類。」

「河童走進人類的家裡，就會變得看不見嗎？」

美由紀覺得很奇怪。

「我也聽說河童會隱身。」佳奈說。「會變得看不見。因為河童是妖怪嘛。」

「河童不是動物嗎？」

「動物哪會說話？而且，動物也不會玩相撲。」

「河童會玩相撲嗎？」

美由紀第一次聽說。

但她難以想像。

無論是否真實存在，河童應該就像一種小動物。這種小動物居然會玩相撲？連猴子也不會玩相撲吧。

「是像狗那樣互相撲咬嗎？」

「河童會向人類挑戰。在九州是這樣的。」

「在東北也是如此。河童好像會找人類玩相撲。」

「那河童果然會說話嘛。」

美由紀總覺得和自身的認知落差極大。

也許是美由紀對河童有著相當特殊的先入為主觀念。

「不管是動物還是妖怪，如果會說話，應該很可怕吧？要是那種東西來攀談，該怎麼辦？一口答應，跟牠玩相撲嗎？」美由紀說。

「這是傳說嘛。」兩人異口同聲回答。

「東北的情況我不清楚，但在九州是流傳許久的鄉野傳說。我小時候似乎還有人看到河童，但玩相撲的事已成為傳說。」

「咦，討厭啦。佳奈同學，妳那樣說，彷彿東北是什麼蠻荒的化外之地。要說距離東京遙遠，九州亦不遑多讓。在岩手，河童會玩相撲也只是傳說。在我們的傳說裡，河童是長命百歲的猴子變成，然後進入有人居住的家，就會變成座敷童子。如果座敷童子定居下來，該戶人家會大富大貴。萬一離家，那戶人家便會滅絕。」

「真傷腦筋。」佳奈說。

「有什麼好傷腦筋的？難道有座敷童子離開了嗎？」

「我從沒聽過那種傳說。況且，要是根本看不見，怎麼知道離開了呢？河童才不是那種古怪的東西，河童就是河童。在我的故鄉，河童是人偶變成的妖怪。」

「嗄？」美由紀發出怪聲。

一個接著一個，愈說愈玄了，美由紀暗想。

實在是……

「不可能。」裕美笑道，「佳奈同學說的人偶，是指娃娃嗎？未免太荒唐了。是女兒節娃娃、市松人偶、換裝娃娃之類的人偶嗎？這些連生物都不是呢。」

「反正是妖怪吧？」美由紀說，「既然是妖怪，什麼情況都有可能吧？」

不管是猴子或人偶，都不可能變成河童。如果有可能變成河童，換成是南瓜或蜥蜴也不奇怪。這麼一來，若說是枕頭或凳子也沒差。

「如果什麼情況都有可能，就沒什麼好說的了。只是就這樣算了……總教人不甘心。」

美由紀認為這沒什麼值得爭的，但因為覺得有趣，她並未插口。

何況，這兩位同學平素愛聊的都是些閃亮亮、如夢似幻的話題。連「屁股」兩個字都說不出口的女孩，居然為了河童較真，讓她們繼續發揮，自然好玩許多。

「河童是人偶變成，這不是我們故鄉的傳說，而是從鄰近的縣轉學過來的同學告訴我的。這裡指的人偶，我覺得是類似稻草人的東西。據傳古時候有個知名的工匠，擔任工頭進行大工程，卻人手不足，於是他往人偶裡注入生命，把它們當成工人使喚。」

「那是……魔法嗎？」

「不知道，畢竟是古時候的事了。工程結束，工匠不曉得該如何處置那些人偶，便全部丟進河裡。然後……」

「就變成河童了嗎？」裕美狀似不服地說，「這未免太奇怪。稻草人和河童，不會差得太遠嗎？」

「會嗎？河童的手不是很長？」

「猴子的手也很長呀。」

「河童的左右手連在一起。拉右手就會伸長，然後左手跟著縮短。喏，稻草人的雙手不是一根棒子嗎？兩者是一樣的，但猴子並不是這樣吧？」

「真要這麼說，稻草人也沒有毛啊。何況，稻草人不會動。不，別說稻草人了，人偶也沒有毛。」

「咦，有啊，市松人偶就有頭髮。」

市松人偶的頭髮……應該是植上去的吧？美由紀心想，但並未多話。

「市松人偶還是河童髮型（註）呢。」

「這樣就說人偶會變成河童，太好笑了。」裕美笑了起來。

「可是，河童就是人偶變的呀。什麼童子的妖怪，我才沒聽過。而且hyozunbo夏天住在河邊，到了初秋就會進入山裡。」

「那就不是河童，是山裡的童子吧？那到底要叫什麼？山童？」

「沒錯。」佳奈回答。「所謂的hyozunbo或sekonbo，可能是在山裡的名稱。總之，聽說河童會像候鳥一樣遷徙。」

「候鳥？Medochi是候鳥嗎？」

「Hyozunbo啦。因為hyozunbo會飛。」

裕美不禁瞪圓雙眼，「這就更離譜了，河童沒有翅膀。如果佳奈同學說的那東西是河童，沒有翅膀要怎麼飛？拍動手腳的蹼嗎？還是像弓箭一樣射出去？或者，像雲一樣輕飄飄地浮在天上？稻草人不會飛吧？這麼荒誕古怪的事，就算是傳說也太離譜了。河童是山裡的猴子活得夠久，變成淵猿，住在河裡做壞事，最後進入有人的家成為守護神。做為傳說故事來看，這樣比較精彩完整，不是嗎？」

「可是，不管活得再久，猴子都不可能住在水裡吧？」佳奈反駁。

這一點美由紀也同意。

「就像魚不會爬上陸地吧？」

「稻草人也不會在天上飛呀。」

「河童不是稻草人，是被施魔法的人偶變成的。不管怎樣，都不是什麼上了年紀的猴子。」

「是嗎？」

各執己見——倒不如說，兩人都樂在其中。

「還是猴子啦。證據就是，不管是猴子、河童或座敷童子，臉都是紅的。猴子的臉不是紅色嗎？座

註：在日文中，娃娃頭髮型就稱為河童髮型（おかっぱ）。

敷童子也是紅臉。」

「我沒聽過什麼童子。」佳奈說。「而且medochi不是紅色。該怎麼形容呢？是茶色，或者說褐色，是常見的動物顏色。河童是這種顏色。」

「什麼叫『常見的動物顏色』？太模糊了。譬如是什麼顏色？」

雖然可以理解佳奈想要表達的意思，不過世上有形形色色的動物，顏色也五花八門，但周遭可見的動物，體色頂多是白色、黑色或褐色，不同於禽鳥，想不到有什麼體色接近紅、藍、黃之類原色的動物。

「真要說的話，就是褐色。」佳奈答道，「像狗或鼬鼠的顏色。和水獺那類動物一樣的顏色。這些動物的顏色並不搶眼吧？即使有點偏紅，也都在褐色的範圍內。」

「猴子的臉是紅色。」

「所以，紅臉動物只有猴子吧？河童的臉和猴子一樣紅？我無法想像。妳說是吧，美由紀同學？」

「河童……不是青色嗎？」

美由紀一開口，兩名同學都一臉怔愣，瞬間沉默。

真好玩。

「也不是青色，是綠色吧？喏，和青蛙一樣的顏色。」

美由紀一直感到如鯁在喉。因為她認知當中的河童並非獸類。河童應該比較接近兩棲類或爬蟲類吧？

「怎麼會呢？」原本針鋒相對的兩人突然同仇敵愾起來。

「怎麼可能是那種顏色？那才是太離譜了。若要說是綠色，我覺得更接近紅色。也不是紅色，如果是赤黑色……就是烏龜那種顏色，還能理解。」

「就是說呀，才不是青蛙。不過，是紅色的。像臉就是大紅色的。何況，美由紀同學，又不是鸚鵡或鸚哥，世上哪有那種全身長滿綠毛的動物呢？」

「毛？」

原來河童有體毛嗎？

佳奈說的褐色，不是膚色，而是毛色嗎？既然舉出鼬鼠和水獺當例子，表示佳奈認為河童有體毛吧。不，就算支持裕美，這一點也一樣嗎？仔細想想，除了臉以外，猴子也全身上下都是毛。不──河童的身體有毛嗎？不是光溜溜的嗎？

「河童不是滑溜溜的嗎？也不是滑溜溜，怎麼形容……就是像壁虎那種感覺……」

美由紀只看過這樣的河童圖畫。

倒不如說，美由紀對河童的記憶，似乎僅限於畫上的河童。雖然不記得是何時、在哪裡看見，但到處都有河童的畫像。

「那是漫畫。」裕美說。「野犬黑吉（註）是狗，可是現實中才沒那種狗。身體塗成黑色，應該是黑毛的意思吧？狸貓也一樣，畫上和塑像雖然是那種造型，其實是長得像狗的動物吧？」

確實，那是簡略化的漫畫，不可能把毛一根根畫出來。不是寫生的話，外形當然會不同。塑像也是相同的道理。

但顏色呢？

「顏色也完全不一樣呀。現實中的黑狗才不像那樣一團漆黑，真正的狸貓也和塑像、漫畫不一樣，整體偏黑色。那些創作都經過省略或誇張吧。」

「就是啊。有時候我回家會看哥哥的漫畫書，漫畫書裡有些奇怪的東西。明明是活的章魚，卻畫成紅色，熊也是一團漆黑。」

確實，圖畫與實物不同。外形相異，顏色也不同。

不過，顏色都彷彿是那麼回事。

如果要形容真正的章魚，應該是灰色，但只要燙熟，就會變紅。美由紀是漁夫的孫女，很清楚這一點，但一般人看到的都是燙過的熟章魚，漫畫才會畫成紅色吧。許多人都看慣了熟章魚，誤以為章魚是紅色，才會畫成紅色。

然而，應該沒人會把章魚畫成綠色。不管是炸過或冰鎮過，無論怎麼料理，日本的章魚都不會變成綠色。

那麼，河童也是如此吧。

既然畫成綠色，就有這麼畫的理由。許多人認為河童是綠色，才會畫成這種顏色，不是嗎？

「可是，我覺得河童是綠色。」美由紀說。

「不可能。」兩人應道。

「Medochi和淵猿，臉都是紅色。」裕美說。

「Hyozunbo、sekonbo和karikonbo也都不是什麼綠色。」佳奈說。

「等一下。」美由紀出聲打斷。「欸，我問個基本的問題，妳們說的真是同一種東西嗎？全都是河童？」

「是河童呀。」兩人異口同聲回答。

「Me……什麼呢？Medachi？Medochi？跟淵猿一樣嗎？」

「一樣又不一樣。」裕美說。

「九州那邊呢？那個hyo什麼se什麼的，不是有很多嗎？那些都一樣嗎？」

「我不知道。不過，大致上都當成同一種東西，感覺只是名稱不一樣。」

「類似我們會把狗叫成『汪汪』嗎？還是，那是各地不同的方言？」

美由紀總覺得並非如此。

「那些名稱，連『河童』這個詞的邊緣都沒擦到吧？相差這麼多，兩位怎能斷定它們就是河童？這一點我有些疑問。」

兩人面面相覷。

註：《のらくろ》是田河水泡的漫畫作品，描寫加入狗軍隊「猛犬聯隊」的孤兒野犬黑吉的故事。從戰前一九三一年開始連載，並改編為動畫。

「一定有綠色的河童。」

這時，一道聲音忽然插了進來。

長椅後方的大榆樹背後，小泉清花探出頭。

「小泉同學……」

果然是美由紀的同班同學。

「咦，討厭，清花同學偷聽我們說話嗎？真沒家教。偷聽是不好的行為喔。」

「我本來就待在這裡，可沒偷偷摸摸。而且我一點都不想聽，是妳們自己說給我聽的。妳們過來之前，我一直坐在這棵樹後面看書。即使不願意，聲音也會傳進我的耳朵。」

「咦！」裕美和佳奈驚呼，又面面相覷。

「吵得我分心，根本讀不下書。」清花說著，走到長椅旁邊。

她的裙子沾到草葉，應該是真的坐在草地上吧。怎麼不鋪條手帕呢？美由紀心想。

「我是東京人，家族代代都住在東京，是不折不扣的江戶子。東京也有很多河童。」

「原來東京也有……」

美由紀起身讓位。清花露出奇妙的表情，說了聲「謝謝」，細心拂去裙子上的草葉後坐下。

「各位，聽仔細了。日本狆和柴犬，長得完全不一樣，對吧？柴犬的眼睛沒狆那麼大，狆的毛也沒柴犬那麼短。好比土佐犬，長相非常凶猛，但牠們全是狗。」清花說道，「對吧？」

「唔，全是狗沒錯。」

「可是，如果一個人只知道土佐犬這種狗，當他看到日本狆，會認為那也是狗嗎？會把牠當成長著白色和黑色的長毛、眼睛大得詭異、性格溫馴、叫聲可愛、身材嬌小得要命的土佐犬嗎？」

「應該不會吧。」佳奈說。

「我不知道土佐犬長什麼樣子。」裕美說。

美由紀則想不起來日本狆是怎樣的狗。

「我家養了一隻狆。」清花說。「名叫阿角，牠的身形比野貓小。由於我們知道牠是狗，才會把牠當成狗吧。如果得知牠是另一種動物，應該也會接受。因為相較之下，貍貓、狐狸和狼更像狗。可是，大家知道那些動物不是狗，所以不會把牠們當成狗。」

「但我也不知道狼和狗有什麼不一樣。」

美由紀連狼都沒看過。

「可是，狼就是狼。」清花說。「狼不是狗，好嗎？狗會汪汪叫。」

「狆也會汪汪叫嗎？」

「有時候聽起來更尖銳，不過那是因為狆體型嬌小。人類也是，有些人嗓音高，有些人嗓音沉嘛。」

美由紀沒親耳聽過，但狐狸似乎是「空空」叫。至於貍貓和狼的叫聲，她就不清楚了。

不過沒錯，狗會汪汪叫。甚至有時候會用「汪汪」稱呼狗，這表示大部分的人聽起來，叫聲是「汪汪」吧。

或許外國人聽起來又不一樣了。

「即使外表和性質截然不同，但都是狗。貓不也是如此嗎？有三花貓，也有白貓。虎斑和黑貓，一樣是貓。如果有人問貓是什麼顏色，只能說有各種顏色，對吧？」

「畢竟西洋貓種類更多嘛。」佳奈說，「我記得暹羅貓和波斯貓，顏色、毛長，還有長相，都毫不相似。」

「可是，牠們都是貓。有的貓是短尾巴，但沒有長角的貓，也沒有汪汪叫的貓。貓都是喵喵叫。貓有貓、狗有狗最基本的標準，是不是這樣呢？」

「意思是，河童有許多顏色嗎？」

「難道不是嗎？」

「那麼，河童……對，提到河童，首先就會想到盤子吧？」美由紀說。

河童應該有盤子。

畫上的河童，頭頂大抵上都畫了個盤子。即使是沒上色的黑白畫，只要有盤子，就看得出畫的是河童。

不過，倒不如說，畫上的河童，看起來只是禿了頭。即使說那是盤子，美由紀也不清楚是怎樣的構造。

雖然不清楚，但頭上的盤子，不就是河童的正字標記嗎？

「我聽過hyozunbo有盤子。」佳奈說。「盤子裡有水，如果水乾了，河童會變得虛弱。我也聽過和人類玩相撲的時候，如果盤子裡的水潑出來，河童就會虛弱無力。」

「那不會太困難了嗎？」

頂著盛了水的盤子，在不讓水潑出來的情況下與人玩相撲——美由紀覺得這形同不可能的任務。即使盤子固定在頭上，連要正常走路都很困難吧？除非像走在平衡木上，保持上半身不動，否則光是踏出一步，水就會潑出來。

這個問題暫且擱一邊……

河童是有盤子的。先不論顏色，美由紀無法想像沒有盤子的河童。

「那麼，盤子就是關鍵吧？」

美由紀說，裕美卻問「什麼盤子」。

「呃，就是盤子啊。」

美由紀把手掌放到頭頂上。

「河童不是有盤子嗎？」

「什麼意思？頭頂上放著餐具的盤子嗎？還是，頭頂上凹洞？我實在無法想像哪。」

「咦，市成同學，妳沒看過河童的畫像嗎？」

裕美的食指抵著嘴唇，回答：

「我看過河童畫像，那只是沒有頭髮吧？我一直以為是正中央禿頭。喏，好比古時候天主教的傳教士。那叫什麼？剃髮禮（註）嗎？」

看起來確實有幾分相似。而且，畢竟是圖畫。

「這樣形容還能理解。不過這盤子……我不是很懂。Medochi有這種東西嗎？我沒聽過呢。」

「那……」

那個medochi就不是河童了吧？

「那是不是別種東西？河童要有盤子才對吧？」美由紀說。

「就是啊。既然是河童，就應該有盤子。裕美同學，妳還要堅持那奇怪的東西是河童嗎？」佳奈問。

「唔……」裕美陷入沉思。「或許medochi有盤子，只是我不知道而已。可是，盤子有那麼重要嗎？」

「猴子就沒有什麼盤子嘛。」佳奈故意壞心眼地說：「假設猴子有盤子，那是上了年紀以後，腦門漸漸凹陷下去嗎？有這種事嗎？還是，妳們岩手流傳的是猴子變成的妖怪，而不是河童？如果是河童，應該要有盤子才對。」

「也不是這樣。」清花說，「我家有古老的繪畫，上面——喏，不是有條河，叫利根川嗎？據說畫著在那裡出沒的河童形姿。不是漫畫，而是古畫喔。可是，那張畫上的河童沒有什麼盤子。」

清花指著自己的腦袋。

「是普通的披頭散髮。毛絨絨的，就像猴子。」

「看吧，果然是猴子。」裕美說，「那臉是紅色嗎？」

「等等、等等。」清花制止她說下去，「所以和顏色無關呀。或許外形像猴子，不過仔細想想，外形像人類的小型動物，不就只有猴子嗎？那麼，像猴子也是理所當然。」

「可是，猴子沒有甲羅（殼）吧？」美由紀開口。

三人輪番仰望美由紀。

「河童……有甲羅，對吧？」美由紀確認道。

畫上的河童大部分都有甲羅。

在美由紀的記憶裡是如此。雖然印象模糊。

「對，九州的河童……應該有甲羅。我想是跟漫畫裡的河童一樣的甲羅。」佳奈說。

「是像烏龜的甲羅吧？」

「對，可是……這麼一想，幾乎沒人提到甲羅。搞不好hyozunbo沒有甲羅。那麼，有甲羅的或許是類似的另一種東西。」

畢竟會飛嘛，美由紀心想。背上有甲羅，又會飛翔，這種生物實在難以想像。

「那岩手呢？」清花問，裕美歪著頭回答：

「岩手嗎？岩手有嗎？這麼說來，我是沒想過，但感覺有。可是，好像沒怎麼聽過。」

「我看到的畫上沒有甲羅。那是很古老的畫，該稱為古文書嗎？是江戶時代的畫。約莫是曾祖父臨

註：Tonsure，過去在天主教中，剃去頭頂部分毛髮的儀式，代表獻身信仰的聖職者。

摹下來的，因此是明治時代以前。是江戶時代呢。」（註）

「那麼……河童沒有甲羅嗎？」美由紀說。

起初她只是隨口附和，卻漸漸心生不滿。

從剛才開始，美由紀印象中的河童不斷遭到否定。沒有盤子也沒有甲羅，甚至不是綠色，她已不知道河童還能是什麼模樣。

是我在根本上搞錯什麼了嗎？

「那我知道的河童是什麼？有盤子、有甲羅、滑溜溜、綠色……這不就是普通的河童嗎？」

「在千葉的傳說裡是如此嗎？」清花問。「千葉的河童長成那樣嗎？」

「不是的，我沒怎麼聽過河童的事。小時候爺爺會告訴我海中妖怪的傳說，但那不是河童。」

倒不如說，河童究竟是什麼？

「總覺得輸了。」美由紀說。

「輸？輸給誰？」

「輸給河童。」

美由紀回答，三人炸開似地大笑起來。

「因為每個人都說河童不是我形容的模樣，讓我覺得受騙了嘛。河童沒有盤子，也沒有甲羅吧？我還一直相信河童是小黃瓜般的顏色……」

「那不是顏色，是河童愛吃的食物。」裕美說。「河童不是喜歡吃小黃瓜嗎？」

佳奈也贊同：

「對對對，河童喜歡吃小黃瓜和茄子。」

「啊？這是共通點嗎？」

用喜歡吃的食物來定義，未免太奇怪了吧？

愛吃的食物……

「對了，」美由紀忽然想起，「河童不是喜歡紅豆泥包麻糬嗎？」

「咦！」三人同時仰望站著的美由紀。

「哎唷，河童才不會吃那種東西。畢竟是河童啊。」

「是嗎？那我怎會這麼以為？心理作用嗎？」

美由紀無法明確想起原因。

「提到河童，就會想到小黃瓜和茄子。」佳奈說。「要是東北和九州一樣，應該全國都一樣吧？然後，傳聞河童喜歡吃人類的內臟……」

「內臟……？」

「這就是重點。」清花說。

「重點？內臟嗎？」

註：江戶時代為一六〇三～一八六七年，明治時代為一八六八～一九一二年。

「對呀，美由紀同學。這裡說的內臟……佳奈同學，是指心啊肺之類，對吧？」

「是啊，像肝臟之類。」

「那麼，請教一下，佳奈同學，雖然我不知道那東西叫什麼，不過九州的河童是怎麼吃那東西的？」清花問。

佳奈不禁感到困惑，「怎麼吃……？」

「內臟在肚子裡，」清花按住自己的肚子，「要怎麼吃？」

「用咬的。」美由紀說。「獅子和老虎都是這麼吃的吧？」

「肉食動物是吃肉。河童不是連肉一起吃，如果只吃內臟，得先弄出來才行吧？在九州，河童是剖開肚子，掏出內臟來吃嗎？」

「我從沒聽過這種事。」

「那就是……從屁股，對吧？」

「又說那種不雅的字眼……」

佳奈似乎非常討厭「屁股」這兩個字。不曉得是害羞還是厭惡，不管是說出口或聽到她都排斥吧。

「如果河童也吃肉，應該會有抓人來吃的傳說吧？吃人的鬼可以理解，但吃人的河童，似乎沒聽過。既然會說河童吃內臟，而不是肉，想必是從某處取出內臟吧？」

「所以我就說是從屁股嘛。」裕美有些得意洋洋，「我一開始不就說了嗎？是從屁股取出。」

「從屁股取出內臟嗎？」

美由紀並不忌諱屁股。

每個人都有屁股。

「因為從嘴巴又取不出來。」

「從屁股的洞？真的嗎？」

「我的天哪！美由紀同學！」佳奈掩住臉。

她整張臉都紅了。

「如果不剖開肚子，除了這麼做以外，沒辦法取出內臟。聽說溺死的屍體都開著喔。」

「肛門嗎？」

「不要說了，美由紀同學！」佳奈的臉就像火在燒。

「橋本同學，妳的臉再紅下去，小心變成岩手的河童。屁股不行，肛門也不行，就沒別的說法啦。難道要說屎窟嗎？」

「別說了、別說了！」佳奈說。

真好玩。

清花開口：

「所以，河童就是會找佳奈同學說不出口的那個身體部位下手。」

那麼，共通點不是盤子、不是甲羅，也不是顏色，而是對屁股下手這一點嗎？

的確，是滿沒品的。

「就是呀，河童喜歡屁股。」裕美說。

「可是，市成同學，這樣就和顏色無關了吧？」美由紀問。

記得剛才裕美說，河童喜歡紫色的屁股。

「如果河童會吃屁股，或許和屁股的顏色也有關係……但喜歡內臟，吃的是內臟，屁股本身就無關緊要了吧？我覺得不管屁股是紫色或黑色都沒關係。」

「就是啊，裕美同學。妳剛才不是說……那裡是紫色嗎？」佳奈羞紅著臉說。

「是呀。就像橋本同學和市成同學認為河童不是綠色，我也不明白人的屁股怎會是紫色，難不成是瘀青嗎？」

除非撞到內出血，否則皮膚不會變成青色。

「屁股的話，是指皮膚的顏色吧？青色是什麼樣子？」

「據說比起青色，紫色更好。紫屁股似乎稱為上上臀。」

「唔……」

這……美由紀覺得不是女學生應該掛在嘴邊的詞彙。

不過，約莫誤以為是咒文，討厭屁股的佳奈愣了一下，問：「那是什麼？」

「意思就是，紫色的屁股是特優級，特別美味。」

「天哪，真討厭！」

佳奈摀住耳朵。

「應該有形形色色不同的種類吧。」

「剛才不是提到，與其說是有許多種類，或許只是名稱不同而已？又不是名稱不同，就會變成另一種東西，而且也有相反的情形。還有更多我不知道的稱呼嘛。」

「沒有高大的河童嗎？」

「一般都是小的。」

「妳們啊，一直『高大、高大』地說，很沒禮貌耶。」美由紀抗議，三人紛紛苦笑。

「如果冒犯到美由紀同學，我向妳道歉。我沒有說妳壞話的意思。」

「我是真的很高，所以不覺得是壞話，可是我才不想被當成河童。」

「原諒我吧，美由紀同學。」佳奈說。「要論身高，我最河童。」

「什麼最河童……」

美由紀噗哧一笑。

三人也都笑了。

笑著笑著，美由紀突然想起。

「啊，對了，千葉也有河童。」

「美、美由紀同學，可別說是妳喔，我會笑破肚皮。」

「不是啦。這麼一提，老家不遠處的村子有座神社，我有親戚住在那裡。記得是叫河童神社……我不太確定。」

「河童神社？河童不是神，會有人祭祀嗎？」

「咦，佳奈同學，我們東北有些地方也祭祀河童喔。但不是當成水神祭拜……」

河童……沒有神明的感覺。

所以，美由紀才會遲遲想不起來。

「是嗎？水神是祭祀在怎樣的地方？那裡沒有海，要說的話，比較接近山區……可是有河，算是都有水嗎？不，或許不是。印象模糊。字好像不一樣。」

到底是叫什麼？

「可能不是河童。記得有『河』這個字，不過有沒有『童』就不確定了。咦，那座神社是在戰爭中燒毀了嗎？祠堂還在嗎？記不清楚。啊，對了，以前辦過祭典。也不算祭典，是當地活動吧……現下大概沒有在辦了。」

「是河童祭嗎？」清花問。

「嗯……我實際參加過嗎？印象中有，還是聽說而已？記得有小孩子抬神轎，玩相撲，但是不是親眼所見，印象十分模糊。那村子在山上，我去過好幾次，可是因為很遠，不是太熟悉。怎會突然想起呢……？」

總元村——美由紀記得似乎是這個村名。

雖然是鄰村，但距離以前的老家相當遙遠。記得也有河，或許有河童。不，應該說，有河童的傳說嗎？

提到傳說……

對了。

那是……

「印象中聽過河童的什麼事。對了，我是聽銚子的人說的。」

「銚子是什麼？」

「地名。在外房（註）的邊角。」

「是利根川的盡頭呢。」清花說。

「盡頭？」

「利根川應該是橫越關東，流經銚子入海，各位也應該好好學習地理。那個銚子的居民說了什麼嗎？」

「啊，對對對，我想起來了。」

是屁股。

美由紀的日常，沒有河童介入的餘地。

這十五年來，她的生活與河童毫不相干。河童不是近在身邊的事物，美由紀本身也不曾對河童產生興趣。

註：外房總，指千葉縣南部，房總半島面對太平洋的地區。

儘管如此，她並非一無所知。若是廣告或漫畫上出現河童，她會毫無疑問地心想「喔，是河童」，代表她有不少預備知識。那麼，她是在什麼時候、如何得知？

一般不可能釐清緣由吧。

裕美和佳奈應該從小就聽著那些名稱古怪的河童故事長大，從剛剛講述的口氣聽來，清花也是懷著一定的興趣，接觸河童。

然而，美由紀不同。

美由紀一次都沒認真思考過河童的事，也不曾無故想到「河童」這個詞彙。看到河童的圖畫時，腦中不會響起「河童」的讀音，或浮現「河童」這兩個字。

純粹是不會疑惑那是什麼的程度而已。實際上，她不知道河童的底細，只是姑且有些關於河童的知識吧。類似的事物太多了。她從沒親眼看過大象和長頸鹿，也沒看過狼和土佐犬。雖然不曾親耳聽過狐狸的叫聲，但知道是什麼叫聲。瞭解的程度和河童半斤八兩。

然而，仔細想想，她從未聽聞那些生物的傳說。

美由紀認為，正因如此，聽到河童傳說的體驗本身，才會成為相當特殊的一件事，留存在記憶一隅。

「銚子離我們家相當遠，我們家不知道那種傳說，也沒有那種習慣，不過那個人——他應該是漁夫，說他們住的地方有個習俗，會在鼻頭沾上紅豆泥，偷偷跑去河邊，然後把屁股泡在水裡。」

佳奈紅著臉，其餘兩人驚呼「怎麼會」，笑了起來。

「什麼跟什麼？太奇怪了吧？露屁股泡在河裡嗎？這實在很好笑耶。」

「嗯……那個人說，這樣就會身體健康，不會被河童攻擊。他還說，其他地區也會這麼做。」

「那做了嗎？」清花問。

「誰做？我嗎？喂，不就告訴妳們，我只是聽說而已？不是說我們家沒那種習俗嗎？好好兒聽人家說話，行嗎？」

美由紀模仿同學的口吻回答。

三人真的捧腹大笑起來。

沒錯，她是聽到「屁股」才想起。

記憶會連鎖反應。

「對對對，他還說了別的，要供奉……樹？還是株……株什麼的……」

「什麼？」

「對，是叫株垂餅。在銚子那裡會供奉這種東西。這是用紅豆泥包起來的麻糬，我才會以為河童喜歡紅豆麻糬。」

「美由紀同學，那個人是不是在唬妳呀？」

「唬我有什麼好處？」

「也是。」清花說。「如果要胡吹騙人，應該會編出更像樣一點的內容。不過，世上真有奇妙的習俗呢。那實在很古怪。」

在美由紀聽來，其他地方的傳說全都相當稀奇古怪，是她的認知問題嗎？

「可是美由紀同學，妳的記憶力真好，居然連那種聽都沒聽過的點心都記得。」

不，美由紀直到前一刻都忘得一乾二淨。

「我是突然想起來的。然後，剛剛也順帶想起來了，鄰村的神社叫河伯神社。」

「河伯？」

「不知道是什麼意思，不過記得是伯爵的伯。」美由紀說。

「咦，那裡祭祀著偉大的河童嗎？」

「不清楚。既然會特別祭祀，應該很偉大吧。」

「那邊也會泡屁股嗎？」

「不是同一個地方，不會泡屁股啦。那裡會舉辦類似兒童祭的活動。總之，千葉也有河童。」

「那當然了。」清花說，「因為河川是相連的。那裡有利根川和夷隅川吧？河童才不管藩界或縣界。」

唔，確實如此。

「不過，」清花說，「把屁股泡在河裡，這件事我有些無法信服。」

「我可沒撒謊。」

「我不是懷疑美由紀同學，只是這樣的傳說有點奇怪呢。如果不是美由紀同學被人唬了，真的很奇怪。」

確實，美由紀也覺得頗怪。

那畫面簡直惹人發噱。

「我覺得要是那樣做，反倒更危險。因為河童喜歡屁股呀。」清花說。

「欸……妳們為什麼淨說些沒品的事呢？」

佳奈板起臉孔。

「河童喜歡的是小黃瓜、茄子，還有內臟，不是嗎？就算內臟是從那裡拔出來……」

「不是的，河童應該是喜歡屁股本身。」清花這麼說。

「清花同學是瘋了嗎？」裕美也贊同佳奈。「河童吃的是內臟啦。」

「河童吃的不是內臟，是屁股珠。」

「那是什麼？」美由紀等三人齊聲反問。

「妳說什麼珠？」

「屁股珠呀。」

「……什麼？那是某種內臟嗎？」

「唔……」

清花像大人一樣抱起手臂，低聲沉吟。

「不知道。」

「什麼不知道……」

「是類似屁股的塞子的東西。」

「咦，什麼塞子？妳說珠子嗎？就像彈珠汽水那樣嗎？」

話一出口，包括美由紀自己在內，所有人幾乎同時噗哧一笑。

「不要說了，美由紀同學，什麼彈珠汽水，我肚皮要笑破了！」

「誰教小泉同學說什麼屁股的塞子……」

「就是這樣啊，河童會拔掉屁股珠。」

「塞子被拔掉會怎樣？」

「就是……佳奈同學說不出口的那個地方會打開呀。一定是的。」

「天哪，我不要聽，太噁心了！」

佳奈面紅耳赤，卻笑個不停。

「聽說一旦屁股珠被拔掉，人的五臟六腑就會脫落，變成窩囊廢。」

「如果塞子拔掉，肛門鬆開，當然會漏光光吧。」

美由紀一說，每個人都笑得前仰後合，停不下來。

「內臟也可以愛怎麼拿就怎麼拿。抓住、取出來。」

「不要說了！」裕美阻止道。

校園裡其他學生紛紛側目，想必十分納悶發生什麼事。

倒也難怪，她們平常不會這樣哈哈大笑。

生活在寄宿制學校的女學生，表面上是很淑女的。

看著她們的同學，恐怕沒想到她們居然在為如此下流的話題捧腹大笑吧。

「我不行了。美由紀同學，太好笑了。可是……嗯，是啊，我也在別的書上看過，河童不是吃內臟，而是吃屁股珠。」

「吃那種連存不存在都不知道的東西？」

「應該存在吧。有的故事是說，河童不是吃屁股珠，而是蒐集起來，當成每年上繳的貢品。」

「河童也有收稅的代官（註）嗎？」

大夥又笑了。

美由紀是很普通地感到疑問，但似乎戳中同學們的笑點。

「不、不是代官啦，聽說是龍王。」

「龍王？龍的老大嗎？河童是龍的同類嗎？」

「應該是水神吧？」

「啊，原來如此。也對，都有河童的神社了，八成是那類水神的同伴吧。等一下，換句話說，是這些神在吃嗎？吃那個……」

屁股珠……

註：江戶時代的地方官，負責收取賦稅及一般行政工作。

「那是屁股的塞子吧？」

「不知道，或許有相當於屁股珠的內臟。不過傳說就是如此，沒辦法。妳說的把屁股泡在河裡的行為，不也十分好笑？」

「是啊。要是泡在河裡，塞子可能會被拔掉——啊，所以小泉同學才會覺得奇怪嗎？」

「很奇怪吧，畢竟河童喜歡屁股。」清花說。

佳奈不禁掩住臉。

「對呀，我想說的就是這個。」裕美說。

「哪個？」

「喜歡屁股這一點。」

「哎唷……」

「我知道很沒品啦。」裕美說。「追根究柢，誰教佳奈同學那麼極端地討厭屁股，才會愈扯愈離題。聽好，據說河童會躲在洗手間裡，偷摸婦女的屁股。」

「咦！」

佳奈似乎快哭出來了。

「這……不是太可怕了嗎？原來河童根本不知廉恥嗎？還是，想偷拔屁股珠？」

「沒錯，是所謂的H。」

「呀！」佳奈尖叫。「不、不僅下流，還很H嗎？」

美由紀覺得佳奈會有這種反應也無可厚非。

最近常聽到「H」，但美由紀對這個字彙一知半解。可以確定的是，這不是什麼正面的字彙，而且帶有強烈的性方面的意思——或者說，根本就是性字彙。

據說，原本是來自「變態」（HENTAI）一詞的首字母。

變態到底是何種人，美由紀不太瞭解，不過她認為變態約莫就是會做些不知廉恥的行徑的人。

既然如此，的確很下流。

「古時候的洗手間應該有許多空隙，所以河童會溜進去，像這樣……」

裕美伸手，佳奈閃躲。

「那個故事我也聽過。」清花說。「好像有性格剛強的婦人砍斷河童的手臂，對不對？」

「那婦人帶著刀子上廁所嗎？」佳奈問。

「古時候的人嘛，想必是武家妻女，懷裡都放著短刀之類的護身。」

確實非常謹慎，美由紀暗想。雖然現代也一樣，小心準沒錯。

可是，連上廁所都要帶刀，未免小心過頭了。古時候連家裡都危機四伏嗎？就算是武士，也不會腰間插著刀子上廁所吧。

「那個H的河童被砍傷跑掉了嗎？」

「算是砍傷嗎？伸出去的手臂被一刀兩斷。」

「天哪，太殘忍了。」

「當然，河童落荒而逃。不過，後來河童跑來賠罪，請對方歸還砍斷的手臂。」

「咦，歸還？他們把砍下的手收著嗎？太恐怖了。況且，那種色色的河童的手，留起來做什麼？一般不都會直接丟掉嗎？」

「若是普通的色狼就算了，畢竟是河童，因為稀罕，便留了下來吧。」

「即使如此……」

把手還回去又能怎樣？美由紀問。

「保留那種古怪的手，首先這一點就很怪，叫人還回去也很怪吧？河童討回那隻手要做什麼？蓋座墳墓把手埋葬起來嗎？」

「是要接回去。」清花說。

「什麼？」

「據說河童會做一種藥，可將砍斷的手臂接回原狀。如果斷臂放著不管，不就會乾掉或腐爛嗎？所以才希望對方歸還。」

天底下哪有這麼好的事？

「真有那種藥，應該會想要吧？」

「對，所以結局是人類把手臂還給河童，做為代價，學到製作藥的方法。」

「河童的藥……？」

靈嗎？太可疑了。

美由紀提出疑問，不料佳奈回道：

「咦，河童的藥，九州也有喔。」

裕美說東北也有。

「千葉應該也有吧？」

「呃……我不知道，或許某處有吧。可是，這樣的話，表示全國各地都有那種色色的河童呢。」

「河童喜歡屁股啦。」

清花又強調一次。

但河童之所以是河童，關鍵要素不是盤子、甲羅，也不是顏色，而是因為喜歡小黃瓜和屁股……這未免太好笑了。

不過，美由紀也是一直聽到「屁股」，才想起這些有的沒的細節，那麼或許屁股真的是河童身上的要素。聽到「屁股」，美由紀不會臉紅，卻也不覺得屁股令人喜愛。

「然後又回到一開始了呢。」裕美說。

「一開始？」

「哎唷，討厭，美由紀同學，我們本來不是在聊河童吧。」

「不是嗎？」

「不是呀。我們最早不是在聊近來頻頻經常出沒的好色之徒嗎？」

「對喔。」

完全忘了。

這一個半月，有個偷窺狂以淺草為中心四處橫行。

既然說是偷窺狂，免不了偷看浴室或廁所，但不知何故，受害者盡是男子。在浴室、脫衣處以及廁所遭到偷窺的，皆是成年男子——不，中年男子。

不，不是說因為不年輕了、因為是男人，被偷窺也無所謂。不管受害者是誰，偷窺都是輕罪。

然而，起初人們還是說，八成誤以為是婦女，或是守株待兔，但沒等到婦女現身就被逮住。

可是似乎並非如此。一直沒有婦女報案受害，感覺偷窺狂就是專挑男子下手。

這下問題來了：所以呢？

認定偷窺狂是男的，未免奇怪。

美由紀認為，既然男人會偷窺女人，就算有女人會偷窺男人，也是順理成章的事。甚至，不乏男人偷窺男人的情形。

當然，偷窺是犯罪，是不應當的行為。

不分男女，偷窺都是犯罪行為。

不過，認定偷窺嗜好只限於男人，這是思考僵化。

此外，認定男人偷窺男人就是變態的行為，她也覺得有點說不過去。

即使不太瞭解「變態」的定義，美由紀仍明白這不是什麼好比喻。當然，更不是值得驕傲的稱呼吧。

倘若所有的偷窺都是變態行為——偷窺本身亦是構成犯罪的要件，因此在某些意義上，這也是沒辦法的事。

然而，將男性對男性產生性欲視為變態，總覺得不太對。儘管美由紀根本不知道變態的定義，但就是這麼覺得。

即使男人喜歡男人，也並非犯罪。同性之間的戀愛應該是存在的。

只要不造成他人或社會的困擾，喜歡誰是個人的自由，毋須旁人說三道四。不，如果會造成他人或社會的困擾，就算是男女之間的戀愛，也是個大問題。

何況，在美由紀的想像中，應該也有與性或愛無關的偷窺行為。

有人純粹就是喜歡偷窺。不管偷窺的對象是誰，或是對偷窺的對象抱持哪方面的興趣，有人就是無法停止偷窺行為。

畢竟世上有這麼多人。

不過，既然偷窺了，就構成犯罪。

但世人似乎不這麼想，才會議論紛紛。

只是……

她看到的都是充滿強加於人的偏頗道德觀、下流的推測、基於好奇的報導。這類充斥著偏見的言論，簡直惡劣到家，害美由紀幾乎失去興趣。

然而，儘管不願意，仍會聽到傳聞。

人們說，那是異常性痴漢、偷窺相公、昭和的暴牙龜（註）——實在是莫名其妙。美由紀不曉得什麼是「相公」，至於「暴牙龜」，更是不曉得從哪裡冒出的詞。雖然大人教她遇到不懂的事就該詢問別人，但她覺得還是不懂為妙，況且也沒人可問。

雖然大刺刺地出現在報紙的標題上，她認為寫那種文章的人，才是不知羞恥。約莫是受到這類煽情的標題刺激，這幾天偷窺案件增加不少。

一個人不可能每天晚上四處偷窺，也不可能一個晚上同時出現在東西兩邊。開始零星出現婦女受害，顯然有人在搭便車犯案。駒澤一帶也有案例，似乎是公共澡堂遭到偷窺。

偷窺狂的傳聞甚至傳進這座校園。

於是有學生竊竊私語：浴室和盥洗室的窗戶映出人影，感覺有外人，似乎一天二十四小時都有人在窺看。這是一所寄宿制女校，若是真的，茲事體大。

自從初春發生昭和試刀手案件，校方對於人員進出的管制相當森嚴，可疑人士入侵校園的機率頗低。

但學生才不管這些客觀事實。我也感受到奇怪的視線、某班的誰被偷窺了、校舍後面有陌生男人——流言蜚語甚囂塵上。

她們應該是聊到某個學姊在廁所遭人偷窺，才會扯到河童的話題。

轉來這所學校才一年半的美由紀不太清楚，但據說遭到偷窺的苦主，是學妹們景仰的對象。

「如果是瞳學姊，連河童也會忍不住愛上。」佳奈說。「瞳學姊冰清玉潔，迷人極了。她個性溫柔，成績優秀，又長得那麼美。」

「所以，」裕美打斷她的話，「若真是河童，才不會管個性、知性還是美貌。河童喜歡的是屁——」

「我不要聽！」佳奈摀住耳朵。

美由紀認為，既然是在廁所被偷窺，表示當時是在如廁，那麼把耳朵摀得再緊，也無法打消學姊有屁股的事實。

不論是美女或才女，一樣都有屁股。

「瞳學姊想必也精通武藝。她沒隨身攜帶短刀，實在太可惜了。」清花說。

不過，要砍殺偷窺狂，恐怕不容易。

既然是偷窺，犯人應該是躲在牆外。即使是高手，也無法使出隔空砍人這種神技吧。河童是想摸人屁股，才會被砍斷一隻手。如果只是偷窺，河童應該能全身而退。

倒不如說——

「不可能是河童吧。」美由紀開口。「世上沒有河童，或許傳說中是有啦。」

註：明治四十一年（一九〇八），綽號「暴牙龜」的池田龜太郎偷窺女澡堂，並姦殺出浴的婦人，此後「暴牙龜」在日本便成為偷窺狂的代名詞。

「哎呀，怎會這麼沒有夢想？」清花回道。

「不不不，河童會摸人屁股、吃內臟，跟夢想根本風馬牛不相干吧？河童算什麼美夢嗎？況且，橋本同學都摀住耳朵不肯聽了。」

美由紀一說，兩人又放聲大笑。

「美由紀同學沒說錯。確實，這不是少女適合掛在嘴邊談論的內容。」

「可是，」清花突然一本正經，「河童會化成人類喔。」

「咦？」

「而且會化身美男子，誘惑婦女。」

「對對對，」裕美附和，「Medochi也能自由變身。我奶奶居住的町附近的村子，聽說有人生下medochi的孩子呢。」

「生下河童的孩子？」

不，這未免太離譜了。

「對方是河童耶？那只是傳說吧？」

「不，是真的。」裕美說。

「有個說法是，medochi只有公的，才會和人類女子交媾——」

「討厭啦，裕美同學！」清花紅了臉。

看來，清花的弱點和佳奈不同。

「某村的某家女兒遭河童玩弄而懷了身孕、某氏夜半偷偷產子──好像真的有這種事。」

「真的？不是編出來的？」

「是真的，因為連名字都有。當然，我是聽奶奶說的。雖然不曉得傳聞是真是假，但那不是民間傳說，嗯，是坊間八卦。」

「天哪，可是……對方是河童耶？」

「在遭到玩弄的女子眼中，對方猶如潘安再世。」

「可是……」

美由紀覺得難以置信。

滿臉羞紅的清花附和：

「我聽過有這樣的事。關東有類似的傳說，千葉應該也有吧？」

「我跟河童完全不熟，不過，河童不是住在河裡嗎？九州的話，冬天好像會住在山裡。東北的話，或許會住在人類家裡，但這一帶的河童不會這樣吧？小泉同學，妳說呢？」

「這一帶的河童……唔，似乎是住在河裡。」清花回答。

「那應該不會跑來這種地方吧？難不成從多摩川一路跋涉過來？走到一半盤子都乾了吧？啊，河童沒有盤子嗎？」

「不過hyozunbo……」

「啊，會飛是嗎？」美由紀突然想起。

「不光是如此。馬蹄踩出的水窪裡，可藏一千隻hyozunbo。」佳奈應道。

「什麼？」

是有多小啊？

恐怕比孑孓、水蚤還小，只能用顯微鏡才能看見。

「所以，肯定沒問題。」

「呃，什麼沒問題……」

問題可大了吧？

「所以，或許是多摩川的河童風聞瞳學姊的美貌，跑到我們學校……」

「為了玩弄學姊？」

或者說——

「為了交媾？」

「不要說出那個字眼，美由紀同學！」清花提醒道。

實在沒辦法正常對話。好玩歸好玩，但話題毫無進展。

「可是，萬一真的懷上孩子，恐怕會鬧翻天。」

「那種不檢點的事，絕不可能發生在瞳學姊身上。」佳奈說。

「可是，那不就像被施了法術一樣嗎？」美由紀問。

「聽說一旦中了河童的幻術，只能任憑擺布。」裕美說。

「怎麼連裕美同學都這樣，別說了！」兩人制止道。

「這裡的河童和東北的河童不一樣。」

「是嗎？可是……」

「如果只是喜歡屁股就好了。」

美由紀漸漸感到有些荒謬。

「噯，暑假快到了，大家都要返鄉，應該不會有事吧？況且……」

世上又沒有河童——美由紀說。

2

「真是沒品的事。」

敦子說，益田龍一油腔滑調地附和「一點都沒錯」。

「託您的福，實在下流。低劣、下等。要不是工作，我絕不會在敦子小姐面前說這種不堪入耳的話。為了避免誤會，得先聲明，我本人一點都不下流。雖然我膽小又孱弱乾瘦，但勉強維持著良好品性……」

益田是神保町玫瑰十字偵探社的偵探。正式職稱應該是偵探助手，但世間一般認知的偵探業務，主要都是益田一手包辦。

基本上益田是個認真的人，卻有個壞毛病，喜歡插科打諢，彷彿要掩飾他的真性情。

敦子覺得他是害羞。或許多少有刻意裝成壞人的傾向，但他總愛說些多餘的事。雖然不會撒謊，卻過度演出。約莫是為了炒熱氣氛才不停打哈哈，可惜經常脫離軌道，浪費更多時間。

「話說回來……」

內容本身不登大雅之堂，怎樣都清高不起來啊——益田說。

「即使用臀部指稱屁股，用下半身指稱陰部，說的還是一樣的東西。尾椎就是尾椎，屎窟就是屎窟。嗳，就是屁股啦。」

就像這樣，沒辦法少說一句。別提少說一句，老是多說十幾句。不僅如此，不管哪一句，都不適合在糰子鋪連聲高呼。

益田注意到附近座位的客人正對他送上白眼，以右手掩住嘴巴。

「失禮了。」

「沒關係，請進入正題吧。我是不在意，但把屁股掛在嘴上說個不停……可能會給店家添麻煩。」

「喔。不過……問題就是屁股啊。」益田說。

「我能幫忙的，應該是和屁股無關的部分，不是嗎？」

「唔，實際要找人的是我。」益田說。「但實在是無從找起啊，又沒人會光著屁股在外頭晃。要是他可以穿條兜襠布抬抬神轎或玩玩相撲就好嘍。所以，我改為從物品這邊下手，卻一樣毫無頭緒。因此，想借用敦子小姐的智慧……」

「這類事情，我哥不是比較派得上用場嗎？」敦子說。

敦子的哥哥對於一般人不知道——或者說沒必要知道的事，知之甚詳。

益田搖晃著特意留長的瀏海，露出苦笑：

「師傅很可怕呀。何況，現在那個什麼……東北的事件陷入僵局。反正用不了多久，他又會被拱出去。他愈是百般不願，愈會被拖出去，不是嗎？既然都要出馬，就別那樣不動如山，當初直接一頭栽進去不就好了，您覺得呢？師傅一登場，兩三下便能收拾乾淨，對吧？只要他一去，問題大致上就解決了嘛。」

「倒不盡然。」

哥哥是個小心謹慎過頭的人。

不是哥哥出面，所以事情得到解決，而是事情有了解決的眉目，哥哥才會出面。況且——

「像栃木的事件，哥哥打一開始就參與其中。」

「直到最後都不清楚那到底是不是事件啊。到現在還是一樣，不管聽上多少遍，我都聽不出個所以然。」

「因為是聽榎木津先生說明吧？」

榎木津是益田任職的玫瑰十字偵探社的偵探。雖然應該很優秀，卻相當特立獨行，絕不可能有條有理地向別人進行說明。

倒不如說……

「我哥是賣書的。」

根本沒有責任去解決事件。

「啊，失敬了。」益田戲謔地說。「嗳，不管怎樣，這都不是值得勞煩令兄出馬的聳動案件。沒有妖怪，也沒有附身魔物。當然，敝社的大師也不屑一顧。是不肖鄙人益田，一如往常鑽頭覓縫，欲息事寧人之類的芝麻小事。只是，嗯，遇到一點瓶頸，所以想借重敦子小姐的智慧。」

「這點小聰明，有多少都樂意提供，但聽來聽去，我還是不知道要怎麼幫你。」

「唔……」

益田撩起頭髮。

「這就是問題哪，所以我才會細說從頭。在這種情況下，實在沒辦法避開屁股不談。因為主犯肯定是一個屁股上有寶珠刺青的男子。」

「是指那個寶石小偷？」

「算是……小偷嗎？」

「我怎麼知道？」

完全不得要領。

敦子撥弄一下盤上的糰子，送入口中。

今天不是假日，路上行人卻不少。是香客、遊山玩水的觀光客，或是除此之外的人？根本分辨不出來。

這裡是淺草。

離參道——所謂的仲見世街有點遠，但還不到稱為六區的地區——簡而言之，是一家生意不算特別興隆的樸素糰子鋪，不過仍有好些客人。

淺草俗稱「下町」。許多人說在急劇都市化的東京，唯有淺草保存江戶風情。

然而，敦子不這麼認為。

淺草當中沒有江戶。

淺草一直是淺草。

在以千代田城為中心，江戶做為城下町開始形成的時候，淺草應該就已做為淺草存在。

淺草和江戶是不同的兩個城鎮。

不久後，江戶的範圍擴大，淺草被吞入其中，但淺草仍是淺草。

常說淺草是町人（註）之町，敦子也覺得不對。

據傳德川家族整備江戶之際，先在高台興建武家屋舍，再將町家配置於低地。

因此才會有「下町」這樣的稱呼，不過當時淺草早已做為淺草存在。

那麼，淺草與其說是町人的城鎮，其實是自行發展，與武士無關的城鎮——敦子如此認為。

淺草這個城鎮根基，應該是由藝人、工匠，甚至包括身分不明者等龍蛇混雜的人構成的文化，與江戶這個由政權組織性地打造出來的都市文化，分屬不同系統。後來與所謂的江戶文化融合，逐漸影響江戶這個都市本身，因而容易被一概而論，但敦子強烈地認為，江戶和淺草總有些彼此乖離。

淺草這樣的身世，即使經歷德川時代，度過明治大正這段晦暗的時代，依然殘存著。

所以，每次造訪淺草，比起江戶風情，敦子更感受到一種異國風情。

在夏季，這種感受尤其強烈。

她望著路上的行人，思索這些事。

益田含了口麥茶，大大地嘆氣。

「怎麼了？」

「委託人啊，實在很不可靠……」

「委託人是……？」

「喔，這該從何說起……？對了，敦子小姐知道食品模型嗎？就是最近在百貨公司的餐廳店面會看到的，假的食物。」

「我知道。」

敦子去年才去採訪過。

從大正時期（一九一二～一九二六年）就有餐點的樣品模型，但做為一項產業是近年才興起。

據敦子調查，以蠟工藝品製作的食品模型的嚆矢，可追溯到以製作標本和電池聞名的島津製作所。起初是類似所謂的標本，而非餐廳的餐點樣品。

雖然不清楚詳情，但最早似乎是製作病理標本的名師接到委託，進行製作。不確定是否曾展示在餐廳店頭，但品質相當不錯，很有可能做為商業用途。

那是大正中期的事。

後來，在大正時期的大地震中毀於祝融的百貨店白木屋，為了重建事業，開設餐廳，在櫥窗展示出提供的餐點樣品。這應該就是近來隨處可見的食品模型先驅。

在店頭陳列餐點樣品，讓客人在進店時先購買餐券，這樣的販售方式，在現今可說是標準模式，但在當時極為嶄新。

如果吃完飯才付帳，萬一遇到災害等狀況，可能會收不到錢。餐券制似乎是為了因應緊急狀況想出

註：江戶時代居住於都市地區的商人、工匠等。

來的措施，同時也有簡化業務及提高效率的目的。與其進店坐下再翻菜單，排隊時先決定要點什麼，流程會順暢許多，也能提升翻桌率。事實上，地震後復興時期的餐廳往往大排長龍，狀況百出。

看到白木屋的成功，漸漸有店家仿效。

接到白木屋委託，製作食物樣品的，據說是人體模型的技師，這部分無法確認，但後來模仿白木屋的店家，餐點樣品應該是出自同一人之手。

將食品模型打造成產業的，則是一個叫岩崎瀧三的人。

昭和七年，岩崎在大阪成立食品模型岩崎製作所。永不褪色的精巧食品模型大受好評。儘管造價昂貴，但並非買斷，而是採用租賃制，因此以關西為中心，業績蒸蒸日上。

不料，接下來遇到戰爭，蠟模型原料不可或缺的石蠟成為管制品。在大阪，似乎全面禁止店頭陳列餐點模型。

等於是以大戰為界，食品模型產業完全觸礁了。

然而，岩崎並未放棄。

他回到故鄉岐阜，研究出利用珪藻土等原料，將石蠟含量減少到極限的模型製法，生產戰爭犧牲者的葬禮供品模型等等，度過難關。

日本戰敗後，他在故鄉成立岩崎食品模型製造公司，繼續製作模型，不久後將據點遷回大阪，順利擴大事業版圖，前年進軍東京。敦子就是趁著岩崎模型進軍東京的機會，採訪到岩崎成功削減石蠟比例的過程。

因此……

「我很熟悉。」敦子說。

「喔，無所不知，敦子小姐和令兄真是相似。」

「我採訪過。」

「原來是工作啊。」

「當然是工作。前年我拜訪總店所在的歧阜，採訪了社長。」

東京分店雖然名為分店，卻只有一個作業場所。聽到進軍東京，似乎十分盛大，但要讓生意上軌道並不容易。

「採訪社長啊，那一定比我更清楚吧。」

「不過，我只請教減少石蠟比例的巧思等幕後祕辛。社長歷經多次失敗，摸索相當久。還有……社長說是小時候將融化的蠟滴入水中玩耍，才激發他對蠟工藝的興趣，他製作的第一個食品模型，是太太做的歐姆蛋。我只聽到這些內容。」

「這樣啊。」益田交抱起手臂。「社長也吃過一番苦。」

「食品模型和這件事有什麼關係嗎？」

「關係……算不上關係吧，還是算有？喔，其實委託人是在那裡的製作所上班的師傅。住處就在……喏，那邊的合羽橋。委託人名叫三芳彰……」

「說出名字不要緊嗎？不是有保密義務？」

「敦子小姐是特別的。」益田說。

敦子不懂哪裡特別。

益田擠著臉頰繼續道：

「三芳先生本來是製作電影或劇場小道具的師傅。他從小就喜歡一些精巧的小玩意，應該是手特別巧吧。然後，試過雕金、木工、玻璃工藝等等，他覺得蠟工藝最符合自身的性子。總之，他認為做食品模型是天職，樂在其中。」

「這些個人背景和委託內容有關嗎？」

「唔，要說有關也算有關。他的天賦，就是這次事件的肇因。總之，三芳先生的手藝被相中了。」

「有人委託他做什麼嗎？」

「就是寶石啊。」

「是……仿造寶石？」

「那叫仿造嗎？跟食品樣品一樣，不曉得能否稱為樣品。」

「什麼？用蠟做寶石嗎？」

「不不不，」益田揮舞糰子的竹籤，「又不是天婦羅或生魚片，蠟沒辦法做出寶石吧。就算做出來，兩三下就會露餡。他以前是做小道具的，約莫是打磨玻璃珠之類。」

「這裡面沒有犯罪成分吧？」

仿造寶石本身不算是犯罪，把仿造品當成仿造品販賣，應該也不構成犯罪。

但益田苦惱地皺起臉。

「有嗎？」

「哎呀，這位三芳先生看起來是好人，不會參與犯罪啦。正確地說，他就是擔心不小心協助犯罪，才會找上偵探社。」

敦子愈聽愈摸不著頭緒。

「那麼，委託三芳先生仿造寶石的……就是那個刺青男嗎？」

「不是。」

「我不懂。」

敦子更是一頭霧水。

「嗳，先聽我說吧。」益田說。「我也還沒理出個頭緒，所以請別催我做出結論。我是邊想邊說。嗯，那個屁股上有刺青的男子，私吞了那些寶石——似乎是鑽石。」

「私吞？」

「三芳先生的委託人是這麼說的。既然說是私吞，應該就是占為己有，表示是透過不正當的手段拿到的吧。」

至少若是透過正當手段取得，不會是這種說法。

「然後，由於寶石的關係，鬧得滿城風雨，甚至有人丟了性命——對方是這麼說的。」

「聽起來好嚴重。」敦子說，益田應著「是啊」，益發顯得苦惱。

「唔，據說委託人想做個如假包換的贗品，偷偷和真貨掉包，把寶石物歸原主，所以希望三芳先生協助……」

「這不會太可疑了嗎？」

未免太不切實際。

「我也是這麼想。就算只信一半，也夠可疑了。可是，住在合羽橋的那位三芳先生感覺是個好人。噯，假設對方的話是真的，只要報警就好了嘛。」

「但他沒報警？」

「嗯，好像有什麼不能向警察求助的理由。這部分又更啟人疑竇了。」

「沒辦法報警的理由，是出在委託人的身上嗎？還是物主那邊？」

「應該是兩邊都有吧。」

益田掏出記事本。

「喔，委託人以前協助過這樁不法行為，不想把事情鬧上檯面。然後……」

「然後？」

「真正的物主，據說是個**貴人**。」

「貴人？」

這說法真老派。

「就算在現代說什麼貴人……華族制度（註）已廢除，日本沒有貴族。是指在舊幕府時代身分高貴嗎？」

「不清楚。那時候我沒想太多，只覺得應該是地位不凡的人，但仔細想想，我們不會說社長或政治家是貴人。比如政治家，反倒是典型的俗物嘛。」

實在難以想像。

「仔細一想，這說法頗微妙，會不會如同敦子小姐推測的，祖先是將軍，或德高望重的高僧、朝廷官員之類？」

「不，我不知道啊。我只想得到這些而已。」

「光是能想到就不簡單了。合羽橋的三芳先生毫無疑問，所以我也沒多想。總之，考慮到物主是個貴人，想避免警方涉入。希望一切隱密穩妥地解決……」

「不是搞得腥風血雨了嗎？」

「喔，如果能用贗品偷天換日，將那非法持有的寶石……也就是真品物歸原主，不就船過水無痕了嗎？」

「怎麼可能？」

「一旦寶石回到正主手中，壞人就算發現手上的寶石是贗品，也只能沉默。畢竟一開始就是非法弄到手的嘛。若是沒發現，想脫手變賣，也賣不掉，只能驚呼『這是假貨！被擺了一道！』乖乖吞下去，

註：華族是明治維新後出現的貴族階級，地位僅次於皇族。日本戰敗後，依《日本國憲法》廢除。

不是嗎？」

「是嗎？」

事情會這麼順利嗎？

「我不清楚狀況，沒辦法直接點頭同意。那個委託仿造寶石的人，足以信賴嗎？如果他曾協助搶奪寶石，感覺並非正派人士，他和住在合羽橋那邊的……」

「三芳先生。」

「他和三芳先生是老朋友嗎？」

「敦子小姐真是明察秋毫。」益田晃動瀏海應道。

「因為你說相中三芳先生的手藝，不就是這麼回事嗎？食品模型做得再好，一般人也不會想到找他仿造寶石吧？如同益田先生說的，不會想找人用蠟做寶石。即使手藝高明，成品奇蹟般地維妙維肖，還是會曝光。既然如此，就是知道他以前是做什麼的，才會委託他吧？」

「完全就是這樣，敦子小姐實在法眼無虛。委託三芳先生的是一個叫久保田悠介的人。呃，那裡叫什麼……合羽橋不是有座河童的寺院嗎？是叫曹源寺嗎？他住在那座寺院的旁邊還是後面，大概是三芳先生從小認識的朋友吧。」

「喔……」

即使舉出一堆專有名詞和個人背景，由於事件的輪廓本身模糊不清，無法具體掌握。

「久保田先生戰前搬去千葉，從事漁業相關工作，但戰時在南方戰線傷到右臂，成了獨臂人。」

「是傷殘軍人嗎？」

「嗯……是啊。復員以後，他在東京混了一陣……嗳，是自我放逐。戰爭會剝奪許多事物嘛。就算四肢健全地歸來，也沒辦法回歸原本的生活。何況……」

啊，我離題了——益田拍一下額頭。

「所以，自暴自棄的久保田先生，在昔日同袍的教唆下，染指見不得人的事。」

「就是搶奪寶石嗎？」

「應該沒錯。不過，說穿了，他們只是一群無賴之徒，是一盤散沙，大概是鬧內鬨，有人獨占寶石，藏到某處去了。一夥人鬧得不可開交，但久保田先生本來就對涉足壞事十分消極，很快死了心，和他們斷絕往來。」

沒想到——益田說到這裡，舉手又點了一盤糰子。

「敦子小姐要不要再來一份？天氣熱，還是剉冰比較好？」

「不用了，我還沒吃完，而且請你先說完吧。雖然我手上要交的報導已寫好，不趕時間……」

依照預定行程，敦子現在應該在房總半島的中央。她要陪同作家為連載內容進行採訪。

然而——

由於俗稱的「第五福龍號事件」有了進展，敦子請同事代她前往千葉。

因為說是採訪，也只是陪伴作家，並無急迫性。

第五福龍號事件，是今年三月遠洋鮪魚船第五福龍號在馬紹爾群島近海進行捕撈作業時，由於美軍在同一海域的比基尼環礁進行氫彈試爆——即城堡行動，導致第五福龍號暴露在試爆的落塵——即所謂的「死灰」當中，遭到輻射污染的事件。

大前天，由於輻射污染而健康受損，入院治療的船員終於能夠會客，召開了記者會。

事件發生以來，敦子一直負責第五福龍號的相關報導，持續追蹤採訪。

她當然不能錯過這場記者會。

敦子立刻撰寫報導。

敦子擔任編輯的《稀譚月報》是一本科學雜誌。

因此，在政治、思想上應該保持中立，不允許成見或偏頗立場。然而，文章內容還是不得不採取反核武、反核能的調論。

這起事件，只能視為日本蒙受的第三起核災，既然如此，也沒有其他寫法了。

以報社為首，似乎所有媒體都口徑一致。

今天舉行反氫彈連署運動的全國協會成立大會，敦子事先前往事務局進行採訪。

反氫彈運動往後應該會繼續擴大。不過，相較於民間的活動，政府的反應頗為遲鈍。

至少在敦子的眼中十分遲鈍。

因為正在和美方進行協商吧。

儘管開出高額賠償金，美方卻很早就表達見解，主張船員的身體不適無法斷定是輻射毒害。比起反核聲浪，政府恐怕更擔心反美情緒高漲。

另一方面，敦子認為日本政府還有其他考量。

締結和約之後，國內的核子研究禁令解除。就在第五福龍號遭到輻射污染的同月，政府向國會提出核能研究開發預算案。

這個國家將要大幅轉換方針，朝和平利用核能——核能產業化邁進吧。

這樣的話……

敦子感到五味雜陳。

她認為，即使是為了製造大規模毀滅性武器，技術就是技術，應當予以肯定。如果這種技術能在社會派上用場，未嘗是美事一樁。

可是……

有辦法運用得當嗎？

以城堡行動來看，毋庸置疑，就是實驗用的氫彈威力遠遠超乎預期，才會引發悲劇。炸彈或許破壞力愈大愈好，但如果不是兵器，遇到意外狀況有辦法處理嗎？

尚未完全瞭解的東西，有辦法運用嗎？

舉例來說，就算是幼兒，應該也能學會開車。

但如果讓幼兒開車，引發車禍的機率恐怕會提高許多，容易釀成嚴重的慘劇。等意外發生再想辦法，也於事無補。覆水難收。

汽車駕駛之所以受到法律嚴格規範，就是這個緣故吧。

然而，儘管開車的都是擁有駕照的人，車禍仍層出不窮。

連燃燒汽油推動車輪的單純機關，人類都無法完美操控。

這只是敦子的一己之見——搭乘核能這輛汽車，對人類是不是還太早？人類應該要等到更久遠之後的未來，才有資格去考取駕照。即使得到應試的資格，獲取駕照的考試也是難關重重。

畢竟光是引爆，都無法控制得當。

不過，這個國家的政府不這麼想吧。

既然如此，站在政府的立場，即使容許反氫彈運動，也不樂見發展成反核運動。

確實，核能技術本身並不邪惡。

過度自信，認為有辦法運用根本負荷不了的事物、貿然使用，這樣輕率的心態才是大問題。

姑且不論政府方針的對錯，但總有一天，必定會與民意輿論分道揚鑣。

世人不會聽從真理行動。

多半都是受到氛圍左右。由於世人就是如此不負責任，才經常能夠提出正確的言論。但這樣的輿論不管再怎麼正確，也就是正確而已。

世人無法推動社會。

敦子的心情暗淡。

她並非有所不滿，也不是感到不安。

只是立足點搖擺不定，她不免焦急。

這幾天，她老是在思考這些事。

「心不在焉呢。」益田說。「是那個嗎？敦子小姐最近在採訪反氫彈的活動？」

「唔，是啊。」敦子曖昧地應道。

「那件事影響層面很大哪。」益田把玩著剛端上桌的糰子，「又是嚴肅的議題。炸彈這種東西最好不要有吧。那些原子鮪魚不曉得怎麼樣了？我知道輻射綜合症會傳染是假消息，可是魚也不能吃嗎？」

由於第五福龍號漁船受到輻射污染，築地等各個市場認為在該海域捕獲的鮪魚也遭到污染，採取廢棄處理。這些魚被稱為原子鮪魚或原爆鮪魚。此事影響到水產整體行情，引發全國性恐慌。

「如果是真的遭到輻射污染的魚，食用會有危險……不過也要看程度吧？聽說鮪魚等水產，很多是無端遭受波及。我認為最重要的是確實進行檢查。」

敦子覺得這樣的回答很枯燥，卻是事實。

有段時期，甚至演變成鮪魚本身就有毒的論調。

世人口中的正確言論，有時會失控暴衝過了頭。

「畢竟鮪魚很好吃嘛。」益田泛泛地評論道。

對於這類社會問題，益田應該也深刻思考過，並持有一家之言，但他不認為告訴敦子有任何意義吧。

「唔，相形之下，我的問題怎麼說，實在太雞毛蒜皮了。比起氫彈問題，簡直像個屁。可是啊，對我來說，就算是屁，也不是一般的屁，而是河童的屁。」

「我聽不懂。」

「臭到要人命。」益田說。

「又來了……」

「什麼屁股啊屁的，沒品到極點，不過就是這樣的事，實在沒辦法。然後，跟那鮪魚也不無關係。」

「咦？」

「委託合羽橋的三芳先生仿造鑽石的，那位住在河童寺後面的久保田先生，因為這次的原子鮪魚風波丟了飯碗。」

「是嗎？」

這麼說來，益田提過久保田以前在千葉從事漁業。

「雖然他是獨臂，應該沒上過遠洋漁船……不，我不清楚他的工作內容，不過，麥克阿瑟線（註）廢除後，遠洋漁業的業績不是成長了嗎？看來是前景可期的行業。而且，鮪魚很貴嘛，相當賺錢。然而，在這次的騷動中銷毀一堆，哀鴻遍野。不管是魚市批發或零售業，都深受其害。」

實際上，打擊似乎非常大。

「如同敦子小姐說的，確實檢查，各自判斷就好了。」

不過就算檢查了，也不會有人信——益田說。

「畢竟會害怕嘛。輻射又看不見，小市民都疑神疑鬼。可是，就算想教訓蘇聯和美國，一般小市民哪有辦法，所以才會把矛頭轉向鮪魚吧。甚至有老太婆誤以為鮪魚會爆炸。噯，這年頭都說會下輻射雨了，難怪流言造成的誤解會如火燎原，也不能不分青紅皂白地叫大家差不多一點。不過，有人因此生活劇變。」

久保田先生就是一例——益田臉上掠過陰鬱的神色。

「久保田先生失業，流落街頭。窮途末路之下，他想到的是……嗯，仿造寶石這招。」

「雖然不是無法理解，但仿造寶石又能如何？總不可能偽裝成真品拿去賣。」

「不會這麼做啦。」益田說。「要是拿假寶石去賣，一下就會露出馬腳。食品模型的鮪魚肉幾可亂真，但絕不會有人搞錯拿去吃吧？不管做得再精巧，一摸便露餡。就算拿起來吃，一放進嘴裡就會發現。」

因為是蠟做的嘛——益田說。

「寶石也一樣，玻璃就是玻璃。要是玻璃磨一磨便和鑽石不分軒輊，就沒人要買寶石啦。如同敦子小姐說的，縱然奇蹟般做得維妙維肖，還是會穿幫。即使賣給無法從外觀分辨出不同的門外漢，一摸就會曝光了吧。更重要的是，三芳先生說，久保田先生的本性善良，所以……」

「你先前提到，他要拿去掉換壞蛋夥伴手裡的真品，對吧？到這裡我明白了，但掉包之後要怎麼做？總不會把真品拿去賣吧？」

註：指二戰後占領日本的盟軍最高司令部（GHQ）頒布的備忘錄中，限定日本漁船活動領域的範圍。

「就是……」

要物歸原主啊——益田說。

「還給那個不清楚究竟什麼來頭，總之不想驚動警方的身分高貴的人。」

「這是出於一番好意吧？」敦子說。

「是好意啊。」

「但好意填不飽肚子吧？久保田先生不是失業走投無路，才會想到要做假寶石嗎？這表示他好意的舉動，是為了糊口，比方……拿到報酬之類？不曉得他估計會拿到多少回報，但也可能白花錢做假寶石，落得肉包子打狗的結果。」

「對方沒指望有報酬啦。感謝狀和花束又不能填飽肚子，而且搞不好物主只會感激在心。倒不如說，他想要的就是對方的感激吧。」

「我不懂。」

「就是比起眼前的利益，他更想賣個人情。畢竟寶物的原主是……」

身分高貴的人嗎？

「是貴人呀。」益田說。

「換句話說，他打的算盤是，只要有恩於對方，寶石的原主應該會接濟他？那位久保田先生認為，即使拿不到禮金，也期待對方會替他謀職、找住處，提供這類援助嗎？」

「本來是吧。」益田叼著糰子的竹籤，看向馬路。

「結果不是嗎？」

「不清楚。不，應該是吧……畢竟沒別的可能。不難想像，他會期待對方不僅僅是感激在心，還能化為具體的表示。」

太含糊了。

「所以不是嗎？」

「應該就是這樣，但事情沒那麼順利啊。」

「失敗了嗎？」

「不，掉包作戰似乎沒能執行。不過，這只是猜想。我依序說明吧，三芳先生一個月前接到委託，下了一番苦功，做出假寶石，半個月前交貨。久保田先生說工資等事成再付，給了三芳先生五十圓謝酬。這等於是虧本了。然後，過了大約一星期，久保田先生……」

被發現死在河裡——益田說。

「死在河裡？死法有可疑之處嗎？」

「是殺人命案。」

益田從皮包裡取出折起的報紙。

「在千葉的大多喜町。」

「大多喜？」

在敦子原本預定要去採訪的地點附近。

「沒占什麼篇幅，因為在這個時間點，只是單純的溺死。報上寫著天氣實在太熱，死者約莫是下水游泳，不慎溺斃。不過，對三芳先生來說，簡直是晴天霹靂。三芳先生原本就為了做出假鑽石忐忑不安，因為他是個老實人。」

不管是受到什麼委託製作假寶石，假貨就是假貨。不同於食品模型或病理模型，仿造寶石有相當大的機率被用在犯罪上。身為製作者，會擔心成品的下落也是當然的。

「三芳先生心煩意亂，最後去找警察。」

「去找警察？那……」

「嗯，沒想到他一踏進警署，馬上被拘留。」

「是……被逮捕了嗎？」

「不是逮捕，他是重要涉案人。因為溺斃事件在不知不覺間，變成殺人命案。」

「不是意外死亡？」

「不是。」

屁股露出來了——益田說。

「益田先生……」

「不不不，這不是在說笑。我不是強調過很多遍？這次沒辦法不談屁股，是很沒品的事件。聽好，敦子小姐，被害者久保田先生被人發現死在河裡，而且下半身裸露。」

益田拍了拍屁股。

「漂流了相當遠的距離，一般會認為褲子是在某處被勾住脫落。」

「不是這樣嗎？」

「好像不是。久保田先生的褲子整條脫掉了，但內褲還在身上。」

「哪裡不對嗎？也有這種情形吧？」

「是啦，可是，在發現浮屍的地點再上游一點的地方，找到褲子。久保田先生是獨臂，穿脫皮帶、繩子什麼的很不方便，都是穿鬆緊褲。」

益田微微站起，扭轉身體。

「在這裡，背部下方，腰部一帶——是正後方呢，鬆緊帶在這個位置被切斷了。」

「被切斷？」

「不是勾住扯斷，而是被銳利的刀刃切斷。久保田先生實在不可能自行做到這種事。不，或許做得到吧，但他沒有理由這麼做。警方的看法是，歹徒想脫下溺斃屍體的褲子，露出屁股——像要打小孩子屁股那樣，但長褲和鬆緊帶都濕透了，很難褪下來，於是直接割斷鬆緊帶，露出屁股，並將襯褲褪下一半，丟進河裡。」

「目的是什麼？」

「不知道。」益田立即回答。「褲子吸水變重，鬆緊帶又斷了，所以在漂流途中脫落。襯褲只略微褪下，滑落到大腿一帶，還留在身上——警方推測應該是這樣。」

「究竟為什麼要脫褲子？」

「就說不知道啦。這不是在開玩笑。雖然唯一的可能，就是想看人家的屁股。歹徒喜歡屁股吧？」

儘管如此，仍難以斷定是他殺命案吧？

「既然說是浮屍，死因是溺斃嗎？不是毆打致死或勒斃，也可能是意外事故吧？這種情況下，割破或褪下死人的衣物算是犯罪嗎？如果脫下來帶走，或許會構成竊盜罪，但只是割斷鬆緊帶……屬於器物損毀嗎？」

「不知道。」

「就算不是單純的意外死亡，也不能排除是自殺吧？雖然有棄屍或監護人遺棄致死的可能性，但應該無法單憑這一點斷定是他殺。」

「因為還有另一個。」益田說。

「另一個什麼？」

「屁股。」

「屁……」

「好像是同一條河吧……是嗎？我想想，恰恰是三芳先生去找警察的那一天，是更上游的地方……報紙上是這樣寫，但是不是另一條河啊？河會在途中變成不一樣的名字嗎？」

敦子問是什麼河，益田回答是平澤川。

「那麼，久保田先生的遺體是在夷隅川發現的嗎？」

「沒錯，敦子小姐居然知道。」

「夷隅川的水系很複雜，到處蛇行，又是匯流到一處，又是分出支流。」

那裡──也是敦子原本預定要去採訪的地點附近。她在採訪之前研究過地圖。

「遺體就是被沖到那條河裡類似沙洲的地方。被害者……可以稱為被害者嗎？死者名叫廣田豐，五十歲。報紙上說是金屬加工業者，這是做什麼的呢？此人也是露出屁股溺死。」

「褲子被脫掉嗎？」

「脫了一半。廣田的情況不是整條脫掉，只褪到膝蓋一帶。喔，襯褲也褪了一半。」

屁股一定整個露光光──益田不必要地補充。

不用說也知道。

「這些細節報導出來了嗎？報紙上沒提到吧？」

「唔，如果標題寫成『露屁股連續溺斃事件』，實在太低俗。我剛才說過，就算用『臀部』代換，也好不到哪裡去。」

敦子不是這個意思。

「我是問，報紙上應該沒寫是連續命案吧？」

如果有的話，敦子肯定會留下印象。

「啊，這是三芳先生告訴我的。」

「咦？」

「報紙上沒寫，但他說警方如此研判。警方會刻意壓下公開後可能會影響搜查的情報。比方，隱瞞只有歹徒才知道的事實，或為了預防有人模仿作案……」

這些敦子都知道。

「就算是這樣，三芳先生又怎會曉得這些訊息？」

「喔，三芳先生去警署的時候，警察告訴他的。」

「這……不奇怪嗎？警方會向嫌疑人透露這種內部機密嗎？」

「他不是嫌疑人，是涉案人。」益田說。「恰恰在三芳先生前往警署的時候，警方接到廣田命案的聯絡。是第二起露屁股事件。」

「所以……」

「不不不，起初警方是把三芳先生當成提供線索的民眾。可是，三芳先生本身一頭霧水，搞不清楚狀況。他不是去提供線索，而是去向警方打聽到底是怎麼一回事。有問題要問的是三芳先生。如果只有仿造寶石一件事，就是有個怪傢伙找上門而已，但死了一個人，警官得聯繫負責案子的警署才行。接著，就說到露屁股的事，於是提到有另一起露屁股的案子，最後演變成『這是他殺命案！而且是連續命案！』。因為那個廣田先生也是……」

益田再次把手伸到後腰。

「褲子上的皮帶和久保田先生一樣，在腰際被一刀割斷。不管理由是什麼，顯然是刻意讓死者的屁股露出來，實在不可能毫無關聯。這樣一看，三芳先生十足可疑。他是個行跡可疑的食品模型工人。」

「換句話說，一開始是三芳先生向警方詢問案件經緯，漸漸變成訊問、拘留、偵訊，是嗎？」

「唔，就是這樣吧。」益田應道。「拘留是三芳先生的說法，但他並未被綁起來或丟進牢房。根據我的經驗，沒他說的那麼誇張。不過是去了警署，卻不讓人回去，當然會覺得遭到拘留吧。而且，他似乎心底有鬼。」

「儘管如此……益田先生，你未免知道得過於詳細。」

「喔，這就是所謂的蛇有蛇路。」

直到去年春季，益田都任職於舊國家地方警察神奈川本部。他原本是個刑警。

上個月改正警察法施行，警察組織全面重組。國家行政組織的警察廳成立，國家地方警察與自治體警察廢除，取而代之，設置地方組織的都道府縣警察——其中只有東京的稱為警視廳。都道府縣警的高層納入國家公務員，姑且是統一在國家公安委員會底下。人事想必也會刷新，但現場的第一線職員應該不會有所變動。

益田在警界有不少門路吧。

「不過，如果是凶手，不可能傻傻地自投羅網。來自首就另當別論啦。只是，時機未免太巧，警方當然會懷疑這傢伙或許知道什麼，才執拗地盤問不休。」

換成是我負責這案子，也會這麼做——益田說。

「但三芳先生沒有動機，又有確實的不在場證明——他從早到晚都待在作業場所做中華蕎麥麵的模型之類，所以警方並未拘留他。然而，這已足以讓他陷入天大的恐慌。他把知道的事全盤托出，平安地被放回來，卻無法釋然。」

這……也難怪吧。

站在三芳的立場，儘管確定自己牽扯其中，卻猶如霧裡看花。確實，依目前聽到的，不論是事件的整體或形貌，都是一團模糊。因為看不出每件事之間的關聯，只能說是雜亂無章。

然而，死了兩個人。

「真是撲朔迷離。」

「對吧？正如所謂的雪中白鷺、暗夜烏鴉啊。敦子小姐明白有多難說明了嗎？感覺像在黑暗中摸索。於是……就輪到我們玫瑰十字偵探社登場啦。」

益田不知為何挺起胸膛。

就算是這樣——

「偵探因而登場，也有些不自然。到底要找什麼？犯人嗎？怎樣的犯人？命案兇手嗎？」

「唔……」

益田撩起瀏海。

就算撩起來也會立刻垂落。

尋思片刻，益田開口：

「假寶石的……下落嗎？就是屁股寶珠男子的下落。他就是犯人。」

這思維不會太跳躍了嗎？

「這只是把久保田先生告訴三芳先生的話照單全收吧？仿造寶石的用途聽起來十足虛假，到底有沒有這個刺青男也很可疑。第二個溺死者——是廣田先生嗎？完全不清楚他與這件事有什麼關聯。將原本就不確實的要素，用更不確實的揣測串聯起來也沒有意義，根本什麼都看不出來吧？」

「能見度是零。」益田說。「身陷濃霧。哎呀，彷彿被人蓋布袋。所以，我才會找敦子小姐商量。這部分請多多諒解。託您的福，我身邊連一個能分析這種莫名其妙事件的聰明人都沒有。」

「那你怎會接下這案子？」

「呃，實在難以拒絕。」

「有什麼無法拒絕的理由嗎？」

「沒有啦。只是，我是個膽小鬼。三芳先生是在武藏野事件中認識的人偶師介紹的。食品模型和女兒節人偶感覺似乎無關，因為都是做工藝品的，彼此有細微的聯繫嗎？喏，和絞殺魔事件那時的杉浦女士一樣……」

這幾年發生的許多複雜事件，隱約逐漸建立起複雜的人際網路。

這一點敦子深有感觸。最近與她親近起來的吳美由紀，是個女高中生。仔細想想，如果過著普通的生活，不可能突然結交到年齡相差那麼遠的朋友。

「不過，委託人三芳先生自己是如墜五里霧中，委託的內容相當模糊，我也一樣如墜五里霧中，合計是在十里霧中。」

「我懂了，但沒有我出場的份啊。」敦子說。

「喔，我希望敦子小姐能幫忙驅散這片迷霧。」

「沒辦法。何況，連那兩具浮屍和假寶石之間有無因果關係，都不清不楚。久保田先生和三芳先生或許是兒時玩伴，但那個姓廣田的是從哪裡冒出來的？即使真的是殺人命案，一來不知道命案和仿造寶石的關聯，就算有關，警方……」

「喂！」

背後突然有人出聲，敦子嚇得縮起肩膀。她還沒回頭，益田就先站起來了。

「抱歉、抱歉，音量太大了嗎？還是說太多次『屁股』？我再給您賠個不是，對不起。」

益田搖晃著瀏海，哈腰鞠躬。

「咦？不是啦。這人怎麼卑躬屈膝的？」

聲音的主人移動到敦子旁邊。

敦子看到圍裙。

益田抬起眼，目光跟著人影移動，又莫名其妙地賠罪：「哎呀，真是對不住。」

「聽著，我本來是不喜歡偷聽客人說話這種沒禮貌的行為。」

「您……聽見了呢，聽見我『屁股、屁股』地說個沒完。讓您見笑了。」

「就算聽見了，我也會裝成沒聽見，左耳進右耳出，不放在心上。做生意就該如此。」

「太令人敬佩了。」益田畢恭畢敬地說：「您真是糰、糰子鋪的楷模。」

「喂，小姐，妳朋友是不是腦袋少根筋？」

敦子提心吊膽地抬頭，只見一臉苦惱的婦人正俯視著她。

對方約莫是這家店的老闆娘。

不過，比想像中年輕許多。雖然她稱呼敦子「小姐」，但年紀和敦子應該差不多。

「不是那樣啦，是你們談論的事，讓我想裝成沒聽見都沒辦法。」

「喔……您不肯原諒我們嗎？果然是因為屁股……」

「你有沒完沒啊？這個二百五！」

眼前的女傑還沒繼續說下去，便傳來「幸江、幸江」的呼喚聲。

望向聲源處，廚房——雖然敦子不知道在糰子鋪是否也稱為廚房——的珠簾掀起，一名男子不安地看著他們。

「喂，幸江，別亂找客人的碴。」

「誰在找碴了？」

「可是，幸江……」

「『幸江』是你能亂喊的嗎？你把老娘當什麼？別看我這副模樣，我可是仲村屋的第三代傳人！」

「可是……」

「沒什麼好可是的！你這個入贅女婿懂什麼？仲村屋是靠老娘仲村幸江撐起來的，客人交給我應付，你只要待在裡頭做好吃的糰子就是了！」

益田行了個最敬禮，說「糰子很好吃」。

「你這人到底怎麼回事？說起來，都是你態度不好。誰教你淨是發出那種嚇破膽的聲音，害我那口子誤會。我們沒在吵架。好啦，沒你的事，進去、進去！」

入贅女婿消失在簾子另一頭後，第三代老闆娘在空椅子坐了下來。不知不覺間，客人只剩下敦子和益田。

「我啊，不是在為了你滿口『屁股』而生氣。」

「可是客人……」

「聽到『屁股』就不來的客人，老娘不稀罕。客人是因為糰子好吃才上門，怎麼可能輸給什麼屁股。我們的糰子美味得很。我那口子不會應付客人，做起糰子卻是全東京第一。這些不重要啦。喂，小哥，你說的久保田，是住在那個……」

「是的，是以前住在合羽橋河童寺後面的久保田先生——合羽橋和河童有什麼關係嗎（註一）？」

益田轉向敦子，問了個多餘的問題。

「沒有關係。」

「沒有關係嗎？」

「我認為合羽橋的合羽，是雨具的合羽（註二）。」

「那河童寺呢？」

「那是……」幸江插口，「源自為了這一帶，捐出私人財產興建灌溉工程的合羽屋喜八啊，包括地名和寺院。曹源寺那邊也有喜八的墓地。」

「那河童呢？」

「就說是合羽了。」老闆娘說。

雞同鴨講。敦子心裡知道，但不想告訴益田，於是再次回應「沒有關係」。

「咦？那不是河童的……」

「我的意思是，和事件無關。」

「哎呀，失敬、失敬。」益田戲謔道。

「這位小姐說的沒錯。」幸江瞪向益田，「你啊，實在不像話。見過打斷別人話頭的人，但沒見過像你這般不停打斷自己話頭的人。你要講的事，到底何年何月才會講完？阿彰和阿悠自小就是這裡的常客。」

「阿、阿彰是指三芳先生吧？」

「阿悠是久保田。所以，他們的事，問我就對了。我才能替你撥雲見日。」

「真是……太教人五體投地、甘拜下風。」益田行禮道。「五體投地——這是淺草，要拜觀音娘娘才對。為了答謝，請再來一串糰子……」

「老愛亂岔題。」老闆娘說，「你的話語就像無頭蒼蠅似地四處亂轉，只有一點說對了，阿彰和阿

註一：「合羽」和「河童」的日文發音相同，皆為kappa。

註二：合羽是一種雨衣，模仿十六世紀的傳教士長袍製作，發音源於葡萄牙語的capa。

悠都是好人。他們骨子裡都是老實人、好心人，從小就容易受騙上當。」

「老闆娘騙過小時候的他們嗎？」

「胡說什麼，我比他們年輕好嗎？不許說看不出來啊，這個楞頭青。他們不都三十好幾了嗎？人家才二十九歲。」

「哎呀！」

幸江和剛才的敦子一樣聳了聳肩，「小姐，不曉得你們是什麼關係，要挑男友，什麼人都好，千萬別挑這小子。噯，總之聽著吧。阿彰工作一個換過一個，終於找到天職，孜孜矻矻地努力打拚。可是，悠介哥有段時期學壞了，說是去千葉，其實是離家出走。」

「離、離家出走？」

「是啊。他爸媽一直住在這一帶，後來在空襲中逝世。B29轟炸機燒夷彈丟個沒完，把這一帶夷為平地，我家也燒掉了。我撿回一條命，但久保田家沒能逃過一劫。阿悠不知道，復員回來嚇壞了，真正是後悔莫及。對了，你剛才不是提到傷殘軍人嗎？」

「對，他的手……」

「他有手啊。」幸江說。「復員回來的時候，他雙手都好好的。」

「接、接回去了嗎？」

「什麼接回去，你說手嗎？又不是柿子樹，你以為有辦法像樹木嫁接那樣接回去嗎？那可是手呢。所以，他不是傷殘軍人。他來我這裡，也是復員以後的事，還帶著看上去有點匪類氣息的朋友。那時候我們還在棚屋做生意。那是……對，他說是同一個部隊的。」

「就、就是那個人。」益田半直起身，「屁、屁股……」

「又提屁股……」

「那個人屁股上有沒有寶珠刺青？」

幸江沉默了一秒。

益田也默默回望幸江。

「欸，你怎麼蠢成這樣？我怎會看到客人的屁股？連三社祭的男丁，也會穿條襯褲。他們全穿著復員服啦。然後……」

幸江一個仰身，喊道：「芽生啊！」

裡頭走出一名像店員的女子。

「啊，這是我的姪女。」

「哦，叫姪女不喚名字，真新奇（註）。」

「小姐，妳這朋友怎會傻成這樣？這是我那口子的哥哥的女兒，名叫芽生。」

「我是入川芽生。」女店員向兩人行禮。

「欸，妳還記得嗎？當時這裡還沒重建，所以是七年前左右的事。喏，阿悠復員回來……」

註：日文中，「姪女」和「芽生」這個名字的發音相同，都是「Mei」。

「過世的久保田先生嗎？」

「好啦，妳先坐下。」幸江拍拍椅面，「那時候妳才十五、六歲吧，阿悠不是帶著看起來挺不良的朋友上門嗎？」

「我想想……」芽生食指抵著嘴唇，微微側頭。「那時候他還沒受傷。」

「受傷？」

「喏，他不是吊著一隻手嗎？」

「咦？那久保田先生失去右臂，是……」

「不不不，那是裝病——也不是病嗎？是假傷啦。在假扮傷殘軍人吧。就算是真傷，也不是在戰爭期間受的傷。我猜測阿悠是和那夥人一起幹了什麼不法勾當，捅出婁子。芽生，對吧？」

「那時候我剛來店裡工作，記得很清楚。久保田先生……對，起初三個人在商量些什麼，然後那個kappa的……」

「河童嗎？還是合羽？」

「就kappa啊。」幸江應道。益田小聲問敦子：「到底是哪邊？」敦子沒理他。

哪邊都無所謂吧。

「我記得他很會游泳……那個……」

「河童廣哥，對吧？那個愛湊熱鬧的銼刀工人。」

幸江接過話，芽生拍手說「對對對」。

「那個下谷的河童先生。每次舉行祭典，他都會戴圓斗笠、穿行旅合羽一起遊行，喝醉就會脫光光，往頭上潑一盆水，跳起蹩腳的舞，就是臉長得像惠比壽（註），呃……小孩子都叫他河童先生，或是斗笠先生。」

「就是廣田先生啦。」

「咦，是過、過世的廣田豐嗎？」益田跳了起來。

「廣田先生過世了嗎？」芽生驚呼。

「對對對，這個人就是這麼說，所以我才不能當成沒聽見。久保田家的阿悠和河童廣哥居然相繼過世。」

「是啊，露出屁股過世。」

「別管屁股啦。」幸江說。「你啊，少當著羞花閉月的小姐的面，滿口『屁股、屁股』的。我家芽生才二十二歲。」

「託您的福，我這人就是沒品。」益田垂下頭。

「小姐，別嫌我囉唆，千萬不能跟這種男人交往。芽生，妳也記著，留長瀏海、眼神懦弱、油腔滑調的傢伙，千萬不能要。」

「呃，這……唔，或許我是很糟，不過……」

註：日本七福神之一。

「廣哥是做銼刀切齒的工人，技術很不錯。聽說他是廣島人，在當地學的技術，可是，廣島不是被原子彈炸了嗎？家人、房屋，全都沒了，所以他來到這裡，一個人討生活。」

金屬加工業——這樣的說法雖然不能算錯，但從語感得到的印象相差頗遠。他似乎不是在工廠上班。

「是啊，約莫是終戰隔年才出現在這一帶。他說自己是河童，完全融入合羽橋當地。河童在廣島或許是如魚得水，但在這裡，淺草川又沒辦法游泳。」

「淺草川？」

「就是隅田川。」

幸江指向河川。

「再怎麼愛游泳，也不會有人去游隅田川吧？雖然要游也不是不能游，不過只有愛作怪的人才會這麼做吧？如果不下水，廣田哥只是普通的阿伯。但不游泳，怎麼當得起『河童』這個綽號？於是，他想到和河童同音的合羽，披上古時候江湖人士穿的那種條紋合羽，戴上斗笠。然後，他又喜歡祭典。雖然看上去難以取悅，其實……」

是個愛搞怪的人，幸江說。

「他不算年輕，加上很晚才被臨時徵兵……應該不曾離開內地。大概是被送往哪個戰地的途中遇到原爆，戰爭結束，就這樣解除兵役。然而，他沒回故鄉，因為老家在原爆的中心地帶。所以，他想必是在戰後不久搬來下谷。那麼，阿悠復員回來……就是廣哥來到此地一、兩年左右的事。」

益田轉向敦子，有些激動地說「連接起來了」。

「那位河童先生也參與他們的不法勾當嗎？」

「我不知道是什麼不法勾當，不過他們鬼鬼祟祟地商量，對吧？」

「是啊。」芽生應道。「雖然不清楚是不是討論壞事……但就像某種聚會。」

「一定是在商量壞事啦。」幸江說，「他們全神貫注地討論。幾個又髒又臭的大男人聚首商議，眉頭深鎖，小聲嘰嘰咕咕個沒完，連糰子也不吃。我們不供酒嘛。」

「可是，談完他們就會去外面喝酒。不曉得什麼原料做成的酒……」

芽生望向店外。「就在附近。現在雖然減少了一些，但當時這一帶的街上全是酒鋪，幾乎防礙通行。」

「現在六區那邊不也是一樣？大白天到處都是醉鬼。」幸江說。

換句話說，他們討論的……是無法在大馬路上隨便說出口的事嗎？

「參加討論的有久保田先生，還有誰？」益田追問。

「幾個看上去並非善類的男人。名字……叫什麼來著？」

「記得一個是叫……龜什麼的。」

「是嗎？」

「龜田或龜井，都不是嗎？可是有個『龜』字。那個眼神飄忽不定、要笑不笑的傢伙，還算和氣。

嬸嬸提到那個不像善類的，叫Mu……不，Su……」

「妳怎會記得這麼清楚？」幸江佩服地歪起頭。

「是Mu，還是Su？」益田追問。

「Mu……想不起來耶。」芽生回答。

「別這麼說，名字很重要啊。」

「唔……有四個字。」

「四個字的姓氏，帶有Mu？Mu、Mushi（蟲）？不，沒這種姓氏。Mu……我只想得到村山（Murayama）或村川（Murakawa）。如果是Su，也不是須田（Suda）或須川（Sugawa）。那麼，是叫龜什麼的，和Su什麼的人，再加上廣田先生，共三個人是嗎？」

「不，還有一個人。芽生，對吧？」

「咦，除了河童廣哥以外嗎？」

嬸嬸和姪女一同抱起手臂沉思。

「啊！」

姪女先出聲。

「的確有另一個人。雖然只來一、兩次，不過是那個瘦瘦的人，對吧？他叫川……」

「幾個音？」益田問。

「咦？唔……三個音。川、川田（Kawata）、川井（Kawai），川、川瀨（Kawase），對，川瀨。就是川瀨。」

「妳太厲害了吧。」幸江目瞪口呆地看著姪女。「這麼說來，就是這個姓氏。他確實很瘦，彷彿營養不良。可是，自從那個瘦排骨出現，場面就亂了起來，然後一夥人不見蹤影。下回再來，阿悠吊著一隻手，變成傷殘軍人的模樣。我嚇一跳，詢問怎麼了，阿悠既像生氣，又像沮喪，一臉陰沉，說在東京不扮成這種樣子，連飯都沒得吃，接著說他要回千葉了，是來向我道別。所以，我才以為他是假扮傷殘軍人……」

「不，他真的右肘以下都沒了。」益田說。

「咦，這樣嗎？到底出了什麼事？……他說過什麼？對，這麼一提，我記得他說什麼被擺一道，還是遭到背叛之類的話。」

「被擺一道……？」

「我問他是不是幹了什麼壞事，他就說：是啊，歹路不可行哪，幸兒。」

「幸兒！」

益田過度反應。

「怎麼，你有意見嗎？我比阿悠還小呢。這一帶的叔叔都叫我『幸兒』，十分疼我。我不敢自封淺草西施，但絕對是仲村屋的店花，輪不到你這種膽小鬼大驚小怪。」

「託您的福，我是膽小鬼沒錯。」益田說完，轉向敦子低聲埋怨：「看得出來嗎？」

「喔，我是真的膽小。老闆娘真有看人的眼光，實在是火眼金睛。我呢……」

敦子舉手打斷長舌的益田發言：

「後來久保田先生怎麼了？」

「沒再出現。啊，河童廣哥依然每年祭典都會上場搞怪。不過，也不能跑去問『你一定做了什麼壞事吧』。後來，我就拋開這件事。聽到你們提起之前，我忘得一乾二淨。」

「其他人呢？」

「只看到廣哥。」

「那個阿龜、Su什麼Mu什麼的，還有川瀨也都沒再出現？」

「唔，他們的名字我一個都不記得，那個……阿龜嗎？龜、龜田？龜山？」

「啊，龜山，是龜山！」芽生高聲驚呼。「應該是龜山。不，就是龜山。」

「龜山，Kameyama，應該是寫成烏龜的龜，高山的山。」

益田寫進記事本裡。

「我整理一下。久保田先生年輕的時候叛逆離家，在千葉從事漁業相關工作，又受到徵兵出征，復員後回到淺草，發現老家在空襲中燒毀了。」

「沒錯。」

「然後，他和同部隊叫什麼Su的人，還有叫龜山的人，多次在這家店討論可疑的勾當。不久，河童廣哥，也就是廣田先生，和瘦排骨川瀨也加入。」

「沒錯。」

「但川瀨一加入，情況似乎變得不對勁，五人不再到這家店來。」

「不再上門了。」

「雖然不清楚這段期間發生什麼事，但久保田先生再度出現在這家店時，失去了右手，並表示要回千葉。」

「就是這樣。」

瞧，你也行——老闆娘說。

「不要亂岔題就好啦。」

「喔，託您的福。那……那是什麼時候的事？」

「這個嘛，雖然不知道出了什麼事，但從他們不再上門聚會，到阿悠吊著手臂來道別……大概隔了半年吧。就算手傷是真的，感覺也不像剛受傷。連我都以為只是裝的，應該是快痊癒，不然就是完全好了。唔，假設是在沒來的期間受的傷，康復也差不多需要這些時間吧？」

「他是在七年前——昭和二十二年（一九四七）復員的吧？」

「對啊。他從戰場回來，應該是二十二年入夏以前，還是初春？然後，在這一帶混了半年左右，不曉得捅出什麼婁子——一定是捅出婁子了吧，銷聲匿跡……是啊，他最後一次來，是隔年的……好像一樣是夏天。」

「那就是……昭和二十三年的夏天嗎？這六年之間，久保田先生音訊全無嗎？」

「音訊全無呢。」幸江說。「那是我最後一次看到他。」

「不，他來過。」芽生當下接話。

「他來過？什麼時候？我怎麼不記得？」

「那時候嬸嬸應該不在。」幸江說。

「我整天都在店裡啊。」芽生回道。

「可是他來過。」益田問。

「呃……芽生小姐，他來過嗎？」益田問。

「嬸嬸，上個月商店會不是開會嗎？就是……」

「喔，偷窺狂。」幸江說。

「什麼？偷窺狂？」

「喏，前陣子不是鬧得沸沸揚揚嗎？偷窺色狼。那個專看男人的傢伙。偷窺相公。」

「對對對。」益田點頭。「喧騰一時呢。報紙上用了好沒品的標題。呃，跟這件事有什麼關係嗎？」

「最初，偷窺事件是從這一帶鬧開來的。」

「是這樣嗎？」

益田看向敦子。

坦白說，敦子對偷窺事件毫無興趣，幾乎沒有任何相關知識。報導也只是瞥過，她受不了那些低俗煽情的標題。

「色狼在這一帶偷窺居民的浴室、廁所，所以召開會議，要大家提高警覺。可是，不管再怎麼小心也無從防備，我們又是開糰子鋪。糰子鋪耶，客人又不會在這裡露屁股，色狼要偷看什麼？我那口子就算屁股給人看了，我也不在乎。唔，妳說開會怎麼了？」

「就是那天啊。嬸嬸出去開會，久保田先生突然上門。我沒告訴嬸嬸嗎？」

「沒有。」

「一開始我沒認出他，看到他缺一隻手，才忽然想起。久保田先生似乎記得我，於是問我，他小時候的朋友三芳先生是不是還住在這個町。」

「那是什麼時候的事？」益田問。

「上個月……」

「這樣啊！」

益田站起身，轉向敦子。

「這下全部連接起來了。敦子小姐，對吧？」

「根本沒有啊。」

「嗄？」

益田誤會了。

久保田和夥伴幹了某些勾當，這應該是事實。

雖然不清楚做了什麼，但當時似乎有人窩裡反，導致久保田重傷失去右手。不過，這僅僅是依據久保田的追述推論出來的。現階段，久保田的傷與那一夥人幹的勾當是否有直接關聯，只能說不確定。

六年後，久保田離奇溺斃。

然後，和久保田一樣離奇溺斃的男子，疑似是一起幹壞事的五人之一——廣田。

到這裡似乎都可以確定。

此外，久保田死前，委託兒時玩伴三芳仿造寶石，約莫是想用在與搶奪寶石事件有關的計謀。

久保田過去犯下的惡行，可能就是這起寶石搶案。果真如此，窩裡反的原因，可能就是私吞寶石。

不過，這些都只是推測。

沒有任何證據將兩者連結在一起。

沒有任何線索能將過去的惡行、仿造寶石，以及兩起神祕死亡緊密地連結在一起。再補充一點，久保田失去一隻手的原因，也只能說是不明。

彼此之間完全沒有關聯。

唯有不明瞭的幾個事實散布各處。連接起這些事實的，只有更加曖昧不明的推理——妄想。

「多虧兩位協助，久保田先生的為人，以及復員後的行蹤，我得知相當詳盡的細節，但他們以前到底做了什麼壞事，仍不清不楚。至於三芳先生的委託……依然毫無頭緒。」

更基本的問題是，敦子不知道三芳的委託內容。

「由於兩位的熱心，多少填補了益田先生的說明中空缺的部分，我大致瞭解狀況，或者說各方面的梗概了。所以，益田先生……」

「什麼？」

「請不要再繼續脫軌，整理一下三芳先生的委託內容吧。況且，你說要借用我的智慧，但截至目前……我實在看不出能幫上什麼忙。」

「所以，首先是屁股啊。」益田應道。

「呃……」

「我、我可不是在說笑。三芳先生想知道他做的假寶石的下落、用在何處。雖然一開始就像雲山罩霧，不過，您也聽到了，久保田先生似乎真的做了不好的事。如果那件事和寶石有關，要怎麼辦？」

「什麼怎麼辦？」

「久保田先生說要拿假寶石和真品掉包，那真品在誰手上？當然是搶走寶石的人嘍。然後，根據久保田先生告訴三芳先生的線索，將鑽石占為己有的傢伙，屁股上有寶珠的刺青。」

「這我聽過了。」

「所以，雖然曲折離奇，但說到這裡，事情就簡單了，只要找出那傢伙……」

「這人是傻了嗎？」幸江說。

「呃，是嗎？」

「要怎麼找？豈不是只能四處叫人脫褲子給你看屁股嗎？就算低頭拜託，誰會願意這麼做？世上才沒人樂意給別人看屁股吧。那只好去偷窺廁所和浴室啦。」

「不不不，可能在公共澡堂之類的地方看到啊。如果是自豪的刺青，儘管是在屁股上，或許也會想展示一下，供人欣賞。」

「那你到處去打聽看看啊。你最愛滿嘴『屁股』了吧？只要到處求人『請讓我看一下屁股』就行啦。雖然還沒找到人，應該就會先被警察抓去。除此之外沒別的辦法。只能像叫賣的小販，高喊：『附近有沒有人屁股上有刺青』，對吧？根本不必借用這位小姐的智慧。你這人不僅膽小，還笨頭笨腦。」

「唔，多多少少啦。」

「還是你以此為藉口，想追人家？世上有人拿屁股當話題泡妞的嗎？」

「不不不……」

益田抹起汗來。

「您這店花扯到哪裡去了？那個原本形象模糊的屁股寶珠男，由於剛才那席話，可鎖定龜山、Su什麼Mu什麼的，或是川瀨三人……」

「所以說，這番推論毫無根據啊，益田先生。」

只知道姓氏和人數，其餘細節一概不清楚。

至於有什麼關聯，目前仍只能說是不清楚。充其量是可能有關而已。而且，這種可能性也不高。

益田不服地噘起嘴，「可是，我覺得應該有關聯啊……」

「在判斷有無關聯以前，那起寶石搶案僅僅是久保田先生如此宣稱，根本不確定是否真有其事，對吧？如今每年都會發生好幾起寶石搶案，但七年前日本剛戰敗，不管是寶石失竊或遭到詐騙，一旦曝光，應該會相當轟動……所以，我認為並未公諸於世。」

「問題出在這裡嗎？」益田說。「唔，物主身分高貴，或許不願意鬧上檯面。兩位，久保田先生有沒有提過這類事情?比方談起寶石怎麼樣。」

「什麼怎麼樣?剛才我不是說過,客人聊天的內容,我向來是左耳進右耳出。你不是還誇我是糰子鋪的楷模?」

「的確是楷模,但也可能寶石的寶字,殘留在耳中一隅……」

幸江和芽生面面相覷。

「寶石喔,離我們的生活實在太遙遠,我連真正的寶石都沒見過。寶石就像琉璃珠,對吧?」

「不,應該再高級一些吧。琉璃珠比較接近玻璃珠。而且,聽說那是身分高貴的人士的寶石,既然如此,想必更高級。」

幸江蹙起眉頭,「身分高貴的人士,誰啊?我從沒見過什麼高貴的人士。我和姪女都是不折不扣的平民。不管是明治維新,還是戰爭前後,我們家一直是糰子鋪……應該啦。我知道的貴人,頂多就是天皇陛下,但當然不曾親眼拜見。」

「啊……」

——就是天皇嗎?

敦子頓時想起。

那麼,記得是……

但真有這樣的事嗎?

「對了,寶石長這個樣子。」

益田說著，從皮包抽出一張紙。

「這是三芳先生製作仿造品時參考的設計圖，還是要稱為素描？據說是照著久保田先生的描述畫的。」

紙上有著像草稿的圖樣。

「寶石總共有五顆，全憑久保田先生的記憶，畫出……這叫平面圖和立體圖嗎？還有一個斜看的角度……不愧是做這行的，畫得真好。」

「阿彰手很巧嘛。」幸江探頭看圖。「不是戒指之類的首飾，只有鑽石嗎？」

「好像是。這似乎是實物大小。這麼一看，感覺滿大顆的呢。普通鑽石應該更小顆吧？雖然我也不知道鑽石一般是多大、價錢又是多少。」

敦子也探頭一看。

她原本猜想會類似三視圖，筆觸卻接近靜物畫。

這張圖——是設計圖嗎？如果是實品大小，就像益田說的，算得上相當大。這種尺寸，而且是鑽石，恐怕逼近天價了。敦子長年過著與寶石和飾品無緣的生活。她覺得那些東西很美，但並不會想要，也從未想過要佩戴。不過，她還知道行情。

一克拉四十到五十萬圓。

一克拉是二百毫克。

光看圖樣，看不出究竟是多少克拉。鑽石的價格會依據色澤、透明度、切割方式而不同，敦子當然無法估價，但這應該價值數百萬圓，視情況甚至會更高。同樣的鑽石……共有五顆。

這……

益田偷覷幸江和芽生的臉色，接著向敦子投以求助般的眼神。

「怎麼樣呢？對了……七年前他們在商量不法勾當時，有沒有提到這樣的寶石？有沒有聽到幾克拉、鑽石之類的字眼？如何？芽生小姐記憶力極佳，妳記不記得？」

「說得像我很健忘一樣。」

「幸、幸江老闆娘是我最後的希望，我打算留到最後再請教，千萬別誤會。啊，就算您先想起來，也沒關係。」

「這小哥未免太隨便了。」幸江聽得目瞪口呆。

「託您的福，我這人向來隨便。」益田應道。「敦子小姐呢？唔，光看畫也很難說什麼吧。」

——不。

這東西該不會是……

「益田先生，你知道隱匿囤積物資嗎？」

「印……什麼？印章雞五隻？」

「不是。戰爭時期，日本軍從平民手中接收大量的物資，但占領軍登陸之前，發布了處理通告，對吧？可是，有相當多的物資下落不明，消失在黑暗中。有人說是流入政界。喏，眾議院也組成特別調查委員會……」

「然後呢？」

「仍有大半下落不明，尤其是是貴金屬。」

「貴金屬？」

「貴金屬也被接收了。甚至傳聞陳列在銀座珠寶店的寶石，多半是私賣的隱匿囤積物資。」

「咦？」

「方便借個電話嗎？」敦子站了起來。「這裡……有電話吧？」

「有啊，在櫃檯旁邊。」

有必要確認一下。

向哥哥，或社會記者鳥口——不，鳥口今天應該是去反氫彈連署運動全國協會成立大會，進行攝影工作。是敦子委託他去的。

敦子思索片刻，先打電話到《稀譚月報》編輯部。這天是星期日，但一定有人在。

中禪寺嗎？不得了啦……！

沒想到，電話一接通，總編中村就在彼端大喊。

3

「好沒品喔……」

淳子說著，幾乎要笑出來。

南雲淳子是美由紀母親的姊姊的長女——也就是美由紀的表姊。

小時候她們每年會見面一、兩回，玩在一塊，但自從搬家以後，便漸行漸遠。最後一次碰面，應該是五、六年前的事。

淳子比美由紀大五歲，應該已成年。聽說是在公所上班，出社會了。

美由紀的學校放暑假，她正在進行一趟小旅行。

回到老家所在的木更津一星期，她到處閒晃四、五天，一下就無事可做。

美由紀和木更津這片土地的感情並不深厚。

附近有幾個小學同學，但以前也沒好到每天一起玩，況且她們現在各自都有朋友圈，三天兩頭去找人家也不妥。當然有暑假作業要寫，不過美由紀早早認定那種東西留到暑假後半再說，因此她的無聊很快到達頂點。

所以，她才會計畫旅行。

說是旅行，也是可當天來回的距離，而且不是去陌生的地方，或是觀光地區。美由紀只想來一場過去之旅。

小時候——

美由紀一家人住在勝浦。

正確地說，是一個叫興津町鵜原的地方。

她們家是在父親獨立開公司的時候搬到木更津。

應該是她剛上小學的事。國中美由紀讀的是寄宿學校，在木更津只住了短短四、五年。雖然沒有任何不好的回憶，但回憶的總量並不多。

父親自立門戶時，似乎和祖父大吵一架。祖父鬧彆扭，表面上雙方已絕交。話雖如此，父親總是定期寄送生活費給祖父，似乎也不是鬧到斷絕父子關係。

並非有什麼嚴重的心結。

祖父只是想在熟悉的土地繼續當漁夫吧。然而，父親會決心創業，就是因為祖父沒辦法繼續捕魚了。

祖父去蘇我拜訪朋友時，遇到千葉空襲，腳受了傷，不得不放棄捕魚。

但祖父對這一行還是戀戀不捨吧。

直到去年，他仍固執地在鵜原獨居。

去年以前，美由紀被送去就讀的寄宿制女學院，就在勝浦附近。雖然不遠，但學校位在遠離市區的山中，不是能輕鬆來回的距離。

那所有點像監獄的女學院，去年春季發生連續殺人事件。

由於那起淒慘的事件，美由紀失去要好的朋友。她遭到懷疑、責備，她哭泣、吶喊。

在這當中，美由紀時隔八年再次見到祖父。美由紀長大了，祖父卻變小了。

變小的祖父，成為身陷令人鼻酸的事件旋渦、受到擺布的孫女的繫船索，將美由紀牢牢地繫留在這個世界。

以這起事件為契機，祖父不再堅持己見，搬去和美由紀的父母同住。因此，現下祖父也住在木更津。

等於是美由紀和出生後生活了六年的鵜原，徹底斷絕關係。

學院也在事件發生後關閉了。她覺得往後不會再踏入勝浦一帶。

應該不會有事去那裡。

所以，她決定過去看看。

從木更津到鵜原，搭房總西線轉乘房總東線，三個小時都不用。早點出發，上午就能到了。美由紀望著車窗外的海景，轉眼便抵達目的地。

祖父以前住的小屋仍保留原狀。

祖父蒐集的漂流物在搬家的時候幾乎全丟了。以前當漁夫的時候，祖父會撿拾漂到船邊的各種東西，收藏起來。

小屋成了一棟廢屋。

屋內一片空蕩蕩，布滿灰塵。

本來就沒什麼家具，而且從以前就灰撲撲的，美由紀仍強烈感覺到無人居住的家，就像蛇褪下的皮一樣空洞。

雖然呈現家的形狀，卻不再是一戶人家，只不過是柱子、牆壁、天花板和地板的組合。

門口掉了幾個裂開的貝殼。

屋內灰撲撲，屋外的泥土卻是濕的。

埋沒的記憶殘渣浮現腦海。

美由紀興起順便去看一下**那所學院**的念頭。

不過，學院有段距離。雖然不是去不了，但很花時間。疲倦倒是還好，她只是擔心回程路上天就黑了。

況且，聽說已廢校，年關一過就動工拆除。那麼，想必拆得差不多了吧。

豈止是空虛，都是廢墟了。不，搞不好已夷為一片平地。

那種東西去看了也沒用。

何況，即使建築物還留著，別提認識的人和朋友，那裡應該沒有半個人了。即使有人，也是拆除工人吧。

這些都是早就知道的事。

那裡並沒有什麼美好的回憶，足以讓她看著校舍殘骸或翻開的地面，沉浸在感傷中。

這麼一想，過去看看的念頭頓時萎縮。

於是……

美由紀前往淳子居住的總元。

不是一時興起，她原本就打算拜訪。

小時候她去過總元好幾次。

搬到木更津以後，也去過幾回。

雖然無法明確地想起最後一次去是什麼時候，但自從上了中學，應該就沒再去了，因此起碼有四年——不，超過五年沒上門拜訪。

美由紀還不到緬懷過去的年紀，最直接的動機，當然是想要認一下之前和同學聊到河童時，聯想起的河伯神社。倒不如說她另有企圖，覺得可在阿姨家免費過夜，打發幾天的時間。

她拜託母親事先聯絡過阿姨。

以前會先寫信過去，或打電報通知幾月幾日要過去，煩請關照。如今，只要打通電話去淳子上班的公所，不必打電報也能聯絡上。

她請母親轉達會在明天下午過去，時間不一定。

天天放假的小朋友美由紀什麼都沒考慮，母親是在星期五打電話聯繫的，淳子說星期六上半天班，所以沒問題。只是，因為沒告知確切時間，沒辦法請人來接。

雖然擔心不認得從車站到阿姨家的路，但村子並不大，美由紀想得很簡單，認為四處晃晃總會走到。

在地圖上，鵜原和總元看起來直線距離不遠，其實相當遙遠，交通不便。

如果坐火車去，要搭房總東線到大原，再轉乘木原線。換句話說，必須朝和老家相反的方向前進，繞上一大圈。而要從那裡回到木更津，形同繞房總半島外圍一整圈。

美由紀覺得這也是一種樂趣。

房總東線的車窗，看出去全是海景。

從木更津上車的房總西線也一樣，除了部分路段以外，幾乎都是沿著海岸線行駛，因此看到的全是海。

窗外吹進來的風充滿海潮香。美由紀喜歡海，完全不在意，但若問她不覺得膩嗎？雖然有點膩，不過比起在街道之間穿梭的東京電車，更讓人欣喜。

換乘木原線以後，沿途景色就不同了。

木原線這條線名，據說是取木更津的「木」與大原的「原」而成。原本名符其實，會是連接木更津與大原的路線，最後卻沒連上木更津，如果連上，應該會橫貫房總半島的根部。

由於行駛在內陸，當然看不到海。

鐵路旁生長著花花草草，再過去是樹木，還有森林和山。背景是天空。

沒看見什麼城鎮，算是荒郊野外嗎？

美由紀只待過海邊小鎮、監獄般的學校，以及都會區，這情景在她眼中很新鮮。

任何地方都能看到天空，卻不像這樣廣闊。每個地方都長著雜草，也開著花，卻很少有地方像這樣，整塊土地都被花草掩沒。

美由紀想起，小時候看過開了滿地的油菜花，驚奇萬分，或許那就是來總元遊玩的記憶。那時候的回憶是一片鮮黃色。

車窗外，左右盡是草木和天空。

她在車裡吃了母親準備的便當。美由紀早餐沒吃就出門，狼吞虎嚥到連自己都有點不好意思。

幸好乘客不多。

然後，就在美由紀呆呆地望著車窗外流逝的耀眼深綠時，火車抵達東總元站。

時間是下午四點。

她是下午一點從勝浦出發，包括轉車在內，花了快三個小時吧。

這是座宛如玩具的無人小站。

只有美由紀一個人下車，她在月台上待了片刻，呼吸新鮮空氣，眺望四方。

有條美麗的河。

——是河。

她只是這麼想。腦海完全沒浮現這裡有河童的想法——正確地說，是有河童出現的傳說。

河川映照著夕陽，波光粼粼。

車站——連棟小屋都沒有——前方空無一物。

真的什麼都沒有。

連個人影都不見。

好了，該往右，還是往左？美由紀心裡完全沒底。毫無印象，半點以前來過的記憶都沒有。她有些受不了自己的樂觀率性，然而……

她杵在車站前面，淳子忽然冒了出來。美由紀大吃一驚，但這不是巧合，也不是奇蹟。淳子預估她大概何時會到，過來接她了。美由紀說太厲害了，淳子應說火車也沒幾班。

除了戴著眼鏡以外，淳子感覺沒什麼變，但美由紀似乎變了許多，淳子頻頻感嘆「妳長大了」。如果是幼童，或許會覺得高興，美由紀畢竟已十五歲，被人誇「長大了」，一點都不開心。不過，淳子說她變漂亮了，所以美由紀不再計較。即使是客套話，她也不想追究。

美由紀在路上打聽河伯神社的事。

她的記憶沒錯，字也對了。淳子覺得河伯神社和河童無關。

淳子疑惑美由紀怎會對河童感興趣，於是美由紀告訴她，連續偷窺狂引發的女學生河童討論。

「東京的女學生平常都聊這種話題嗎？」

「才沒有呢。」

「只有妳嗎？」

「別這樣，我只是也能聊這種話題而已，沒事才不愛聊。誰要聊什麼河童。」

「畢竟世上沒有河童。」

「在大家提到以前，我的腦袋裡連河童的『河』字都不存在。」

「平常不會去想到什麼河童嘛。」淳子笑道。

「就是啊。我朋友連『屁股』這個詞都說不出口，真佩服她們居然聊得下去。」

「是啊。不過，我也覺得河童是綠色。」

「就是嘛！」美由紀格外大聲地附和，「這一帶是如此傳說嗎？」

「不，這一帶不常聽到河童的傳說，也沒聽我爸媽提過。祖父母在我出生的時候就去世了，外公外婆又不是當地人。」

她們的外祖父母是千葉市人。

「那麼，世上果然沒有河童嗎？」

「本來就沒有河童吧？」

「不是那個意思啦。我聽銚子的漁夫提過河童。」

「妳是指屁股泡在河裡的習俗？」淳子帶著笑意問。「真的有那種習俗嗎？」

「我是這麼聽說的啊。可是，我沒聽爺爺提過河童的事……明明有這麼大的一條河。」

美由紀望著馬路四周說道。

從月台看到的河川非常美麗。

蓊鬱的樹木、田地。看不到河，但聽得到水聲。

「咦？」

總覺得有點奇妙。淳子問她，怎麼了？

「河是在這邊吧？」

流水聲聽起來在左邊。淳子說「是啊」。

「這條河和從車站月台看到的河，是不同的河嗎？還是支流？」

「美由紀，妳在說什麼？那是同一條河。」

「可是流向……」

從車窗看到的河，感覺是和鐵路平行流過。

現在流過美由紀旁邊的河卻非如此。

「河道是彎的啦。」淳子解釋。

「彎的……？這裡離車站不遠，除非突然轉個九十度，否則不會流到這邊吧？」

「就是彎成這樣啊。夷隅川蛇行得很厲害，再往前一點，又會彎到反方向。」

「彎得這麼厲害？」

實在無法想像。

「鐵路應該跨過河川好幾次。途中有經過鐵橋，對吧？那都是同一條河。一般是鐵路比較彎，但木原線的弧度算是平緩的，反倒是河流九彎十八拐。對了，或許不太容易看出來，不過上游在那邊。」

淳子指著和車站相反的前進方向，接著身體轉了一百八十度。

「咦？啊，這樣根本看不出哪裡才是上游。」

「來自四面八方、歪七扭八的小溪流，在各處交會，最後變成一條，又彎彎曲曲地往北流。」

淳子再度轉動身體說：

「這是妳來的方向。河往那邊流，在大多喜一帶向東彎去，繼續彎彎曲曲地流向夷隅……」然後出海——淳子說。

美由紀聽得暈頭轉向。或許就像清花說的，應該對地理多下點工夫。

「晚點再拿地圖給妳看。」淳子說。

美由紀在淳子家受到款待，姨丈和阿姨紛紛追問去年發生的事件。因為沒什麼好隱瞞的，美由紀有問必答，卻引來深深的同情。

準備就寢時，淳子來找她，苦笑道：

「對不起，妳一定不願意再想起來吧？」

美由紀並不感到排斥。

阿姨和姨丈詢問的動機或許摻雜著好奇，但他們都擔心美由紀，只要明白這一點，便不覺得討厭。何況，淳子也這麼關心她。

「請不用在意。」美由紀回答。

她趴在墊被上研究地圖。

夷隅川真的曲折到匪夷所思的地步，教人不禁納悶，到底要怎樣才會變得如此扭曲？而且，真的在車站前呈直角彎曲，美由紀忍不住笑出來。

「東總元的車站在這裡，河伯神社在這裡。」

淳子指示的地點距離並不遠。

「明天要去看看嗎？雖然沒什麼好看的。」

美由紀說想去。

雖然那裡應該什麼都沒有。

約莫是累了，美由紀很快墜入夢鄉。

隔天早上，美由紀醒得相當早。

雖說是親戚，但自己畢竟是客人，是緊張的關係嗎？但醒來的感覺意外地神清氣爽，她轉念心想，醒得早或許是一夜好眠的緣故。

在宿舍睡的是西式床鋪，回到老家，美由紀久違地睡在榻榻米上。但在老家，美由紀只是睡懶覺，拖拖拉拉地賴在被窩裡不起來，搞到陷入分不清是睡是醒的狀態。

這下總算好好睡了一覺。

外頭傳來鳥鳴。

收起鋪蓋，俐落地換衣服。美由紀洗臉時，阿姨走出來說：「咦，小美，這麼早就起來？」

只有阿姨會叫她「小美」。

「淳子還在睡，要叫她起來嗎？」

「不用，沒關係。我一直在放假，可是淳子表姊一星期才休息這麼一天。」

「也是啦，不過她從小就是個愛睡蟲。今天妳要去哪裡？」

美由紀說淳子要帶她去河伯神社。

「咦，那裡只有一座祠堂而已，沒什麼人會去參拜，或許清幽，但什麼都沒有。連長年住在這裡的我都沒去拜過。祭典是在十月。」

美由紀問是怎樣的祭典，阿姨說：

「咦，小美不是去過一次嗎？」

原來她去過？

「不過只是小祭典，或許妳不記得了。說是祭典，規模並不大，有兒童神轎，然後……」

「好像……有相撲？」

「對，相撲。」阿姨笑道。「妳記得嘛。小美來的時候有相撲嗎？戰爭期間停辦過一陣子，因為小孩子變少了。到底有沒有呢？哎，討厭，怎麼是我記不得了？」

阿姨哈哈大笑。

美由紀完全沒有看過相撲的記憶，不知為何留下印象，所以不是聽人說，就是親眼看過。

用過早飯，八點多出發。

放眼四周，全是稻田，一片青翠，天空也碧藍如洗，幾乎刺眼得無法逼視。

草木的清香和水的氣味乘風飄過。沒有海潮香，也沒有街道的雜味。每一個角落都新鮮滋潤，一點灰塵都沒有。

「真是個好地方。」美由紀讚嘆，淳子蹙起眉頭。

「不好嗎？」

「不是不好，但真的什麼都沒有。看就知道了。妳去上東京的學校，我好羨慕。我一直都住在這裡。」

「唔，或許吧。」

「不過，如果只是偶爾過來，可能會愛上這裡。超過二十年以上，日復一日看到的全是一樣的景色，會讓人搞不清今夕是何夕。」

兩人過了橋。

「這也是夷隅川吧？」

美由紀望向腳邊。

「是啊。我沒見過其他的河，不過從地圖上來看，河川應該是更筆直，或者說更平緩的感覺吧？這條河在車站前彎向那邊，又彎回這裡，經過這座橋下。真是條性情扭曲的河。」

「可是很乾淨漂亮啊。」

「是啦。」淳子說。「多虧這條河，這一帶的稻田才長得那麼翠綠，說它壞話會遭天譴。不管扭曲得再厲害，都是一條惠澤大地的河。」

「水也十分清澈。東京的河不是這種顏色。大概是兩岸都蓋著房屋的關係。」

「那裡是都市吧？居民很多嘛。」

「建築物真的貼到河岸旁邊喔。水沒這麼清澈，漂著不少垃圾。不過，這水實在乾淨，就算河童出現也不奇怪。」

「如果河童在裡面游泳，不就一覽無遺了嗎？」

「啊，對耶。」

聽到這話，再次望向河面……

遠方有什麼東西漂過去。

好像是人。

「那是什麼？」

「什麼？」

「不會有人……在這條河裡游泳吧？」

「不曉得。」淳子歪著頭說。

前進一會，在岔路往左彎，很快就看到石造鳥居。

「那就是河伯神社。很小。」

「可是鳥居十分宏偉，一點都不古老，好像還挺新。」

「說它新，我聽說是在大正時代建的。社殿在五年前失火燒掉了。」

「果然，那我是……」

火災的事，美由紀依稀有印象。

但她記得似乎是在戰禍中焚毀的，所以應該是誤會了。不管怎樣，如果是五年前燒掉的，時間就對不起來了。那段時期美由紀並未來過這裡。

「我是什麼時候來的？」美由紀提出很傻的問題。

「妳最後一次來我們家過夜，是戰爭剛結束的時候吧？大概是九年前，所以舊社殿還在，我也才剛上中學。不過，那個時候妳應該沒來這裡。」

——是嗎？

「那祭典呢？我看過祭典嗎？」

「咦，那個時候……有祭典嗎？不記得了耶。記得妳是秋天來的，如果有祭典，或許會來看看，可是日子不一樣嗎？……不，那個時候一定沒有活動。還是更早以前？」

「這樣啊。那我是更早以前來看過嗎？」

「唔……我也不知道。」

淳子的食指抵住下巴。

「其實我沒什麼祭典的記憶。聽說以前很熱鬧，現今已完全式微。倒不如說，我對祭典向來沒什麼興趣，應該沒去過吧。」

那麼，美由紀只是聽人描述嗎？

爬上四、五階的石階。

又有一座鳥居，左右被柵欄圍起，高出地面一層。裡面有社殿。建築物確實還很新，沒有古色古香之感。

「要去拜一下嗎？」

「裡面祭祀著怎樣的神？」

「不知道。」淳子說。「應該是鎮守村子的神吧。」

「錯！」

突然響起一道聲音。

只見柵欄和鳥居之間站著一個人。

「這裡祭祀的是河伯神！這可是元祿十三年（一七〇〇）十二月興建的古老神社。在明治時期成為村社，所以在這一帶被當成氏神，但原本是河伯神，河伯神！」

那人口沫橫飛地說。

體型圓滾滾的，不過額頭很長。

額頭上豎著硬如鋼絲的頭髮，也像是睡覺壓出來的。臉上戴著看似度數很深的眼鏡，身穿有許多口袋的背心，褲子鬆鬆垮垮。

美由紀以為是神社的人，但似乎不是。對方脖子上掛著兩台體積不小的相機，還揹了個大背包。是在搬運黑市的米嗎？只是，那模樣實在很惹眼。

「聽好，河伯是在大陸的神話故事中登場的神明。傳說外形是乘坐白龜或龍拉行的車子的神人，或是龍形，或是人面魚。總之，是黃河之神，是神！聽到了嗎？不是日本的河，而是黃河，黃河呢！」

那個怪人怒氣沖沖地說著，想穿過鳥居，背包卻卡住，於是一個踉蹌，差點滾下石階。

太危險了。

對方重新站穩，步下石階，走到美由紀面前，眼鏡底下頗為凜然的雙眸斜睨著她，撇下略小的嘴唇……

神氣兮兮。

或許他不是在耍威風，但繃著一張臉，擺出挺胸疊肚的姿勢，看起來就是在耍威風。加上個子不高，格外讓人如此感覺。

接著，男子唐突地說了起來：

「聽清楚，除了這裡以外，別處也有河伯神社。比如宮城縣的安福河伯神社就很有名。那座神社是日本武尊（註）迎來神靈建造的，知道嗎？它在貞觀四年（六三〇）成為官社，被授予正五位的社級，聽到了嗎？正五位呢，正五位！可是，這裡祭祀的是速秋津比賣神！這是水戶神，就是掌管水門的神，同時也是吞下流入河川的罪惡污穢的神明。換句話說，是過濾來自上游的污穢之物，以免排出大海的神。雖然是水神，卻不是河伯！以河伯神為祭神的神社，有飛驒的荒城神社，不過似乎是誤會一場！荒城神社是古老的神社，一直以來都說祭祀的是河伯神，其實祭祀的是大荒木之命。雖然合祀水神彌津波能賣命，依然不是河伯！」

男子小巧的鼻子「哼」地噴出氣。

「高知有叫河泊神社的神社，字不一樣，是停泊的泊。不過，我認為原本是伯爵的伯，這間神社很小。聽好，散布在全國各地祭祀河伯的神社當中，祭祀著龍神外形神明的神社，我認為只有這裡！」

可是沒有！男子叫道。

「對吧？沒有吧？」

「沒、沒有什麼？」

「就是……」男子加重語氣，「這裡應該要有龍神像，可是沒有，怎會沒有呢？到底跑去哪裡！」

「請問……您是哪位？」淳子問。

「咦！」

有什麼好驚訝的？在這種情況下被問到名字，一般都會自我介紹吧？

該驚訝的是美由紀和淳子才對。

「喔。」男子摘下眼鏡，用布擦了擦又戴回去。「我是研究家。」

「哦……」

「我叫多多良勝五郎。很多的多，良好的良，勝利的勝，一二三四五的五，桃太郎的郎。多多良，多多良勝五郎。我研究的是……」

「神社嗎？」淳子問。

「神社也是我的研究對象。」多多良答道。「我研究許多東西，包羅萬象。」

「什麼都研究嗎？」美由紀問。

「才沒那麼隨便。」多多良撐大鼻翼說。「那不重要，重要的是龍神像。龍神。而且，我聽說是女

註：日本神話中的英雄人物。為景行天皇之子，被派往各地平定各方勢力，得到「日本武尊」的稱號。

神呢！」

「是嗎？」

「這是什麼話！聽好，發源地的河伯是男神呢，妻子是黃河的支流洛水的水神。既然說是妻子，便是女神，這裡的神可能是那個女神啊！如果有那種神像，我想看看，非看不可！」

呃，原來是這樣嗎？

「應該燒掉了。」淳子說。

「燒掉？為什麼要燒掉？」

「發生火災啊。」

「火災！」多多良驚呼，用力抓頭。「這怎麼行！喂，這是重要的文化財產！就算國家不指定，縣政府不指定，也得保護起來啊！」

「喔……」

「這樣不就永遠不知道真相了嗎？」多多良恨恨地跺腳。美由紀第一次看到真的有人如此表達不甘心。

「那、那由來呢？」

多多良彷彿要咬上去似地問美由紀。

美由紀說不知道。

她不可能知道。

「怎會不知道？妳不是當地人嗎？身為氏子（註），怎能不知道！」

「我不是當地人，是旅客。」

「咦！」多多良頓時僵住。

「我才是當地人。」淳子微微舉手。

「這、這樣嗎？那……」

「我不知道。」

淳子搶在男子說完前就打了回票。

不管帶著再友善的目光，這個叫多多良的人無論是態度或外表，皆十足可疑，但確實也有無法輕易如此斷定的部分。

古怪歸古怪，卻不像壞人。

要說他是否討喜或和善，答案是否定的，口吻和表情似乎都相當生氣……或許就是這一點反倒好。如果是阿諛奉承的態度，她們應該會敬而遠之。多多良撇著嘴角，半張開口，發出不成聲的呻吟。

「妳真的不知道？」

「我是當地人，但不是氏子。我不是很清楚，不過這座神社的氏子，現在大概有十幾家。雖然我們家離這裡不算遠，可是頂多只有舉行祭典的時候會來湊個熱鬧。」

註：居住在氏神守護的地區，祭祀共同氏神的人，稱為氏子。

「妳說的祭典，是河童祭嗎？」

「不，應該不是。畢竟這裡不是河童神社，是河伯神社嘛。大概是各地都有的普通秋祭。」

「不可能！」多多良憤慨地說。「枉費我像這樣追尋河童……」

「河童？」

「對，河童，就是河童。」多多良說。「不就是河童嗎？」

「可是，這裡是河伯神社啊，不是河童。」

「所以，」多多良加重語氣繼續道：「有人認為河伯才是河童的起源。我並不贊同，但實際上有些地區把河童稱為河伯，或寫成河伯，發音和河童一樣是kappa。也有人把河伯視為對河童的尊稱。儘管不可能是河伯進入日本後變成河童這麼單純，不過可以肯定兩者絕對有關係。從語源來看，我更重視朝鮮語讀法的河虎（kawako）……」

「好好好，我明白了。」淳子安撫道。

「明白了？妳怎麼可能明白？我研究幾十年，還完全不明白！」

「我的意思是，明白你很認真在研究了，除此之外什麼都不明白。我們沒有在進行研究，就算你問我們，我們也什麼都不知道。那個……」

淳子瞄了美由紀一眼。美由紀沒什麼好補充的，便說：

「多多良先生在研究河童呢。」

「應該說，河童也是我的研究對象。」多多良再次神氣地強調。

「河童是那個……喜歡吃小黃瓜、喜歡屁股的河童？」

「沒錯，喜歡屁股的河童。」

「顏色……是紅的嗎？」

「這……這一帶的河童是紅的嗎！」多多良激動起來。

「紅、紅色是東北的河童。好像是岩手吧。」

「喔，岩手的河童是紅的，臉是紅的。這一帶呢？」

「不曉得……」

美由紀才想問。

「不是綠色嗎？」她說。

「那是標準的河童！」

「河童有標準嗎？」

「沒有。」

什麼嘛。

「沒有標準，所以說標準是有些語病。就是最廣為流傳的形象啦。江戶時代，黃表紙（註）那些讀物的圖畫裡的河童，是那種顏色。『河童』這個稱呼，仔細想想，原本應該是關東近郊的方言，以前叫

註：江戶後期流行的一種草雙紙（插圖小說），因封面為黃色，稱為黃表紙。

河童小僧，或是川太郎。然後，這稱呼和那些圖像一起擴散到全國，和各地的傳說混合在一起。不光是互通，而是混在一起！於是，河童的稱呼變得像標準話一樣，特徵也變成一樣了！這麼一來，會全變成一個樣。這樣是不行的，和土地原本的連結會……」

對吧？多多良徵求同意。

「喔……」美由紀漫應了一聲。

多多良話只說一半，她根本不解其意。

「盤子和甲羅也是關東的嗎？」

「盤子的範圍更廣。甲羅我認為本來應該是關西的。不過古老的河童渾身都是毛，沒有盤子。關東也一樣。」

「喔……那個……叫什麼去了？屁股的……珠子？」

「美由紀！」淳子拉扯她的袖子。

「屁股珠是嗎？會的，也會拖馬。會拔屁股珠。」

「果然是屁股……」美由紀有些失望。

這時，傳來連連呼喊「老師」的聲音。

朝聲源處望去，一名穿開襟襯衫的男子跑過來。

他穿過第一座鳥居，渾身大汗。

「不行，沒人知道。」

男子說著，注意到美由紀和淳子，「啊」了一聲。

「請問……」

「我們只是路過！」

淳子宣告。

萬一被當成認識的人就麻煩了。

男子交互看了看多多良、美由紀和淳子，接著垂下眉毛，問：

「呃，是不是老師給兩位添麻煩了？」

「怎麼會！我只是請教她們而已！」

不，都是他在說吧？

「啊……真不好意思，我們算是那個……來幫雜誌做採訪的，這位是妖怪研究家……」

「妖怪？那是什麼？」

「妖魔鬼怪之類的。」男子回答。「呃……這位是多多良勝五郎老師。他絕不是可疑人物，請不要誤會。這是我的名片。」

男子從口袋掏出名片夾，恭恭敬敬地遞上名片。

稀譚舍／稀譚月報編輯部．古谷祐由……

上面這麼寫著。

「不曉得兩位知不知道，雜誌《稀譚月報》上有個連載單元〈失落的妖怪們〉，就是這位多多良老師……」

「稀譚舍？」

「是的，所以絕不是什麼……」

「《稀譚月報》？」

「對，所以雖然不清楚老師如何冒犯兩位，或是兩位有什麼想法，但我們絕不是可疑人物……」

「怎樣啦，說得我像是可疑人物。古谷先生，我一點都不可疑好嗎？對吧？我一點都不可疑吧？」

「可是，老師，萬一又像上次那樣遭到誤會……」

「那是對方不好。我只是進去調查那座宮祠，居然把我當成小偷。什麼非法入侵，太誇張了。」

「不，那是人家的私有地，或者說，是私人住家的庭院……」

「不是報備過了嗎？明明有說『我要進去嘍』，是他們沒聽見。小偷才不會大聲宣告要進去，對吧？」

「請問，《稀譚月報》是中禪寺敦子小姐上班的地方嗎？」

「中禪寺！」多多良和古谷齊聲驚呼。

「中、中禪寺是敝社員工……是我的同事，小姐認識中禪寺嗎？」

對美由紀來說，中禪寺敦子是年長她許多、值得尊敬的朋友。

她把對方當成朋友。

可是不知道對方怎麼想，而且對方年紀大了她將近十歲，自稱是對方的朋友，未免太自抬身價，但對方確實願意親近美由紀。總之……兩人的關係不太容易解釋。
今年春天，兩人因為某起事件結識，後來每個月會見面一、兩次。
雖說是見面，也只是在柑仔店喝蜜柑水，聊聊天而已。
「我們有點認識。」美由紀僅僅這麼回答。
「那是中禪寺的妹妹啊！是吧！」
看來，不只是敦子，對方連哥哥也認識。
敦子的哥哥也參與了去年發生的大事件。
「其實……中禪寺是多多良老師的責任編輯。我是臨時代班的編輯。」
淳子愣在一旁。
她應該一頭霧水吧。
「呃……」古谷不曉得怎麼稱呼兩人。
「我叫吳美由紀，這是我表姊。」
淳子自報姓名，說在公所上班。
「是公所人員嗎？啊，那太剛好了。請問，這座神社的……」
「火災啦火災。」多多良說。「我打聽到了。御神體已在火災中燒毀。」
「意思是撲空了嗎？」古谷說。
「撲空啦撲空啦，三振出局。這裡什麼都沒有，而且她們還說這一帶沒什麼河童的傳說！」

「咦……明明感覺會有河童啊……」古谷哭喪著臉。

淳子不知為何一臉歉疚，說：

「不，搞不好只是我不知道而已，老人家或許知道。」

「喔，老人家……可是，剛才我在附近請教了一下老人家，打聽這一帶有沒有河童，對方擺出『你白痴嗎』的表情……」

美由紀覺得一定是問法太糟了。

「所以……我不死心，在附近問了兩、三家，他們都很好心，沒讓我吃閉門羹，願意聆聽我的問題……但確實都不怎麼關心，全說不知道。」

「不像話！」多多良說。「太不像話了！明明有河，卻沒有河童，太奇怪了。擁有如此豐富的水系，居然不知道河童，河伯神得知恐怕會哭泣！」

對吧？多多良徵求美由紀的同意。

美由紀只能笑。

「可以請妳介紹當地耆老給我們嗎？」古谷搔著頭問淳子。

「真傷腦筋。唔，我是知道哪些家庭有老人家，也知道地點……大戶這邊，我想想，哪一戶有呢……」

淳子難得休假，實在是無妄之災。

雖然招來這場災禍的，毫無疑問是美由紀。

「公所沒有公關課嗎？」

古谷的表情像是沒轍了。仔細想想，在各種意義上，他確實相當困擾吧。淳子似乎也很困擾。

「那只是一間小村公所，而且今天是週日……小學的前任校長住在離這裡不遠的地方，如果是校長……」

「就那個人吧。」多多良說。「哪邊？那邊嗎？」

「什麼那邊……要過河才行，得先到橋那裡。路上的漫水應該沒辦法過去……」

「漫水！」

多多良突然大喊。

「對，漫水。漫水不是妖怪吧？」

「我知道，沒有那種妖怪！那是沉下橋，對吧？是一種沉下橋吧？還是該稱為潛水橋？」

「那是什麼？」美由紀問。

她沒聽過沉下橋，也不知道什麼潛水橋。

真的有好多意義不通的詞彙。

雖然可能只是因為美由紀是個沒知識的小朋友。

「路上的漫水就叫沉下橋，是不是？潛水橋才正確嗎？不過，就是那種東西吧？橋建在河面以下，對吧？」

「河面……以下？」

那樣就沒辦法過橋了。

倒不如說，那根本不是橋。

然而，淳子卻回答「是的」。

「唔，那不是橋，我不知道那樣的稱呼正不正確，總之是穿過河川的路。」

「在水裡，對吧！」

「唔，沒錯，但那叫什麼呢？我們都說是『漫水』，所以是在水裡。」

美由紀心想，這樣平時無法過去。

「那是什麼？」美由紀問。

「喔，那不是橋，路穿過河裡，路面的部分就像淺灘。雖然會稍微弄濕腳，但還是過得去。」

「我實在無法想像。」

「務必讓我拜見一下！」多多良說。

「沒什麼好看的啊。」

「才不會。那裡很古老嗎？古老的潛水橋可不常見。」

「我覺得滿古老的。」

「是嗎？潛水橋和架在河上的橋不一樣，成本低廉。因為是道路的延伸嘛。但遇到汛期，就無法通行了，對吧？」

「如果水位升高，確實沒辦法通過……但也不是架了橋……」

「是天、天然形成？」

「不清楚。那裡……唔，應該是有人建造，或是有人維修……不過，原本應該就是那樣的地形吧。」

從什麼時候出現的，村史也沒記載——淳子說。

「或許曾填高或是挖掘，但大概一開始就是那種形狀吧。真的只是河裡有條路的感覺。那……不算橋呢。純粹是可供過河的路。應該叫什麼？淺灘路？沒什麼人當成橋吧，我們都稱為漫水。」

「我們走吧！要過河也行！」

多多良沒問路，兀自邁開腳步。

古谷擦著汗，頻頻行禮。

來到通往車站較寬的道路，往車站方向前進，彎進左側小徑，走了一會，很快就聽見變得響亮的流水聲。

不，那裡已是河。

只是一條河。

沒有什麼橋。

「就是這裡，大戶的漫水。」

「咦！」

多多良往前衝，在河畔停步。

視野被多多良堵住，再過去的景象都看不見了。

「喔……」

美由紀從多多良身旁探出頭，望向河面。

雖然不是很清楚，但河裡確實有一條線延伸而出。

「就是那個嗎？」

「唔，就是那個。瞧，這條路一直通到對面。」

確實，對岸有道路。

這裡的路沉入水中，往前穿越河流。直線到了對岸，就像從河裡長出來，變成道路，延續至上方的坡道。

「可以過去嗎？」

「可以喔。如果有事要去對岸，走另一邊的橋就得繞很遠的路，對吧？一路走過去，度橋要再折回來。雖然水位高的時候可能有點危險啦。對面也有田地。其實還滿方便的。」

「呃……」古谷發出怪聲。「老師，您該不會要從這裡過去吧？南雲小姐，妳說小學校長家在對岸……」

古谷面頰抽搐。

「沒有啊，就像你看到的，對面是一片田地。校長家是在對岸，所以要過橋，但不會繞遠路。雖然從這裡過河再穿越田地，一樣能抵達。」

「請不要說那麼可怕的話。」

古谷打開扇子啪噠啪噠地搧著。

「哎，雖然不好大聲說，但那位大師總是這副德行，完全摸不準他會對什麼產生興趣。他會被菇茸、貼在廁所的符咒，甚至是掉在地上的木屐吸引。能正常和他往來的中禪寺，實在教人尊敬。」

多多良默默杵在原地。

「老師～看夠了吧？我們在中午前去校長那裡吧。萬一打擾到人家用飯就不好了，而且我想盡量在今天處理完畢。得回去昨晚過夜的大多喜那一帶，否則會沒地方住。」

「唔……」多多良低吟。

「怎麼？難道老師發現河童了嗎？」

「搞不好喔。」多多良這麼回答。

「什麼？」

原本在隊伍末尾的古谷總算走到前面，站到多多良右邊。

「老師，您在說什麼？天氣太熱，中暑了嗎？」

「古谷先生，你看那像什麼？」

多多良指著某個東西。

美由紀也產生興趣，走上前。

多多良短短的指頭前方。

河流中央有一個看起來白白的物體。

是從上游漂下來，被漫水處的高低差卡住了嗎？

「那個……是屁股吧？」多多良說。

「屁股？身體後面的那個屁股嗎？什麼東西的屁股？」

「什麼東西的屁股，屁股就是屁股啊。看不就知道了嗎？那是人的屁股吧？」多多良應道。

「人？人類的人嗎？人的……屁股？」

「廢話，沒有動物的屁股會長那樣。看仔細點好嗎？古谷先生，瞧瞧，分明就是人吧？雖然泡在水裡，但不是垃圾或水草，對吧？」

看起來……像人。

上半身泡在水裡，手臂隨著流水載浮載沉。

疑似頭髮的黑色物體一樣在水中擺盪著。上半身似乎裹著白色的東西，下半身……是赤裸的。

看不出有沒有穿鞋子。

但沒穿褲子或內褲。

確實是屁股。

水面露出屁股。

正面朝下，裸露的屁股高高翹起……

「那、那不是浮屍嗎？」

美由紀一說，古谷「哇」地驚呼。

「浮……浮屍？」

「那……是死人吧？」

「死、死掉了吧。因為臉完全泡在水裡啊。不是……人偶，是真人吧？是人……那、那就是屍、屍體。死掉了。」

「欸，」多多良總算轉向美由紀，「那是露出屁股的屍體吧？」

簡直像被河童幹掉——多多良說。

「淳、淳子表姊！」

美由紀回頭，只見淳子張大嘴巴僵在原地。

「快、快點報警！立刻！」

美由紀大聲催促道。

4

「少說那種沒品的話……！」

敦子來到門口，只見貌似刑警的男子拍桌大喝「這傢伙在搞什麼」。

「什麼屁股啊珠子的。放任他說，從剛才就東拉西扯一堆無關的事。我要聽的不是這種下流猥褻的雜談，不能正常一點說明嗎？」

「什麼下流猥褻的雜談！確實，河童有猥褻的一面。在民俗社會當中，河童會躲在廁所裡，摸婦女的屁股，或是與人類交媾，產下後代。河童十分好色。而且，出現在通俗小說和黃表紙裡的河童幾乎都很下流。牠們會放屁。河童的屁（註）！」

「你啊……」

「所以……」

搶在刑警面前的人物——在野的妖怪研究家多多良勝五郎又要激動地爭辯什麼之前，駐在所的巡查大聲打斷對話：「抱歉！」

「幹麼？」

「是。本官是總元駐在所的池田進巡查，我可以發言嗎？」

「你啊，不用每一次都報上名字。這間駐在所不就只有你一個人嗎？你的名字我聽過五遍啦。」

「是。那個……」

「你把人帶來啦？喂，我不是說都快入夜了，小姑娘等明早再說嗎？」

「不、不是這樣的，磯部刑警大人……」

「哪有刑警後面又接大人的。況且，刑警不是階級，我跟你一樣是巡查，不用畢恭畢敬的。」

「失禮了！」池田巡查行了個最敬禮。

「我們階級一樣，不必跟我用敬語啦。池田先生，先讓小姑娘們回去吧。這老傢伙不曉得在瞎扯什麼。」

「所以！」多多良激動地說：「沒有屁股珠這種臟器。應該是從溺死屍體的肛門大多鬆弛張開的狀態，想像出的東西，這也是對水難事故的……」

「老師。」

「恐懼，或者說敬畏……」

「老師。」

「所以這無關色情，而是……」

「多多良老師！」

呼喚第三次，多多良總算注意到敦子，轉過頭，只「喔」了一聲。

姓磯部的大塊頭刑警表情不悅，看向敦子，怪里怪氣地「啊？」一聲。

註：「河童的屁」是日本俗諺，形容事情輕而易舉。

「原來不是屍體發現者嗎？這人又是誰？」

「是！這位是……呃，東京的出版社稀譚舍《稀譚月報》編輯部的中禪寺敦子……小姐。」

「中、中禪寺？」

磯部站了起來。他熊腰虎背，身軀頗為龐大。

「這個姓氏讓我心生不祥的預感。稀譚舍？是裡面那男人的同事嗎？啊，這老小子真正的責編什麼的嗎？」

「我不是老小子，我叫多多良。」

「你閉嘴。」磯部說。「請教一下，妳們家還是親戚裡，有沒有一個穿和服賣舊書的怪人？」

「那應該是家兄。」敦子回答，磯部「嘎！」地怪叫一聲，手指比出手槍的形狀，發出「砰」一聲，對敦子做出射擊動作。

「怎麼來的淨是這種傢伙？為什麼老是發生這種古怪的事？」

明明我的射擊功夫這麼了得——磯部搖晃著龐然巨軀說。磯部自己要古怪多了。

「唉，算了。喂，這個多多拉？多多樂？」

「多多良。」

「幫我翻譯他的話。妳是他的責編吧？」

「什麼翻譯，我從頭到尾都只說日語啊，又沒說廣東話或希臘語，況且我也不會說，妳說對吧？」

「我知道。請問，敝社的古谷和多多良老師是屍體的第一發現者嗎？」

磯部回應「對啊」。

「但這場面看起來，與其說是在做筆錄，怎麼更像在偵訊嫌犯……？」

「才不會在駐在所偵訊。一開始只是問話而已，可是完全聽不懂他在說什麼。我不知道他在說什麼河童喇叭（註），所以……」

「我明白。」

「不是喇叭！河童才不會吸東西！」

「喇叭不是用吸的，應該是用吹的，老師。更何況，刑警現在想知道的不是溺死屍體的民俗學解釋或河童的傳說由來，他只想知道發現屍體的過程，相關考察最好留待之後。而且，這似乎有可能是連續殺人事件……」

「沒錯，就是這樣……我是很想這麼說，不過妳怎會知道？難道妳就是凶手？」

磯部吐出有些偏離常軌的發言，敦子向他遞出名片。

她早料到對方會是這樣的態度。

尤其是和多多良一起行動的時候，碰上這種狀況已是家常便飯。

多多良對森羅萬象充滿好奇，並熱心探索。問題是，他唯獨對社會通念毫無興趣。

此外，多多良透過學習鑽研，在各方面都擁有淵博的知識，算得上是博古通今，卻只對所謂的一般

註：日文中，河童（kappa）和喇叭（rappa）押韻。

常識一竅不通。

以看到山為例，在萌生好美、想上去瞧瞧、真清爽等感想之前，多多良會先觀察植被、天候和地形，然後探索有什麼歷史和傳說。

接著，思考和妖怪有關的事。

多多良就是這種人。

因此，即使看到浮屍，他肯定也是先如此反應。警方只想知道單純的事實，從這種狀況聯想到的文化事實與現象，在他們眼中無關緊要。

換句話說，絕對會發生衝突——敦子接到消息後，便這麼推斷。

再加上……

多多良發現的屍體，似乎下半身裸露。

地點又和先前的兩起案子相當接近。

既然如此，不太可能與益田手上的案子無關。如果有關，益田掌握的資訊應該能為辦案派上用場。

敦子就是這麼想，才會拜託總編安排，向益田告別，立刻趕到這裡。

反正敦子原本就預定要來。

但路途遙遠，抵達千葉縣總元村大戶時，夕陽已下山。敦子向車站附近的民家問路，直接前往駐在所。

結果，不知為何，疑似巡查的人在駐在所前無所事事，因此她簡單說明狀況，請對方領她入內……

接著就遇上這種場面。

這位姓磯部的刑警，看來是去年春季發生在勝浦的潰眼魔事件或絞殺魔事件，負責偵辦的刑警之一。

那起事件，玫瑰十字偵探和敦子的哥哥，也深深牽扯其中。

對警方來說，敦子的哥哥和偵探想必如同眼中釘、肉中刺。當然，兩人應該都不曾妨礙辦案，毋寧說對破案做出了貢獻，但從警方的角度來看，都是一樣的吧。

「中禪寺」不是常見的姓氏，磯部一定立刻聯想到什麼。然後，他八成會對敦子萌生偏見。

磯部瞥了一眼敦子遞過去的名片。

「怎麼，又想天花亂墜地唬人嗎？」

磯部訝異地瞇起眼睛說。看來，預測成真了。

「不是的。」

敦子忍住差點吐出的嘆息。

「我不會做那種事。刑警先生不是勝浦署的人，而是縣警本部的人，對吧？」

「嗄，妳怎會知道？別說是從那傢伙口中聽到我的事。或者，是從那個怪偵探口中？啊，還是本廳那個國字臉刑警？你們在背地裡談論我嗎？不然不可能知道。」

那種八卦就算聽了，也不會記得。就算記得，除非看到照片，否則不可能知道就是話題中的人物。

「沒有任何人提到刑警先生。」敦子說。

「那妳怎會知道？」

「因為這位……池田巡查實在太緊張了，我才會猜想您應該是縣警本部的刑警，僅僅如此。」

「對不起！」池田大聲說著，低頭行禮。「本官做夢也想不到，這一帶居然會發生重大刑案……」

磯部鼓起臉頰，「你啊，沒人知道哪裡會發生什麼事，至少該在夢裡預備一下。噯，好吧。妳沒猜錯，我是千葉縣警的磯部，所以呢？妳來做什麼？」

「其實，我剛好得到可能與前面兩起案子有關的情報……是在採訪的過程中。」敦子撒了謊。

「妳說前面兩起案子，可是報紙上又沒寫是連環命案，甚至沒寫是命案吧？倒不如說，警方還沒確定。實在很微妙啊，無法確定。依現狀來看，只是可疑的溺斃案，妳怎會知道有什麼關聯？」

「若非有所關聯，千葉縣警不會派刑警過來駐在所吧？池田巡查也說是大案子。」

「對不起！」池田再次行禮。

「不要道歉啦。或者該說，不要做出需要道歉的事好嗎？就算是這樣，妳跑來做什麼？難不成妳是這老小子的監護人？」

「我叫多多良！」多多良不服地抗議。

「我是那位多多良老師的責任編輯。我從採訪地點打電話回編輯部，聽到在鄰近前兩個案子的地點，發現相同狀況的遺體，而且老師和弊社員工是第一發現者，我認為或許多少能提供一些情報，便火速趕來。」

從大意來看，並非謊言。

雖然不是在採訪中得到的情報，其實是被捲入認識的偵探助手離奇的委託而得知……

「什麼情報？妳敢說是河童放屁之類的，小心我把妳抓起來。」

「這個人太霸道了！」多多良說。「警官是人民的公僕，所謂公僕，是公眾的僕人的意思。既然如此，職責應該是保護善良的一般民眾。我可是一般民眾！善良的民眾！應該受到保護！沒錯，我沒道理任你侮辱或責罵！」

「你……要是你這種人叫『一般善良民眾』，其他人全是特殊邪惡民眾了！」

「喂，磯部。」屋內傳來一道聲音。「怎麼，你又跟別人吵起來了？聽起來簡直像在恐嚇，克制一點好嗎？對民間協助者要以禮相待。」

一名皮膚黝黑的男子從裡面探出頭。

「在任何情況下，都不能擺出高壓的態度。我不是提醒過你？小心重蹈津畑的覆轍。那傢伙就是態度太差，被調去內勤搞庶務了。」

男子緩緩走出來，向多多良頷首，接著注意到敦子。

「幸會……」

敦子說出與剛才幾乎相同的內容，告知來意。

「這樣啊。我是千葉縣警搜查一課的小山田。」

小山田打開警察手冊，出示警徽。

「要是他有所冒犯，我代他道歉。辦案期間，很多人會變得脾氣火爆。」

「小山田兄倒好，你來偵訊這傢伙看看，任誰都會想開罵。只會胡扯什麼河童。」

「他說河童，就向他確定是不是河童啊。而且，這不是偵訊，是做筆錄。如果他說河童是凶手，就回答我們會去抓河童。」

「咦，是河童哪？」

「不管是猴子還是河童，做壞事就要抓起來啊。河童不用移送檢調便能直接教訓，輕鬆多了。河童就像動物嘛。那麼，一抓到河童，便當場開罰。」

「沒錯，河童經常被活逮受罰！」多多良不可一世地說。「不是被逼寫下道歉文，就是被命令抓魚補償，或是被迫傳授製作靈藥的祕方！」

「都死了人，這點程度不足以贖罪吧。」

小山田說「讓開」，要磯部起身，搬來駐在所巡查的辦公桌前的椅子，對敦子說：「嗄，請坐吧。」

敦子一坐下，同事古谷便從屋內躡手躡腳地走出來。

「啊……中禪寺，妳來了！」

「不好意思，古谷先生，你可以繼續在裡面坐一下嗎？你訂了哪家旅店嗎？不然晚點我開吉普車送你們過去。咦，沒訂嗎？」

「沒訂啊。」多多良說。「我們本來打算要回去，所以沒訂旅店。誰教他們把我們扣留起來，害我們回不去了。我連校長都沒見到，還跟不關心河童的人浪費這麼多時間！妳說對吧？」

多多良尋求敦子的贊同。

磯部上身前傾，重拍一下桌子：

「沒人問你河童的事！」

「好啦，你去裡面冷卻腦袋，還是乾脆出去外面？懲治河童的事就交給我吧。」

挨小山田訓斥，磯部嘴裡嘀嘀咕咕，行經依舊無所事事地杵在門口的池田巡查旁邊出去了。

「真是不好意思。」

小山田試著打圓場。

敦子搶在多多良開口之前，遞出名片，再次自我介紹。

「喔，古谷先生的同事。啊，我從古谷先生那裡聽到發現屍體的詳情，所以大致上……老師這邊……不，還是先請教妳好了。呃，中禪寺小姐，對吧？畢竟妳專程遠道而來。」

小山田斜瞄了多多良一眼。

多多良撇下嘴角，不動如山。

小山田擠出客套的笑，「老師，可以到裡頭和古谷先生一起休息沒關係。」他約莫從古谷那裡得知該如何應付多多良了。多多良交抱雙臂，表示：「我待在這裡就好。」

「這樣啊，老師愛待在哪裡都可以。那麼，聽說妳有情報要提供？」

「是的……」

該從哪裡說起才好？

哥哥提過，揭露情報時，順序非常重要。雖然不清楚哥哥這句話的真意，但有時敦子也不禁認同。益田那種做法，不僅毫無效率，對於某些人，甚至無法正確傳達用意。

「這次發現的遺體，身分查出來了嗎？」

她決定從這裡下手。

小山田搔搔頭，含糊地說：「唔，可能牽涉到犯罪，這一點不太方便透露……」他自然會這麼說。

「當然，我並不期待您會告訴我，不過……死者的姓氏是不是龜山、川瀨，或姓氏第一個音是Su或Mu？」

「啊……」

小山田睜圓了眼睛。

他皮膚黝黑，因此眼白特別醒目。

「這……」

「咦，真的是這樣嗎？」

敦子刻意露出意外的表情。

「唔……嗳，真沒辦法。被害者……警方難以決定要送交司法解剖還是行政解剖，或不送解剖，所以不能稱為被害者，不過死者名叫龜山智嗣。」

看來，仲村屋店員入川芽生的記憶是正確的。這下幾乎能確定七年前的不法勾當，與這次的連續溺斃事件互有關聯。

不過，與仿造寶石之間的關聯尚不明瞭。

「查到了嗎？」

「錯不了吧。喔，回收遺體的時候，找到駕照。駕照上不是有照片嗎？死者的長相滿有特色，應該是同一個人。除非是用假名考的駕照。」

「也找到隨身物品了嗎？」

「不，被害者——不對，死者身上綁著腰兜，裡面有錢包和駕照。除此之外……唔……」

「辦案上的機密，不用告訴我沒關係。」敦子說。「我手上的情報，包括情報來源在內，都會毫不保留地奉告。不過，關於龜山，除了名字以外，我幾乎一無所知。」

「唔，這一點我們也一樣。從駕照上僅能得知現在的住址、生日和出生地。駕照上沒有動手腳的痕跡，應該也沒辦法動手腳，目前只能相信上面的資料。就連這一點，在查證之前，也必須抱持保留態度。我們已向警視廳的該轄區警署請求協助，明天約莫就能確定，但想必不會錯。」

「既然提到警視廳，這位龜山先生是東京人嗎？難道他住在淺草一帶？」

「不清楚，我對東京的地理不熟悉。不過，呃……御徒町一丁目是在淺草那一帶嗎？」

若要說的話，應該歸在上野，但離淺草也很近。

「喔，那麼……」

小山田低頭看了一下名片。

「中禪寺小姐嗎？中禪寺小姐，妳說在採訪期間得到的情報，和這起案子似乎不無關係……是吧？」

「這起案子……是啊，應該說是顯示龜山智嗣、廣田豐和久保田悠介之間的關聯的證詞。雖然警方或許早已掌握到了。」

「不不不，」小山田搖頭，「警方連久保田和廣田有什麼關係都不清楚。」

「這樣嗎？龜山和久保田在戰時是同一個部隊……應該沒錯。」

「哦，他們是同袍嗎？那麼，廣田也是……」

「廣田是廣島人，受到徵兵，但似乎沒離開內地。他的故鄉被原爆摧毀，於是來到東京。他生前住在下谷。」

「喔，在做銼刀吧？」

「他擅長游泳，被稱為『河童廣兄』。」

「河童！」

原本一直沉默——或者說幾乎睡著的多多良敏銳地反應。

「果然是河童嗎？那河童就是凶手！」

「不是凶手，是被害者啦。老師，請專心聽。河童廣兄也以相同的狀態去世了。」

「露屁股嗎？河童露屁股嗎？意思是，河童被拔掉屁股珠嗎？我從未聽過這樣的例子。河童……」

「那是綽號，他是銼刀工人。」敦子說。

「銼刀？太奇怪了，河童大抵上都討厭金屬類的東西。咦，難不成那是雁木銼？難不成是岸涯小僧？以前我曾被捲入和岸涯小僧有關的事件，吃足了苦頭呢！岸涯小僧是以古老類型的河童為原型的妖怪……」

「河童啊？」

小山田要笑不笑，說「一起懲治好了」。

「那麼……中禪寺小姐，這三人之間究竟有什麼關係？」

原本小山田朝多多良而坐，僅上半身轉向敦子，這下整張椅子都轉向敦子。

「看來，事到如今再隱瞞也沒意思，我就在不礙事的範圍內透露吧。最先發現的死者久保田，以前在木更津當漁夫，後來手受傷沒辦法捕魚，便進了遠洋漁業的公司，負責行政還是庶務。他和銼刀工人之間沒有關聯。」

「久保田生長在淺草松葉町，年輕時離家，在千葉落腳。」

「原來是這樣嗎？」小山田身體後仰，點點頭。「他沒有住民票。唔，中間隔著戰爭，文件紀錄不是燒毀就是丟了，相當混亂，大概是離家後就成了漁夫吧。那裡有他的親戚或家人嗎？」

「很遺憾，都在戰爭中過世了。」敦子回答。

「這樣啊。那麼，這幾個人全住在淺草一帶，有地緣關係嗎？」

「不是淺草啦。」多多良揚聲糾正。

「不是嗎？」

「聽好，你們知道合羽橋為什麼是橋嗎？」

不是問「為什麼是合羽」，而是問「為什麼是橋」？

多多良的這類發言，有時會讓敦子有當頭棒喝之感。多多良的思路，或者說著眼點，總是異於常人。雖然經常被他搞到吃不消。

小山田歪頭，「呃，我是鄉巴佬，連合羽橋是什麼都不知道。」

「是橋啊，一座橋。」多多良神氣地說。「所謂的橋，是為了過河而建，不是嗎？」

「應該吧。」

小山田對多多良採取看似關心又不關心的敷衍態度。

這名刑警或許意外地適合應付多多良這種人。如果完全不關心，多多良會自認受辱，卯起來表現。若是表示關心，他又會滔滔不絕直到天荒地老。

「那就知道了吧？既然有橋，必定有河。就是新堀川。新堀川在大正時代變成暗渠，橋也在昭和八年成了廢橋，從地面上什麼都看不出來。那裡以前有河。古時候，河邊有伊予國新谷藩加藤家的大宅，駐守的下級藩士都把兼差副業製作的合羽晾在欄杆上。」

「晾河童？是在懲罰河童嗎？」

「是指雨衣的『合羽』啦。從前後文就聽得出來了，對吧？」

兩者的發音和重音都一樣，敦子感到十分混淆。

「所以才叫合羽橋！」多多良狀似憤怒地說。

大部分的人聽到這裡就會受不了多多良。

姑且不論內容，對方會覺得明明沒興趣，為什麼要被迫聆聽，還莫名其妙挨罵。

但如果不好好聽完，就無法瞭解多多良的真意。因此，大部分的人都不明白多多良到底想表達什麼，誤會了這個博學的怪人。

「原來是在說雨衣的『合羽』啊。」小山田應道。

「廢話！要是晾了河童，豈不是就變成木乃伊？」

「什、什麼？」

「新堀川以前曾和鳥越川匯聚在一起，但那一帶是低窪地區，排水不良，每逢雨天都會鬧大水，災情慘重！會發生洪水啊，洪水。所以，文化年間（一八〇四～一八一八），合羽屋喜八借助隅田川的眾河童之力，修築溝渠。」

「雨衣會幫忙挖溝嗎？」

「這邊說的是河童啦！」

「喔，這次是河童嗎？那麼，是被罰做苦工嗎？」

「少在那裡胡說八道！」多多良厲聲斥喝。「聽清楚，這些河童是好河童。倒不如說，是工人！」

「原來是人啊？」

「是人。據我推測，這項工程並非得到官府許可的正式工程，才會編造出是河童幫忙的情節。河童可不受奉行所管轄。不過，河童就是工人！」

「原來如此。」

「那些不重要。」

多多良自行拉回正題。看來，小山田的策略奏效。

「隔著新堀川，西邊是上野，東邊是淺草。所以，原本曹源寺所在的松葉町一帶……」

「很近呢，跟下谷和御徒町。」

「唔，是很近。」

敦子忍不住輕笑出聲。

多多良非常博學多聞，但知識與知識連接的方式十分獨特。

就是不明白這一點，才會看不出他說的內容整體或輪廓，也看不出主旨，於是和他對話的人往往會不知所措。

若是說到一半就打住，就會變得莫名其妙。

確實，要理解他想表達的內容全貌相當辛苦，不過若是忽略主旨，只撿取做為分子的資訊，多多良的博學相當方便。

「所以……呃……」

「是的。」

敦子把從仲村幸江和入川芽生那裡聽來的內容，依時序整理後告訴小山田。小山田全神貫注地聆聽，逐一筆記下來。

仿造寶石的事，敦子暫且按下不表。

益田的敘聽起來會那樣散漫無章，應該是因為整件事的開端，其實要放在最後來說才對。

假設一切都環環相扣，三芳彰接到的古怪委託，在時序上相當後面。與前面仲村屋疑雲重重的聚會、以及仿造寶石之間的關聯，只有兩邊久保田悠介都參與而已。

後來發生連續溺斃事件，顯然是前面聚會的後續。參與神祕聚會的五名成員當中，有三名已死亡。

「那麼……」

說到這裡，小山田的臉色暗了下來。

「那家甜品店……糰子鋪嗎？七年前在那裡密談的五人幫裡，有三人陸續神祕死亡，可以這樣看是嗎？」

「是的，但或許完全無關，只是巧合。」

「不，如果是巧合，最多就兩個人吧。而且，還有那個……」

「屁股。」多多良說。「屁股，對吧？」

「是啊，那個……」

「這次也是皮帶被割斷嗎？」敦子問。

「妳連這都知道？」小山田皺眉。

「是認識的私家偵探告訴我的。他應該是從警方那裡聽來的，所以這似乎不再是只有兇手才知道的事實。如果我是兇手，就另當別論。」

「我也不是，不是喔。」多多良強調兩次。

小山田搔了搔頭，「哎呀，不曉得是誰走漏消息，這下會變成是我口風不牢了，傷腦筋。喔，這次還沒找到褲子。襯褲也是。明早才要進行搜索。可是，龜山是穿著所謂的鯉口上衣——喏，抬神轎的人會穿的那種上衣，下半身裸露。」

「露出屁股！」

「所以，這次也可能是單純溺死，褲子在途中脫落……我內心期待是這樣的情形啦。啊，不管是意外還是什麼，有人死了，卻說什麼期待，實在不太莊重。夷隅川蛇行得厲害，有深有淺，途中可能遇上沙洲，或匯流在一起，障礙物很多。事實上，屍體也是……」

「潛水橋。」多多良說。「卡在潛水橋，對吧？如果下雨水位上升，或許就漂過去了，但現在可以走過去，所以絕對會卡住。屍體就停在那裡，對吧？」

「就是啊。」小山田應道。

雖然語氣有些言不由衷。

「被害者的身分，明天應該就能確定。龜山已婚，太太好像在家裡。我們已打電話給轄區警署，如果聯絡上太太，應該早就上門拜訪。今天只是打撈遺體，進行安置……」

「那個……沼……」

多多良說了個字，頓時沉默。這是常有的情況，每次只要忘記專有名詞，多多良就會發出「沼」一聲。

至於為什麼會這樣，敦子也不知道。

「沼？什麼？」

「那具浮屍。」多多良說。「從那浮屍的狀態看來，大概死了一天左右。打撈的時候，我看見皮膚還沒到脫落的地步，頭髮都還黏在頭皮上。雖然似乎漂流了好一段距離，但損傷不嚴重。浮屍泡水超過兩天，頭髮會全掉光，皮膚也會脫落。」

多多良對這類事情十分清楚。

大致上應該是正確的。

「還有，他的頭頂撞到了。因為有傷。雖然不知道是不是死因，但那不是死後才受的傷。」

「這位是醫生嗎？」小山田問敦子。

「是研究家吧。」敦子應道。

「喔……唔，死因如果有可疑之處，必須等待解剖結果。若真的像這位老師說的，果然是他殺嗎？會是遭到毆打嗎？」

「我可沒打人。」

「不，我不是懷疑老師。」

「問題是，」多多良加重語氣，「一般會打這種地方嗎？」

多多良以食指比著天靈蓋一帶。

「一般會打後腦吧？」

「呃，也不一定。」

「可是傷在頭頂耶？感覺是有東西從正上方砸下去，或撞到天花板。比如偷偷靠近，從正上方丟石頭。如果是打出來的傷，就是等人蹲下，從正上方……」

多多良伸直每一根短指頭，「砰」地拍一下桌面。

「一般會像這樣打人嗎？」

「不會。」

「才不會呢。如果是趁人蹲下的時候毆打，應該會從後面，拿工具砍下來，對吧？如果是用棒狀物體，就不是砍下來，而是像搗棍那樣垂直搗下去，絕對沒錯。看起來是這種感覺的傷。一般不會垂直突刺吧？太不自然了，對吧？」

「是啊。唔，可是……不，等一下。」

磯部、磯部——小山田呼喚同僚。

池田巡查手足無措，驚慌地交互看著屋子內外。接著，他一臉泫然欲泣，畢恭畢敬地答道：

「磯部刑警大人不知道去哪裡了。」

「不知道去哪裡？真拿這傢伙沒辦法。」

「你叫他去冷卻腦袋，是不是去河裡泡水啦？模仿浸涼西瓜。他會被河童盯上，屁股珠會被拔掉。」

「膽敢褻瀆，我真的會把河童吊起來打。喔，就是……我記得廣田的頭頂也有傷。不過，不像致命傷，只是有個腫包……久保田是漂流相當久，整個泡爛了，屍體撞得亂七八糟，損傷嚴重。」

「嘻嘻嘻。」多多良居然不莊重地笑起來。「要活著才撞得出腫包喔。毆打屍體只會凹下去。不是凸包，是凹洞。」

雖然刺耳，但沒說錯。

「喔……就算把人打昏，丟進河裡，一樣是殺人。可是，這麼一來……到底是怎麼回事？中禪寺小姐，那些聚首密談的傢伙，總共是五個人吧？剩下的是……川瀨，還有一個叫Su什麼或Mu什麼的傢伙嗎？那個川瀨是……」

「我一無所知。」敦子答道。「姓Su什麼或Mu什麼的人，連姓氏都不確定。川瀨也是，不管名字或身分都不清楚。」

「這樣下去，剩下的兩人很有可能遇害。唔，前提是這些人都死於他殺啦。」

「也可能剩下的兩人之一，或兩人都是凶手。」

「啊，自相殘殺是吧？只是，為什麼不是木更津也不是淺草，而是發生在這一帶？龜山我不知道，但久保田和廣田跟這一帶半點關係都沒有啊。川瀨……川瀨喔……」

「川瀨是嗎？」

池田巡查立正不動地插口。

「怎樣？」

「對不起！」巡查行了個最敬禮。

「呃，池田，我什麼都還沒說。我跟磯部不一樣，不會大小聲，你不必那麼緊張。有什麼話就說吧。」

「是，其實本官是這附近的人……不過，不是大戶的人。」

沒事，對不起——池田道歉。

「什麼？這怎麼了？」

「不，只是想想又覺得或許無關。」

「哎，你先說出來，如果我認為無關，你再道歉就好。不說我怎會知道？搞不好是很重要的線索。萬一很重要，你卻沒說出來，到時候就不是道歉可以了事的。」

池田「呃」了一聲，癟起嘴，接著說「應該無關吧」，吞吞吐吐。

「叫你說啦。」

「是……以前有個姓川瀨的人。」

「在哪裡？」

「就是本官長大的聚落。」

「那是在哪裡？」

「是，那是一個叫遠內的聚落。呃，是在久我原嗎？那個地方……」

池田伸手指去。

「在東總元車站的另一邊，一直往山上去……啊，這是指方向，是西邊。道路的話，一樣是走久我原那裡，西北方……」

「聽不懂。」

小山田這麼說，多多良卻像要蓋過他的話，表示「我知道」。

「你知道？知道在哪裡嗎？」

「這一帶，對吧？沒錯吧？」

多多良站起，伸長圓滾滾的身體，指示貼在牆上的地圖。

「上面什麼都沒寫啊，老師。我不知道那裡是森林還是山丘，但不是村莊吧？」

「可是依剛才的說明，就是這裡吧？」

「池田說明得太爛啦。到底是哪裡？仔細說清楚。搞得像是老師弄錯，不是很尷尬嗎？那種地方才沒有村子。」

「是沒有。」池田說。

「沒有！廢村了嗎？還是消失了？」

多多良的開關啟動了。

「唔，算是廢村嗎？本來就不到足以稱為村莊的規模。山裡有個叫龍王池的池塘……」

「龍王！」

「是，雖然是池塘，卻非常深。只是，不到水潭那麼深，也沒有沼澤或湖泊那麼大。那算池畔嗎？最深處的池畔有座龍王的祠堂……」

「祠堂！祭祀著龍王嗎？」

「什麼？這個嘛，本官不記得祭祀著什麼了。不，本官沒看過裡面，但既然有這樣的稱呼，應該就是吧。」

多多良想走上前，被小山田擋住。

「以那座池塘為中心，稀稀落落有幾戶人家，以前的情形本官不知道，不過在本官小時候，就有許多空屋，大概只剩下五戶。本官的老家也在昭和十年遷出去。後來村人零零星星地離開，在戰前就已……那叫廢村嗎？可是本來就連村子都稱不上。」

「不能說明得更簡潔一點嗎？你幾歲？」

「是，三十二歲。對不起。」

「道什麼歉啊？好啦，三十二或三十五歲都沒關係。那你說的川瀨是……？」

「是。在本官小時候，村裡有一戶是我們家的親戚姓池田，和一戶姓水口，還有兩戶姓川瀨。上面的川瀨家只有一對老夫婦，下面的川瀨家有個兒子，比本官大八歲，名叫敏男。」

「今年四十歲是嗎？」

「如、如果還活著的話……」

「他怎麼了？戰死了嗎？」

「不，敏男在我們家遷出去以前，就娶了大多喜那邊的人，離開遠內，過了一段時間，聽說他又回到這一帶。本官記得是這樣的。出征以前，他應該是住在總元做行商。在那之前，該說還有往來嗎？本官沒去過，但他會過來……」

「什麼意思？」

「他是行商，所以會過來。」

「他復員回來了嗎？」

「是，本官沒直接見到他，但家母說他比本官早復員，所以昭和二十二年他在總元。」

「他現在怎麼了？」小山田有些不耐煩地問。池田說他不在了。

「不在了？」

「他復員以後去了東京，似乎是有什麼賺錢的機會，但不清楚詳情。依本官所知，後來他再也沒回來。」

「他的老婆呢？」

「是，在戰爭中過世了。開戰那一年，他的兒子應該是十二歲左右，現在一樣行蹤不明。這件事……沒有關係呢。」

非常抱歉——池田再次行禮。

「還不好說……」小山田抹了抹黝黑的臉。

「川瀨敏男是怎樣的人？」敦子問。

「是，他很瘦。」

第一個舉出的特徵……是這個嗎？

小山田板起臉，「喂喂喂，池田，應該有別的吧？什麼很瘦，戰後每個人不都瘦巴巴？連我也消瘦了一些。怎麼說，沒有特徵嗎？有吧？喏，比方看起來個性溫和，或是脾氣頗差。就算要形容外表，也該說有沒有痣，或有個大鼻子之類……」

「聽說是個瘦排骨。」敦子出聲。

「什麼？」

「糰子鋪的店員說那個人很瘦。不知道是沒有其他特徵，或者那是最大的特徵。店員似乎只見過他一、兩次，不太確定。總之，第一印象是很瘦。」

「那……」

可是，只知道很瘦——小山田說。

「全日本不曉得有幾個瘦巴巴的川瀨啊。」

「話是沒錯……不過，『賺錢的機會』這種說法讓人有點好奇。聽起來不像要去哪裡上班，或找到差事。若是找到什麼收入不錯的生意……也不會是這種說法吧？」

「是。就本官聽到的，東京之行應該是暫時性的。他沒帶兒子一起去。」

「居然丟下小孩子！」多多良說。

「說是小孩子，當時也十七、八歲了吧。」小山田回道。「還是年紀更大？算起來，如今早就成年了。」

「如果活著的話……」

「下落不明啊……」

「是。跟本案無關呢，對……」

「不要道歉，或許有關。雖然總覺得巧過頭了。」

「如果事件發生的舞台在這一帶，理由是那個川瀨，我覺得就不是巧，而是理所當然。」

小山田沉吟，「要是那樣……假設、假設這個川瀨就是那個川瀨，他不是性命受到威脅，就是凶手。」

「凶手！」池田驚呼。「敏男兄是凶手嗎？」

「還不知道。我有點理解磯部的心情了。不過，中禪寺小姐，這樣一來，那些密談——不法勾當是嗎？內容頗教人好奇。」

沒錯。

這時再說出三芳的事就行了。

敦子盡量簡短地說出益田告知的內容。

「仿造寶石？」

小山田翻著記事本，推開桌上成疊的紙張，說「那東西跑哪去了」。

「在找什麼？」

磯部從池田背後探頭問。

「還在偵訊那老小子嗎？晚飯怎麼辦？」

「混帳東西！」

小山田怒吼，磯部無動於衷，反倒是在他前面的池田畏懼地縮起肩膀。

「等一下，池田，你不要道歉，我是在吼磯部。喂，你這蠢貨，我叫你去冷卻腦袋，可沒准你跑掉。你在摸魚的時候，案情有重大進展。我懶得重新說明，你過來一起聽。喂，那個……屍體腰兜裡的東西。」

「什麼東西？」

「因為濡濕，不是晾起來了嗎？駕照還有那個……」

「喔，不是送去勝浦？」

「對耶。」小山田拍一下額頭。

「怎麼了？」

「就是，龜山的腰兜裡有一張照片，由於必須查證身分，和遺體一起送去勝浦署了。」

「照片上有什麼？」

「寶石。」小山田回答。「因為是照片，看不出是紅寶石還是藍寶石，而且坦白講，就算看到真貨，我也分辨不出真假……總之是寶石。但寶石這玩意，我這輩子沒親眼見過，也沒摸過，只覺得是特別漂亮的石頭。那寶石裝在像盒子的東西……」

「有幾顆？」

「數量喔……我看到的是照片……」

「五顆，有五顆。」磯部說。「照片上拍到五顆。然後顏色微妙地顯得透明，一定是鑽石啦。」

「照片哪裡看得出顏色？」

「看得出來啊。不光是槍械，我對相機也頗有心得，會自己拍照，還會自己沖洗。中間色不容易辨別，但看得出是不是透明吧？只是，看不出是不是真貨。」

——照片嗎？

原來如此，單憑照片極難辨別真假。即使是仿造品，或許也能蒙混過關。那麼……

照片上拍到的，會不會是三芳仿造的寶石？

敦子問，照片很舊嗎？小山田說，照片濡濕，看不出來，但對攝影頗有研究的磯部認為那張相紙是新的。

這樣的話——

「據說三芳先生仿造的寶石……也是五顆，而且是鑽石。」

小山田交抱雙臂，困擾地「哎呀呀」了幾聲。

正中益田的下懷——儘管如此形容並不正確，敦子卻瞬間有這種感覺。

這下等於所有的點，都**規規矩矩地**排在線上了嗎？看來有必要聯絡益田。

「就算是這樣，還是難以理解。假設七年前發生和寶石有關的犯罪……唔，應該是發生過什麼事吧，然後……是背叛嗎？私吞嗎？不，這裡就搞不懂了。究竟是怎麼回事？」

「起內鬨吧。」磯部說。「幾個人共謀偷走或騙取財物，最後其中一人全部私吞逃走，八成是這種情節吧？其他人不甘心，便做了假貨想掉包？」

一般會如此推測。

然而……

「假設真的是這樣的劇本，搶奪寶石已是七年前的事。若真有一人私吞寶石……表示那個人在七年之間，一直把寶石藏在某處吧？為什麼他不拿去變現？」

「應該是在等風頭過去吧？」磯部說。「贓物其實很難脫手，隨處可見的東西就罷了，像美術品之類，畢竟是世上絕無僅有的。除非拿到國外去賣，否則滿容易被查到。」

「不會的。」多多良反駁，口氣比平常更武斷。

「怎麼說？」

「你們指的是一般的贓物吧？那可是寶石啊，寶石。」

「寶石又怎樣？」

「聽好，直到幾年前，這個國家都還遭到占領，你們知不知道啊？」

磯部尚未發作，小山田便搶答「知道啊，很清楚」。

「從戰敗到簽訂和約的期間，對吧？」

「就是啊、就是啊。」多多良連聲應道。「聽仔細，戰敗的時候，軍部持有大量物資。由於打了敗仗，解除武裝是逼不得已，但除了武器以外，軍部還有一堆東西啊。他們強迫民間交出物資，或當成軍用品扣押起來。」

「所以呢？」

「政府便想：得在占領軍上陸之前，趕緊想辦法處理這些物資。他們一定是認為會被GHQ侵占，急急忙忙把那些東西都賣了！」

「那又怎樣？」

「還怎樣……不光是軍方的物資，包括軍方負責監督管理的民間工廠的產品、原料、兵器以外的用品、衣物、醫藥品、通訊器材、木材，甚至是食品，內閣決議必須火速處理掉。雖說要在占領軍上陸之前處理掉，可是，從波茨坦宣言到總司令部成立，中間只有兩個月！」

「這、這樣啊。」

「這是後來才知道的。這項緊急的決定，短短兩星期就撤銷。被廢除了。至於後來怎麼了，情況不明。兩星期實在不可能啦。」

時間根本不夠！多多良激動地說。

「他們將沒人清楚掌握東西在哪裡、究竟有多少的大量物資，分配給政府相關單位和民間生產業者，瘋狂進行處理。在短短兩星期內，實在不可能辦到。」

「唔，不可能吧。」

「這件事是瞞著我們平民百姓做的。既不是刻意隱瞞，也沒特別宣傳。最起碼我沒聽說。對國民保密，對美國也保密，偷偷摸摸、十萬火急地處理。但不可能弄得完，當然過程會變得草率。草率到家啊，對吧？」

多多良徵求同意，只有池田差點要點頭。看到兩名刑警都默不吭聲，池田頓時打住。

「欸，老師，這到底是……」

「所以，」多多良語氣激動，「不可能妥善處理啦。於是，陷入大混亂。畢竟不可能每個細節都盯到啊。況且，連負責監督的人也會偷雞摸狗，不乏私吞變賣或暗槓藏匿之類的行徑……不，就是有！政府做事總是如此。」

「所以……那又怎樣？」

「怎會這麼遲鈍？聽著，戰時貴金屬類被接收了，對吧？不管是首飾或戒指，軍人全拿走了。雖然不曉得要做什麼用，但寶石也全被沒收了。」

「寶石啊……咦？」

「軍方有一座寶山啊！國家沒把這些東西物歸原主，私自處理掉了。說是處理，就像我剛才提到的，是潦草行事、漏洞百出，而且偷雞摸狗。所以，目前市面上流通的寶石當中，有好幾成都是隱匿物資。軍部把從民間搜刮的貴金屬類，私下變賣到黑市裡去了。」

「喔，所以……？」

「聽清楚，那件事是發生在七年前，對吧？距離戰敗才兩年。」

「是啊。」

「換句話說，是這些隱匿物資大量私下轉手的時期。在那樣千載難逢的好時機得到寶石，當然會立刻變賣。賣買雙方都能隱密、迅速地完成交易。留在手邊要幹麼？只要在當時變現，一點問題都沒有，如今才要拿出去賣，絕對會被查到。因為現在隱匿物資的問題引發關注，連國會都提出來討論。別說風頭沒過去，反倒吹得正緊，更容易被抓。說這話的不是白痴是什麼？你是白痴嗎？」

磯部往前踏出一步，池田制止他。

「可能不是想要錢，而是想要寶石本身啊。有些人的嗜好是收藏寶石，就算值錢也不想賣。目的是收藏，不一定會賣掉吧。」

「或許吧。不過，磯部啊……」

小山田語帶遺憾，接著說：

「離家後成為漁夫，卻失去一隻手，連魚都沒辦法捕撈的男子；在原爆中失去一切，前往東京的善泳銼刀工匠；在附近山中長大，喪妻帶著小孩的行商男子……唔，龜山和另一個人的背景不清楚，但境遇應該差不多吧？這樣的人會收藏寶石嗎？每一個都是連下一餐在哪裡都不知道吧？如果他們會想要什麼東西……只有錢了吧？」

「我也這麼認為。」敦子附和。「關於搶走寶石的人，我沒有任何情報，無法斷定，但據說久保田先生雖然失去工作，生活困苦，卻告訴三芳先生，他取回寶石不是想變賣，而是要物歸原主。」

「那是怎樣？行善嗎？還是……贖罪？可是，中禪寺小姐，就算真的如同這位老師說的，寶石是……」

「隱匿囤積物資。」

「就算是屬於這一類，那麼，原主是誰？軍部嗎？日本已沒有軍隊，無從歸還。難不成要還給國家？」

「是還給最早的主人吧？」

「啊，上繳物資的平民嗎？可是，知道交出去的是誰嗎？」

「我想……恐怕只有這些寶石知道主人的來歷。」

「意思是，他們知道寶石的來歷，才去搶那些寶石？」

「當然，這純粹是我的猜測。」

古谷先生、古谷先生——敦子呼喚同僚。

裡面的門打開，同僚露出臉。

「啊，你們說完了？我睡了一下。那要回去了嗎？可以回去了嗎？不過，這時間有辦法回去嗎？還有電車嗎？」

「還沒結束啦。」除了池田以外，幾乎所有人都異口同聲回答。

「古谷先生，你去年採訪過『接收解除貴金屬及鑽石相關事件』，對吧？我問過總編，總編說是你負責的。」

「什麼？」

古谷揉著眼睛走出來。

「呃……啊，對對對，是我去採訪的。由於不是我的專業，搞得我頭大極了。我原本負責合成鑽石的化學氣相沉積法報導，總編叫我順便去採訪，可是兩者完全無關，一點都不順便嘛。」

「這不是重點。」

「怎麼不是重點？說穿了，我只是個方便使喚的工具人罷了。」

「我從沒這麼想，請先聽我說吧。那個時候爭議最大的，記得是……」

「喔，對，是皇室的鑽石。」

「硬質（註）？鑽石很硬嗎？」

「鑽石本來就很硬。不是硬質，是皇室啦。」古谷說。

「皇……」

小山田說出一個字，頓時僵住。

「要求民間上繳貴金屬時，為了表示會以身作則，宮中賞賜鑽石給軍方。由於宮廷貴人率先送出歷史悠久的神品，據說民間上繳給軍方的貴金屬，超出預期的九倍還是十倍之多。其中絕大多數目前都下落不明，不過……」

「皇室！」

這時，小山田總算吐出憋住的氣。

「皇室是那個……」

「沒錯。那些從皇室賞賜的王冠或勳章取下的大顆鑽石，至今依然下落不明。嗳，官府實在不公平，草民就算吃虧也只能往肚裡吞，但事關宮廷貴人，便沒辦法這樣處理了吧。」

註：日文中，「皇室」與「硬質」同音，皆為koushitsu。

小山田深吸一口氣。他似乎一直屏著呼吸。

「真的是皇室？」

「是啊。怎麼了嗎？」

「那些皇室賞賜的鑽石有幾顆？」

「咦？喔，好像……五顆吧。聽說很大顆。在當時應該也價值數千萬圓，不知道落入誰的手中，賣得的錢又怎麼了。」

「數……」

這次輪到多多良啞然失聲。

「數……」

多多良看敦子，又「數」了一聲。

「欸，看都沒看過。」

「我也沒看過啊。」磯部說。「這麼大筆金額，任誰都會鬼迷心竅。如果是計畫搶這種東西，或許我會辭掉警察不幹，跑去參一腳。」

「不許瞎扯！」小山田喝道。「誠惶誠恐，那可是皇家的寶物啊！不過，那夥人把……」

「是的。三芳先生提到，久保田先生說原本的物主是貴人。」

「是貴人沒錯，高貴極了。」小山田敬畏地說。

多多良也應聲「沒錯」。

「唔，要說貴人，現在日本已沒這種人。政治家可不高貴。不高貴吧？可是，若是天皇陛下，只能說是貴人了。」

「那、那是怎樣，中禪寺小姐？久保田計畫搶回那些寶石，還給皇室嗎？為了達到這個目的，他委託兒時玩伴製作贗品？」

「這只是一種想像。」

並非推理，只是想像。

「這麼一想，許多地方都合理了，不過關鍵的七年前的不法勾當，以及寶石的下落，完全不明，因此實在不能說什麼。」

「雖然不能說什麼，但這下問題就是……到底是誰獨占寶石嗎？」

「雖然……也可能是久保田先生撒謊。」

「什麼意思？」

「他聲稱要物歸原主，實際上究竟如何？歸還得透過警方或宮內廳，這麼一來，可能會遭到懷疑，卻不太可能得到表揚。即使得到表揚，也沒有任何好處吧？還有，他說同伴獨占寶石，或許也是謊言。搞不好他只是打算和真品掉換，拿去賣掉。假設七年前就賣掉，久保田先生仍有可能知道買主是誰。」

「問題在於，鑽石現下在誰的手裡嗎？」

「是的。此外，最重要的是，為什麼同夥相繼死去？」

「得找到川瀨才行。」小山田說。「唔，雖然不清楚池田認識的川瀨，是不是那個參與不法勾當的川瀨，而且這事彷彿霧裡看花，但三人都死在這一帶，實在教人無法袖手旁觀。池田啊，那個被川瀨丟下的兒子，後來怎麼了？」

「是！戰爭結束之際，他似乎在久我原的養雞場打雜，本官復員後去找過他一次。據本官聽到的消息，敏男兄復員後，曾到養雞場謝謝對方照顧兒子。那時候他告訴兒子，你很快就不用工作，可以去上學了……」

「因為他即將大賺一筆嗎？」

「恐怕是的。養雞場的老爺子說，敏男兄是這麼告訴孩子——那孩子名叫香奈男。然而，敏男兄一直沒回來，之後香奈男也不見了。」

「不見蹤影後，一樣過了……將近七年嗎？這下棘手了。」

「更重要的是，得先請三芳先生看一下龜山持有的寶石照片吧？三芳先生恰恰在廣田的屍體被發現那天，去當地的轄區警署說出剛才我敘述的內容。那時候警方應該聯絡過勝浦署，但你們似乎根本不清楚這件事。」

「有人來問過嗎？」小山田向磯部確認，磯部平板地說「應該有吧」。

「八成是負責庶務的津畑兄隨便打發了。那人很討厭警視廳。」

「你少多嘴。唔，今天很晚了。中禪寺小姐，妳有何打算？如果要去大多喜一帶，我可以開車送妳，但考慮到案情，明天能請妳再過來一趟嗎？」

「我們不用嗎？」古谷問，多多良搶著打斷他的話：

「不行啦，我們還沒見到校長。況且，沒地方住宿啊。」

「可以在這裡過夜。池田，這裡起碼有鋪蓋吧？」

「是，只有兩套。」

「現在是夏天，沒關係吧，就睡大通鋪。何況，天氣熱得要命。不過，這位小姐不能這麼辦哪。」

「啊，對了！」

古谷拍了一下手。

「喏，那個跟我們一起發現浮屍的小姐……」

「報警的公所職員，雲南小姐嗎？」池田巡查應道。

「那個她的表妹還是外甥女，叫什麼去了？」

「吳同學，對吧？」

「啊？對，記得是叫吳美由紀。她認識中禪寺小姐，對吧？她是這麼說的。」

「吳美由紀？美由紀在這裡？」

「對。好像是親戚——那位南雲小姐，住在這一帶，她暑假過來玩。」

「是美由紀發現浮屍的嗎？」

敦子毫不知情。

「正確地說，第一發現者是我。」

多多良趾高氣揚地糾正。

5

「沒品的內容嗎？」

稻場麻佑露出頗為奇妙的表情。

唔，這也是沒辦法的事。

一大清早就有一群古怪的陌生人找上門，嚷嚷著河童河伯的，任誰都會困惑不已吧，美由紀暗想。

稻場麻佑是總元當地的小學前任校長的外孫女。因為是外孫女，和校長不同姓。年紀應該比淳子大一些。

「就算你說沒品……」

「不，不一定要沒品。我的意思是，沒品也沒關係。」

「就算你說沒關係……」

「所以，」多多良加重語氣，「我並不是在研究沒品的東西，而是我的研究對象裡，包括沒品的部分！」

一如往常，多多良橫衝直撞。

如果不是守在斜後方的中禪寺敦子不停客氣地微笑、頷首行禮，一般人不是被嚇跑，就是會動怒或害怕吧。

更基本的是，如果不是淳子介紹，一行人肯定早就吃閉門羹。

昨晚，駐在所巡查領著敦子到南雲家，美由紀驚訝到差點腿軟。

聽聞事情原委後，她又吃了一驚。敦子似乎沒安排住宿，於是美由紀邀她留宿南雲家。

在這方面，鄉下人很熱情。雖然有些地區不歡迎外地人，而且每個家庭情況不同，一概而論不太妥當，至少美由紀身邊的人，都不會排斥突然上門的訪客。像阿姨就特別大方。

敦子似乎非常惶恐，姨丈和阿姨卻非常歡迎。

縱使已用過晚飯，一得知敦子尚未用餐，餐桌便再次擺上各種菜肴，美由紀陪著吃了第二頓晚飯。姨丈主張吃飯就是要人多才好吃，儘管不是不能理解，但熱情到這種地步，也有點像強加於人，淳子亦苦笑不已。敦子當然沒表現出來，不過美由紀擔憂她會受不了這樣的場面，才會一起吃第二頓晚飯。

雖然她早就飽了。

兩人在同一個房間並床而睡。

睡前美由紀覺得早飯肯定吃不下，醒來肚子仍像平常那樣餓了起來。

所以我才會愈長愈高嗎？美由紀有些沮喪。

縣警的人希望今天一早再次詢問美由紀和淳子詳情，但她們不知道「一早」到底是指幾點，而且淳子得先去公所一趟，說明狀況，因此美由紀先等到八點，和敦子一同前往駐在所。

駐在所裡沒看到縣警的人，但多多良和古谷都在。古谷顯得十分憔悴疲憊。一問之下，原來是被多多良整理背包的沙沙聲吵得失眠。多多良則是一整理好，就墜入夢鄉。

巡查為沒確實指定時間致歉。他說縣警的刑警昨晚回去勝浦署，正在前來的路上。不過，從敦子提供的情報來看，那並非單純的溺斃，演變成複雜的狀況，恐怕要開會、辦各種手續等等，有許多事要處理吧。

看到敦子，古谷似乎放下心，立刻表示要回去。看來，多多良和古谷昨晚被盤問相當久，已獲准離開。

不料，多多良不願回去，堅持不走。

他說，在向前任校長打聽到河童的事以前，無論如何都不回去。這個大叔雖然不討人厭，卻很教人傷腦筋。

刑警約莫還要一段時間才會來，賴在駐在所也沒用。淳子不在，先回南雲家再過來感覺也很怪，而且多多良不可能放棄。

因此，眾人商議，等淳子抵達，先帶多多良去前任校長家。美由紀與這件事毫無關係，卻不想一個人留下，便表示要一同前往。

一行人如此議定，古谷立刻小跑步去東總元站搭車。巡查好心提醒「再怎麼急，電車也不會馬上到站」，似乎沒能傳進古谷的耳中。他大概是連一刻都不願再繼續待下去。

古谷一走，淳子就到了。

如此這般，美由紀來到那名小學前任校長的家。

不料，校長染上夏季感冒，病情惡化，無法起身，是前來照顧病人的外孫女麻佑出來接待。校長是一個人獨居。

「我想聽河童的事。」多多良熱烈地說。「河童拖馬入水、害人溺水、摸人屁股、誘姦婦女這些……唔，大概有一半會是沒品的內容！」

「呃……」

「看妳這麼年輕，又是婦道人家，我是擔心妳對著陌生人，不好談論這些沒品的事，才先聲明沒品也不要緊。沒關係，不管妳說什麼，我都不會懷疑妳的品性下流，所以把妳知道的都告訴我吧！」

「我不知道。」

「咦？」

「就說我不知道啊。你問我河童的事，可是我並非出身大戶，而是三又，沒怎麼聽過，所以不知道。」

「妳不知道河童？」

「我知道河童。」靡佑說。「喏，就是電視上那個……叫《河童川太郎》嗎？我們家沒有電視，我只看過幾次，不過就像那種連環畫劇裡會出現的東西。」

「是連續漫畫劇集。」敦子說。「清水崑原作。」

「那是什麼？」多多良雙眼圓睜，斜瞪敦子。「我沒聽過。電視上在播放那種東西嗎？」

「不清楚，現在還有嗎？記得以前每天都會播放，很受歡迎，週刊雜誌有同一個作者的漫畫《河童天國》在連載，應該尚未完結。」

「咦，那是什麼？有盤子嗎？有甲羅嗎？有毛嗎？是什麼顏色？」

「那是電視節目，所以沒有顏色。雜誌上的漫畫則是單色。有盤子也有甲羅，但體表感覺是光滑的。」

就是這個。美由紀知道的河童就是這種模樣。美由紀應該是在哪裡看過這部作品吧。雖然依舊不明白怎會認為河童是綠色。

「真傷腦筋。」多多良說。「這種創作要是傳遍全國，會有許多東西被淘汰掉，好比各地的特色。那是全國播放的節目嗎？」

「電視訊號塔的建設和電視機普及到什麼程度，正確的情況我並不清楚，無法回答，但只要收得到訊號，又有電視機，任何地方都能看到吧？」

「時間更緊迫了。」多多良一臉苦澀。

「什麼意思？」

美由紀從旁插口問，多多良說「因為太快了啊」，益發讓人感到莫名其妙。

「各地的傳說正以驚人的速度消失。市街在戰爭中被摧毀，在復興時期受到開發，整個改頭換面了不是嗎？祠堂、石頭和樹木也都在消失。習俗和文化會消失不見，再加上這種玩意傳遍大街小巷，不就會被覆蓋過去了嗎！」

「覆蓋過去？」

「是啊。變得稀薄、幾乎要消失的東西，再被塗得一片漆黑，底下原本畫的東西便完全看不見了，沒錯吧？不僅如此，後世的人會以為從一開始就是這樣的。換句話說，連過去都會被改寫！聽好，文化這種東西，遭到遺忘等於被殺死。如果沒人記住，或是記錄下來，就會死掉！」

多多良從鼻子噴出氣。

「真是對不起。」麻佑低頭賠罪。

雖然美由紀覺得她一點過錯都沒有。

「正值河童熱潮嘛。」敦子說。「大概從去年起，大街小巷充斥著河童的圖像。酒吧的火柴盒、零食包裝袋上，也畫著河童。無可否認，這些圖像發揮比傳說更強大的影響力。傳承的人銳減，更關鍵的是……有形的事物威力強大。」

美由紀本來想問，那些圖上的河童是綠色的嗎？隨即打消念頭。

「是啊，聽到河童，我覺得就是那樣的東西……對，我想夷隅川應該也有河童的故事。」麻佑說。

「有嗎？」多多良立刻追問。

「不是這一帶。我是聽過，但傳說流傳的地區更接近河口。」

「河口？」

「應該是夷隅那裡的傳說。由於如蛇般蜿蜒，流向東邊的夷隅，才會叫夷隅川吧。在夷隅一個叫宮前的地方，有座六所神社。」

「對。」多多良說。「全國各地都有六所宮，房總應該也有幾座。我記得大多喜附近也有。夷隅那裡也有嗎？這種時候，要是中禪寺在場會方便許多。」

多多良說的是敦子的哥哥吧。

「如果是一宮（註）和總社，我全部記得。所以，館山和市川的六所神社我知道，但附近的六所宮，我只知道那一座，因為是安房國和下總國的總社！那麼，夷隅也……」

「喔……太難的事我不懂，聽說那裡的神社的宮司救了被人抓來展示的河童，為了報答，河童保護當地人免於溺水……在附近的水淵住下，然後……救人的時候在石頭上滑了一跤，落水漂走溺死了。我想想，有叫滑溜溜之類的石頭……細節我不記得了。」

多多良歪著頭，「應該過去看看嗎……？」

「請改天再去吧。」敦子立刻勸阻。

麻佑食指抵著下巴說：

「這是去年聽嫁到宮前的朋友說的……我一邊聽著，腦中浮現的是電視節目裡的那種河童。大概是……」

「滑溜溜的？」

「對，在我的想像中，滑了一跤的河童，長得就像電視上的河童川太郎。雖然或許不是長那樣。」

「應該不是。」多多良說。「妳被污染了。」

「咦！」麻佑驚呼，按住了頭。

「請不要放在心上。」敦子隨即打圓場。「老師，不可以說什麼污染。」

「不行嗎？」

「又不是細菌。況且，要是這麼說，每個人都被污染了。如果這叫污染，以前河童的形象也是某種污染啊。」

「或許吧，但那是歷經漫長的歲月，由當地文化孕育出的形象啊。是民意，才不是個人創作。」

「大概吧，可是就算有民意、是當地文化孕育出來的，依然是某人的創作。確實，被視為河童作怪的現象應當是實際存在，但關鍵的河童本身……是不存在的。」

果然如此，美由紀心想。淳子和麻佑也點著頭。多多良滿臉不服氣：

「有人親眼目擊！」

「或許有人親眼目擊，但把那些現象當成是河童引起，是看到的人的解釋。」

「是啊。」

「而那種解釋，也是受到當地流傳的某些傳說的影響吧？看到的人，只能把自身看到的事物和現象當成資訊傳達給別人。沒親眼看到的人，只能從聽到的內容再去想像吧？」

「是這樣沒錯啦。」

「進行想像的時候，沒有明確嚴格的規範。就算聽到河童有盤子，那究竟是什麼模樣，只能各憑想像。實際上，我不知道河童的盤子究竟是怎麼回事。只是頭頂凹下去而已嗎？還是平的？難不成會有蓋子……？」

「蓋子！」

註：地域中社格最高的神社。

如果有蓋子，水或許就不會潑出來。

「不管資訊再怎麼豐富，既然無法出示實物，無可避免地只能各自想像。這一定會隨著時代日漸變質，也會加上新的資訊。如果新添加的資訊更讓人印象深刻、更具說服力，應該就能得到支持，形象也會被改寫更新。這叫污染嗎？」

「呃，雖然是這樣……」

「圖像的力量是很強大的。」敦子說。「與其用語言描述，出示圖像更直接明瞭。事實上，現今漫畫的河童外貌，也是受到江戶時期的河童畫像的影響。」

「確實如此。」多多良說。

「沒錯。認定只要是舊有的就是對的、舊有的才是原創，特別是在妖怪這個領域，我認為並不正確。若要這麼說，各地獨具的特色，應該……也是後來才加上去的吧？」

「咦？」

「最原始的河童，形象有那麼多彩多姿嗎？我倒不這麼認為。」

「總有個原型吧？」

「那樣的話，各地流傳的類似河童的種種生物，等於是受到各地文化的污染？不能這麼說吧？」

「是不能這麼說。」多多良坦率地同意。

「調查這些特色是如何形成，藉此爬梳文化之間的差異和背景，就是老師的工作，對吧？既然如此……」

「沒錯啦、沒錯啦。」多多良說了兩次，身體往旁邊斜傾。「對，是這樣沒錯……可是變化速度太快啦。那些地方色彩，是經年累月醞釀出來的。即使每個時代都會更新，那也是一種累積吧？不是五年、十年就整個改頭換面，而是歷經百年、千年的漫長歲月，逐漸累積的結果。江戶、明治、大正，這幾個時代以前都是延續的，直到不久前，各地的特色都還保留著，對吧？」

「那是流通制度的問題吧？」敦子說。「比方，在明治時期以前，繪草紙那些讀物沒辦法傳播到全國大小鄉鎮。況且，各地印刷的數量是天差地遠。即使傳遍各地，能拿到的人也有限。」

「確實如此。」多多良說。「就算能送到偏遠地區，也是很久以後的事了。」

「是啊。姑且不論都市地區，過去在鄉下地方，尤其是被稱為民眾的階層，閱讀這些東西，算是普遍的行為嗎？識字率想必很低，雖然應該有影響力，但想想滲透的速度……」

「很慢呢。」

「所以才需要時間，只是這樣罷了。但現在不同，不管是報紙或雜誌，一模一樣的東西在全國各地，幾乎相隔不到幾天就上市。至於電視節目，只要有電視機，全日本便能同時收看。」

「所以才教人傷腦筋啊。」

「會嗎？看到公共電視播出的節目介紹河童的畫像，多少人能滿懷自信，斷定跟故鄉的傳說不一樣？即使有自信，這些人應該也會當成不一樣的東西吧？何況，各地連稱呼都不同。所以……那叫hyosue嗎？只會把hyosue和河童當成不一樣的東西吧？」

和同學提到的名稱很像，不過美由紀想不起同學到底說的是什麼。

hyo什麼的是在九州嗎？東北的是……

「Me，medo……」

「Medochi嗎？」多多良接過話。

「就是那個。或許有些不一樣，不過我住岩手的朋友說的就是那個。」

「那是河童嗎？」敦子問。

「唔，聽起來像，又不太像……」

「應該是吧。如果漫畫中的河童滲透到全國，不管是medochi還是suiko，都會被理解為和河童不一樣的東西，否則就是類似河童的東西，或是河童的別稱。因為名稱不同，性質也不同。有些地區本來就稱為河童。這種地方，現在想必已……變成漫畫中的模樣。」敦子說。

「太遲了嗎？」

「要說遲，自然是遲了，但正因如此，老師才會四處奔波，不是嗎？」

「是啊。」

「我也是支持老師的理念，才會邀請老師撰寫連載的文章，並陪同採訪。老師，我記得『河童』是以關東圈為中心的稱呼，對吧？」

「嗯，是啊。」

「那麼，是不是能夠推測，這一帶沒有特徵足以凌駕漫畫中的河童形象的傳說？」

「唔……」多多良交抱雙臂，「沒有河童的傳說嗎？」

「不是沒有，應該是……這一帶沒有差異大到能夠和漫畫中的河童互別苗頭，駁斥『河童才不是這樣』的河童傳說。」

「嗯，或許吧。」多多良說。

「當然，我指的是外表，至於事蹟、習性等等，搞不好又不一樣，但這些細微的差異，即使外表和漫畫一樣，也能保存下來吧？」

「對耶，這倒是沒錯。」多多良說。「就算是這樣……連一點傳說都沒有嗎？」

多多良以有些微弱的聲調問麻佑。

「提到傳說，這一帶……是啊，我想頂多只有日蓮上人的傳說吧。畢竟鴨川和勝浦不就在附近嗎？」

「小湊、鯛之浦！」多多良大叫。「日蓮上人的誕生地！」

「是的，所以有寺院流傳著古老的經文之類的。」

「是、是親筆嗎？」多多良興奮地問，淳子回答「不是日蓮上人寫的經文」。

「村子裡的寺院流傳下來的文物，是室町至江戶初期的幾幅〈鬚曼陀羅〉。山中鄉八村——簡而言之，就是總元村，自古便皈依日蓮宗，嗯，是文化財。」

「那也是很貴重的東西。」多多良說。

「然後……是什麼呢？請等一下，我去問爺爺。他醒著，只是咳得很厲害，萬一傳染給客人就不好了……」

「真不好意思。」敦子和淳子行禮。

美由紀也慌忙行禮，但多多良不動如山。

麻佑很快就回來了。

「爺爺說是龍或蛇。」

「什麼？」

「喔，爺爺說這一帶的水的……那叫什麼呢？他說提到像河童的東西，就是蛇或龍。」

「龍……龍嗎？」

「嗯。池塘的主人泰半是大蛇精，而且蛇會迷惑婦女，讓她們產子。」

「產子！」

「是的。還有……什麼呢？這個我不太懂，不過爺爺說獨自在八張榻榻米大的和室睡覺，就會變成蛇……」

果真如此，美由紀現在已是蛇。

因為南雲家的客房恰恰是八張榻榻米大。

「變成蛇嗎？」

「對，聽說是蛇。然後，如果當成水神來看，就是龍。」

「這一帶……山中鄉八村的總社，我記得是貴船神社，不是嗎？」

「是貴船神社沒錯。」淳子應道。「村社有八座，不過總社是堀之內山上的貴船神社。」

「那裡呢？」

只問「那裡呢」，誰也聽不懂要問什麼吧？美由紀暗暗想著，淳子卻滿不在乎地應答。她居然聽得懂。

是習慣多多良這個人了嗎？

「創立起源不詳。據傳是在安房里見氏統治的時代興建，但文獻上找不到記載，不清楚真假。附近許多從事漁業的人去參拜，所以是水神。」

「貴船神社祭祀的是高龗神。高龗神，是伊邪那岐神殺掉迦具土神時誕生的三神之一，是水神喔，水神。『龗』是龍的古字。」

「喔……」

「是龍對吧？」多多良說。

「嗯，在貴船神社，俗信以為……」

「俗信！」多多良大叫。

這個研究家似乎會對某些詞彙起反應，並有重複該詞彙的習慣。

「……在堀之內一帶的夷隅川河畔，有個叫舟付的地方。這個地名的由來，據說是因為貴船神社的御神體漂流到那裡。」

「漂流？從哪裡流出來？」

「據說是這裡。」淳子說。

「這裡？這一帶嗎？」

「傳說是從大戶流過去的。這裡是上游，所以是豪雨沖下去的。」

「這裡的哪裡？」

「不清楚耶。」淳子歪著頭說。「雖然有個地名叫貴船面……村子裡有好幾座神社，不過大戶的神社，只有河伯神社而已。」

「河、河伯！啊，就是那裡嗎？」

多多良似乎只是對「河伯」這個詞產生反應，忘了昨天才去過。

「那是河童神社嗎？」麻佑問。

「河童？不是河伯嗎？」

「我從小就當那裡是河童神社。原來不是河童嗎？」

「那裡祭祀著河童嗎？」淳子轉向美由紀問。

其實美由紀才想問。

「叫『河童』就好了吧？」敦子說。

「怎麼說？」

「因為……唔，這種事不是可以隨便決定的，只能推測。不過kappa這個讀音，不一定要寫成『河童』吧？『河童』讀成kappa，是從什麼時候開始的？」

「很久以前。」多多良說。

「看江戶時代的文獻，有一些漢字是『河伯』，但標音一樣是『kappa』，或是寫成『河童』，標音卻是『kawawarawa』。『河童』不見得百分之百等於『kappa』，對吧？」

「是沒錯啦。」

「我覺得在民俗社會中說到kappa，是一個只有讀音的詞彙，並非以漢字書寫為前提。其他的稱呼也並非全以漢字表記吧？像是hyosue、medochi等等。」

「是啊，也有識字率的問題嘛。」

「現在唯獨kappa多半用漢字來記載，但如果kappa原本也只有讀音呢？那樣的話，想必是後世的人安上漢字的吧？」

「不盡然如此。」多多良說。「有些情況是先有漢字……或是可用漢字表記的名稱。Hyosue可能意指『兵主部』，medochi和mintsuchi，我認為都是mizuchi的訛音，也就是『水靈』（mizuchi）。」

「就算是這樣，也不會用漢字去寫medochi的，老師。」

「不會……嗎？」

「Kappa不也是如此？比方，不管是kawappa或kawawarawa，如果要寫成漢字，都會變成『河童』吧。喏，老師不是主張goura、gouraboshi其實不是來自『甲羅』一詞，而是來自朝鮮語嗎？」

「對啊，是沒錯……」

「那麼，我覺得只因寫成『河伯神』，便直接與大陸的河伯神信仰連結，未免太武斷。況且，道教中的河伯，與民間信仰中的河伯，都沒有明確的呼應對象吧？只說是黃河的水神而已，不管是外形還是來歷，記述都相當零散。」

「敦子小姐好清楚喔。」美由紀說，敦子解釋她做了一番預習。

敦子就是這樣的人。

多多良的表情突然變得迫切萬分，「那麼，河伯神社燒毀的、御神體是龍形的女神像，也不是源自黃河的河伯，只是巧合？咦，和河伯無關，純粹是龍？唔，那是女神，所以不會是河伯本身，不過兩者沒有關係嗎？」

「我說的只是一種可能性。當然，兩者或許有關，但不用勉強扯上關係，應該也有辦法理解吧？」

「妳是指，理解成純粹是寫法的問題？可能寫成『河伯』，讀成kappa？還是相反，用『河伯』來表記kappa這樣的稱呼？不，如果是kappa，應該會寫成『河童』吧？」

「是嗎？」

「不，不一定……嗯，也是有這麼讀的例子，那祭祀的神不是河伯神，而是河童嗎？或許是這樣，不過……」

「芥川龍之介不是有一部小說《河童》嗎？」敦子唐突地說。

「有啊，光是書名就讓我大為感動，所以我讀得很開心，但那是文學作品吧？是社會批判，或者說諷刺，透過狂人的目光，對人類社會做出強烈的批判。這類作品跟傳說或信仰無關吧？」

「是的。可是，老師記得副標題是〈請讀作Kappa〉嗎？」

「咦，是嗎？唔，的確是有羅馬字。作品裡也用了許多英文。我是不記得了啦。不過，那是在表達對當時表現自由的控管日趨嚴格的抗議，或是對時局的諷刺吧？」
「我也是如此解釋，但搞不好是一般人不知道要如何發音。」
「不知道什麼的發音？『河童』的發音嗎？」
「小說是在昭和二年發表，那時『河童』讀作『kappa』是理所當然的嗎？我有些存疑。依普通的音讀，會是『kadou』或『koudou』。若是訓讀，便是『kawawarabe』。毋庸置疑，從江戶時代開始，『kappa』漢字就寫成『河童』，對於知道的人來說，這是天經地義的讀音，但也有不少文獻是寫成『河伯』。」
「從字義來看，比起『伯』，更接近『童』吧？」
「但『河』泥？為什麼不是『川』，而是選『河』？在字義上，河是大川，對吧？找不到非使用『河』字不可的理由。因此撇開原義和語源，不管怎樣，做為民俗詞彙……都是借字，是吧？」
「唔，是啦。」
「河伯神社是何時創建的？」
「元祿十三年，所以總社的貴船神社應該更古老。不過，這位小姐剛才說，貴船的御神體是從大戶這裡漂流過去……咦，這是怎麼回事？」
「不清楚，但大戶從遠古的時候就祭祀著龍還是什麼。至於御神體是否真的因天災而漂流到堀之內，或是某種隱喻，或完全只是俗說，就不得而知了。不過，假設這裡的神社是元祿時代建造的……這一點沒錯吧？」

「沒理由質疑啊。」

「這樣的話，在那個時代，『kappa』一詞實在不可能都寫成『河童』。」

「表記會變動，沒有一定的準則。在漫長的時間裡，會逐漸淘汰或統一。」

「那麼，時代愈古老，變動就愈大吧？」

「沒錯。也有寫成『河童子』或『河子』，標音讀作『kappa』的例子。學者把《本草綱目》裡的『封』同定為日本的gawataro（註），或許是讀成了kappa。當然也有寫成『河伯』的，或許『河伯』還比較多。印象中，『河童』這樣的表記，是在文化文政時期（一八〇四～一八三〇）固定下來，但黃表紙之類的讀物裡，有時候還是寫平假名。這樣一來……咦，元祿十三年嗎？是一七〇〇年呢。那個時代，若是單純祭祀kappa，用『河伯』的寫法也是……咦？不。可是啊，不，這樣啊……」

多多良一連串自問自答，陷入混亂，最後說了句「就是呢」。

「當成借字來看，並沒有什麼不自然。」

「是的。當然，不是一定和黃河的水神無關……」

「借字？噢，對啊。Medochi和mintsuchi的由來『水靈』（mizuchi），如果當成蛟（mizuchi）來解釋，幾乎就是龍了！雖然並不完全等於，但蛟是大蛇或龍那一類。Mizuchi（蛟）的chi，也有說法認為是orochi（大蛇）的chi。蛟是有腳的蛇，有時候也有角，蛟龍的話，和龍非常接近啊！」

「河童不是會把屁股珠獻給龍神嗎？」

忘了是什麼時候，美由紀這麼聽過。

多多良「啊」了一聲：

「對，就是這樣！房總的太平洋沿岸地區，有信仰龍宮和龍神的地方！是做為海神的龍。對了，勝浦不是祭祀著龍宮神嗎？龍進到山裡以後，經常被替換成蛇。不管怎樣，若將其視為水神，祭祀河童的神社，即使御神體是龍……」

也不算多奇怪嗎？多多良說。

「河伯神社的河伯，或許可直接當成河童來看！即使御神體是龍像，在聯想到黃河的河伯神以前，不管是鼉還是蛟，仍有許多應該要考慮的可能性。河、河童真是博大精深啊！」

多多良大大吁了一口氣。

不管怎麼看，這都不是應該在上午就跑到初次見面的人家裡，侃侃而談的內容。麻佑似乎有些傻眼，略微氣弱地說：

「爺爺說，蛇是水神，也是龍，然後在拔掉小孩子或動物的屁股珠、害人溺水做壞事的時候，應該是河童。」

「是嗎？這樣聽來，與其說這一帶沒什麼河童傳說，更有可能是河童的屬性轉移到蛇或龍的身上了嗎？」

註：原文為ガワタロ，漢字或可寫成「河太郎」。

多多良激動地應道。敦子勸告「不能魯莽地下定論」，但多多良完全煞不住。

「那、那龍呢？除了貴船神社以外，沒有祭祀龍的地方嗎？有沒有御神體是龍的祠堂或神社……」

「沒有。」淳子當場回答。「那時候我還沒到公所上班，不過公所曾調查這件事。就是戰敗後社格制度廢止，神社統一由神社本廳管轄，對吧？好像是那時候調查的。明治的神社更新後，改為一村一社，這裡的總社是貴船神社，由於有八個村，所以村社是八社。無格的神社有二十四社，其中七社在明治末期合祀，因此剩下十七社。關於河伯神社，沒有記載祭祀的神，但也沒有其他祭祀龍神的神社。」

「妳記得真清楚。」多多良稱讚道。

「其實……因為就要進行町村合併，為了方便編纂村史，公所重新整理過這些資料。」

「合併？」

「總元村即將消失。」淳子說。「就在今年十月，只剩下兩個月。老川村、西畑村，還有這一帶全部合併在一起，變成大多喜町。這一帶會變成夷隅郡大多喜町大戶，不再是總元村。『總元』這個名稱會就此消失。」

「哎呀……」

「可是，實施町村制以前有八個村，本來就沒有叫『總元』的村子。現在也一樣，大戶還是大戶，三又還是三又，所以沒什麼感覺……但公所會被裁撤。」

「表姊要失業了嗎？」美由紀問，淳子回答：

「也不是，不過我在思考這件事。可能會移去大多喜的町公所，但人手會太多。就算要去那裡上班，路途也很遙遠，我在考慮要不要趁機換工作。」

「我覺得有點寂寞。」麻佑說。「雖然還是會繼續叫總元小學……不過祖父頗為沮喪，才會染上風寒。」

「畢竟校長為總元村奉獻這麼多年，想必很不甘心吧。老人家沒有一個是樂觀其成的，可惜事情已成定局，所以……應該沒有祭祀龍的神社。」

「有的。」麻佑忽然出聲。「有啊，淳子小姐。」

「不，沒有吧？」

「一定是調查過程中漏掉了，那座明治時代的……喏，從公所後面上去的山裡。」

「什麼？那種地方沒有住家啊？」淳子說。

「我記得以前有……」

「那是叫遠內的地方嗎？」

敦子這麼一問，麻佑非常驚訝：「妳居然知道。」淳子一愣，追問那是哪裡。

「我是聽駐在所巡查說的。」

「駐在所……池田巡查嗎？」

「咦，池田巡查是遠內出身？」

「淳子小姐不知道嗎？」麻佑問。「我記得十年前就沒人住了。我上小學的時候，山上還有聚落，也有同學從那裡過來上學。」

「消失的聚落？我不曉得。」

「好像有通到久我原的路，但因為會變成繞遠路，以前有同學是穿過沒有路的山林下來上學，是很驚人的山中聚落。聽說那裡有龍神的祠堂。」

「啊！」

多多良驚呼。這人老愛怪叫。

「昨天的龍王池！說是有池塘還是水淵……」

「請等一下。」敦子說。「昨天池田巡查提到，那個聚落從昭和十年以後……開戰以前就沒住人，聽起來也沒有小孩子。不過，說到昭和十年，是十九年以前了。可是，稻場小姐，妳剛才是說十年前吧？是戰爭期間嗎？」

「是啊，應該是……昭和十九年左右。我是在昭和十四年進小學就讀。我的同學川……」

「川瀨？」

「對對對，川瀨香奈男。直到五年級，他都是從山裡下來上學。」

「好奇怪呢，老師。」敦子對多多良說。

「哪裡奇怪？」

「根據池田巡查的說法，在池田巡查一家搬離聚落的昭和十年以前，川瀨先生不是就娶了大多喜的人，搬出那裡了嗎？」

多多良一臉呆滯。美由紀覺得，當時他恐怕沒認真聽。他對這類事情不感興趣。敦子接著說：

「這樣的話，雖然不清楚正確年代，至少昭和九年川瀨先生就不在遠內了吧？川瀨先生似乎以總元村為據點，四處行商，或許住在村子裡。他的孩子去上總元的小學，這不奇怪，但遠內當時應該已無人居住，怎會從遠內去上學？兒子香奈男和麻佑小姐同齡，這一點倒是符合計算……」

「八成是回去了吧。」多多良說。

「回去……」

「可能是川瀨先生被徵兵，太太和小孩搬回聚落了吧。咦，那時候還沒開戰嗎？」

「是這樣嗎……」麻佑一臉不解。

「那不重要啦。」多多良說。「重點是龍王池的祠堂。那裡祭祀著什麼？」

「唔，是啊……」

敦子滿臉為難，敷衍多多良之後，轉向麻佑問：

「香奈男先生後來怎麼了？」

「怎麼了呢……呃，這真的是很久以前的事，其實我去遠內探看過一次。」

「妳去了！看到了嗎？」

多多良傾身向前，麻佑嚇得往後退。

「沒看到什麼……不過有池塘。不，稱不上池塘，算是泉水嗎？然後有像田地的地方……」

「祠、祠堂呢？」

「不曉得，應該有吧。」

「怎樣的祠堂？龍神呢？」

「我沒親眼看到祠堂，是後來聽說的。其實遠內那個地方，在以前……叫什麼呢？好像是不可以進去的地方，在明治以前都受到孤立。爺爺是個思想進步的人，說那種歧視是過時的陋習，斥為無稽之談。而且，實際上在我小時候，感覺已沒有那類歧視。」

如果已沒人住，也無從歧視起吧？

「可是，我一提去過那裡，曾祖母就大發雷霆，說什麼除了乾旱去祈水以外，連靠近都不行。」

「是指乞雨嗎？」

「曾祖母說會砍下馬頭，丟進池子。」

「馬頭！其他地方也有這種習俗！」

多多良格外興奮，身子用力往前擠。美由紀覺得他的專情，或者說專注力，頗值得效法。

「然、然後呢？」

「我不清楚詳情。」麻佑說。

「那位老奶奶在哪裡？」

「曾祖母很早以前就去世了。不過，一發現我去過那個叫遠內的聚落，她氣得面紅耳赤，暴跳如雷……要不是爺爺替我求情，真不曉得會有什麼下場。所以，那裡算是禁地嗎？或許整個聚落都受到歧視。」

「這是不對的。」多多良說。「雖然是不對的，但另一方面，在往昔的文化習俗中並不罕見。那裡的由、由來還是……」

「不知道耶。」麻佑蹙起眉頭。「我真的不清楚詳情，不過曾祖母說，以前……我不確定是多久以前，總之很久以前，有一群人不曉得是從哪裡流浪過來，或者是亡命而來，便在那裡住下，原本……似乎跟猴子有關，不曉得是耍猴的還是……那時候我心想，耍猴的和龍神應該八竿子打不著吧。」

「猴！」

多多良只喊出這麼一個字，便轉向敦子和美由紀，重複一次：「猴子耶！」

「猴子和馬密不可分。為馬廄祈禱祓禊，是耍猴人的職責。然後，猴子又可被代換成河童，所以河童也會牽馬。馬是獻給水神的供品，才會被當成乞雨的祭品，對吧？」

多多良徵求的同意，但實在教人無從回應。

看到有人先激動起來，其他人就容易變得冷漠。美由紀覺得多多良的小鼻子裡，不停噴出的氣更好玩。

「我只知道這麼多。」

麻佑如此表示，多多良卻說是大豐收。

「可、可以去那裡嗎？」

「唔，去是可以去，但已沒人住在那裡，房屋也不曉得怎麼了……」

「比起被重建開發，棄置在那裡好上千百倍！風化速度很緩慢的！我們走吧！」多多良說。

「不，我們得去駐在所。」

淳子說提醒，多多良格外刺耳地發出「咦」一聲。

「跟人家約好了。」

「我可以一個人去。只要有目的地，甚至不需要道路。我知道方向！」

多多良就要起身，敦子拉扯他的袖子：

「請等一下，老師。」

「等、等什麼？」

「等等我。請問一下，稻場小姐，妳知道川瀨香奈男先生……現在的消息嗎？」

「香奈男嗎？」

麻佑思索片刻，回答：

「這麼一提，有朋友說最近在這一帶遇到他。那朋友很吃驚，叫住香奈男聊了一會。呃，他們聊了什麼？由於好多年沒看到他，問他都在做什麼，他說父親過世……」

「過世？川瀨先生過世了嗎？」

「嗯，雖然好像沒人知道……倒不如說，我們對他父親的境況也不清楚。香奈男說——當然，我是聽朋友轉述，他似乎也是直到最近才知道父親過世的消息，所以才回到故鄉。」

「聽說他本來在養雞場工作？」

「稱不上工作，只是打雜吧。畢竟戰爭時期他還是小孩子，就算是戰後，也才十三、四歲吧。遇到香奈男的朋友，就是那家養雞場的親戚，小學畢業後兩人還是常見面，所以才會叫住他。是啊，戰爭結束後，香奈男在養雞場待了一陣子，但不知何時不見了……」

「聽說他父親在昭和二十二年左右復員，回去過一次……」

「這我不知道。朋友聽到的是，香奈男待在千葉，直到最近都從事類似漁夫的工作。」

「千葉嗎？」

「對。不過說是千葉，這裡也算千葉，所以我不清楚到底是哪裡……應該是有港口的地方吧。」

敦子不禁陷入沉思。

她知道什麼美由紀不知道的事嗎？或是，想到美由紀想不到的事？

「那麼……這表示他是在工作的地點得知父親的死訊？」

「會是這樣嗎？」麻佑說。「畢竟我是聽朋友說的，很不確定。總之，直到最近他才知道父親在相當久以前……記得是七年前了吧。得知父親那麼久以前就過世，於是他回來這裡。」

「七年前……？」

意思是，剛復員回來沒多久就過世了嗎？

「那是最近的事嗎？」

「我朋友約莫是在兩個月前聽到這些事。請問，這跟河童有什麼關係嗎？」

「似乎有關。」敦子說。

怎麼會呢？

多多良也嚇到了。

「咦，現下是在說河童的事嗎？」

「對，這應該……是河童的事。老師，那個叫遠內的地方，我陪您一起去。」

敦子提出意外的要求。

「一起去？敦子小姐……」美由紀出聲。

「嗯，我知道。不管怎樣，先回駐在所一趟吧。請駐在所的池田巡查同行比較好，因為他是那裡出身的。」

「敦子小姐……」

美由紀再次呼喚，敦子只回頭看了她一眼，露出苦笑。

一行人鄭重地道謝，辭別校長家。

一路上，奮起的多多良滔滔不絕地說著猴子如何、龍怎麼樣，但美由紀很在意敦子那賣關子的態度，什麼都聽不進去。

敦子似乎一直在思考。

駐在所裡除了昨天的千葉縣警的刑警以外，又多一名制服女子。

好像是女警，美由紀第一次看到——或者說，見到擁有這種職稱的人。

「這位是比嘉宏美巡查。」

姓小山田的刑警如此介紹。

「說來見笑，我們那裡的磯部態度實在太糟糕，所以我把縣警唯一的女警帶來了。啊，磯部沒有惡意，他平常應付的都是窮凶惡極的傢伙，近墨者黑嘛。對小姐們態度那麼高壓，身為民主警察實在可恥。所以，懲戒河童的任務就交給我……」

小山田以有些困擾——或者說露骨的「你怎麼還在這裡」的表情，偷瞄多多良。原本神情嚴肅的比嘉巡查見狀，轉向美由紀，悄悄露出笑容問：

「女警很稀奇嗎？」

「啊？嗯。我第一次看到女警。」

「戰後在GHQ的指導下，警視廳決定錄用女警，由全國的國家地方警察展開招募，因此有段時期女警數量多少增加了一些，但仍是一道窄門……不，別說是窄門了，警界本來就是個男性社會。」

比嘉巡查瞄了小山田刑警一眼。

「不知不覺間，署裡所有女警都辭職了……在千葉，目前只有我一名女警。不過警察法已修訂，而且隨時都在招募人員，往後應該會增加吧。不用多久，應該就不會特地稱女性警官為『女警』。請多指教，敝姓比嘉。」

「比……嘉小姐。」

「很少見的姓氏，對吧？我祖父是琉球人，這大概是沖繩的姓氏。不過，我從沒去過沖繩。現在沒辦法隨便過去了。」

目前，沖繩似乎處於美國的統治之下。

美由紀年紀還小，不是很清楚。

而且對於日本受到占領一事，鄉下孩子也沒有太大的真實感。

她覺得這是不對的。

美由紀和淳子在裡面的和室接受問話。

比嘉巡查十分禮貌地詢問。

撇開淳子不談，美由紀覺得自己說了一堆不必要的話，由於只是碰巧發現浮屍，沒有太多可說的，才會說些有的沒的事情——雖然其中並無謊言。

只是……

「那麼，吳同學在發現浮屍的一個小時前，就目擊到疑似漂流而過的人體……對嗎？」

會是這樣嗎？

確實，美由紀看到那樣的東西，但完全沒聯想到浮屍。或許是河流蜿蜒蛇行，她無法判別哪邊是上游。於是，比嘉巡查拿出地圖：

「妳說是從這裡看見的。從那裡到發現地點的漫水處……假設是漂流過去，要花上多少時間？南雲小姐，妳認為呢？」

「現在水流並不大……唔，大概三十分鐘吧？或許更快。不，我也不曾丟東西到河裡，所以不清楚。」

「這樣啊。」

比嘉筆記下來，說「這樣就可以了」。

「感謝兩位的配合。」

「喔……」

美由紀打開紙門，望向泥土地房間，只見小山田正交抱雙臂沉吟。

「啊，結束了嗎？辛苦了。對了，比嘉、比嘉，今早那個龜山太太的說詞……叫什麼名字呢？」

「龜山綾子女士嗎？」

「不是太太的名字，是那個去她們家的男人，呃……」

「菅原（Sugawara）。菅原市祐。」

「對，就是這個姓氏，菅原。這個人是不是就是妳提到的那個Su什麼的人？」

「糰子鋪的人說是四個字。」敦子回答。「但我認為應該是四個音的意思，菅原符合這個條件。」

「是這樣嗎？龜山智嗣……啊，請他太太確認過遺體，所以身分確定了。聽說，龜山跟那個叫菅原的凶神惡煞男子有過一番爭吵。龜山似乎沒什麼優點，只有脾氣好，難得大小聲，他太太卻說他和菅原吵架。」

對吧？——小山田問，比嘉應聲「是的」。

「上頭決定女證人或女嫌犯要交給女警處理，但其他女警都走光了，所以比嘉大顯身手。然後……怎麼了呢？」

比嘉巡查穿過美由紀等人身旁，走到泥土地房間。

「當時太太就在隔壁房間，雖然並非聽得一清二楚，不過她聽到的內容……首先是『川瀨應該死了』。」

「是川瀨呢。」小山田說。「只是，不確定這個川瀨，是不是池田認識的川瀨。」

「據說川瀨先生約莫在七年前過世了。」敦子出聲。是麻佑告訴她們的。

「川瀨死了嗎……？」

小山田露出厭煩的表情。比嘉繼續道：

「然後太太說……菅原表示『不是我，珠子是那傢伙拿走了』。」

「拿走了……？」

「是偷走的意思，還是在他手上，不太確定。接著……就是一些單字，像是『龍』，還有『河童』。」

「龍和河童！」

「河、河童……」

原本有氣無力地坐在椅子上，低垂著頭，彷彿在打瞌睡的多多良，直接跳了起來。

「喔，懲治河童就交給我，老師請繼續睡。」

「我沒睡，我怎麼可能睡得著！」

「請老師再忍耐一下。」敦子勸道。

「唔，這個川瀨愈來愈可疑了。」

「更重要的是，久保田有沒有去找過龜山？」

「關於這一點，我們問過了，近期似乎沒有。廣田也沒去。久保田和廣田，太太都認識。雖然兩邊沒頻繁往來，但去過他們家幾次。不過，太太說這個叫菅原的人是第一次去。」

「夫婦倆知道久保田和廣田過世的消息嗎？」

「他們是看報紙得知。她說龜山相當驚訝，並前去參加在長屋舉行的廣田葬禮。至於久保田那邊……好像沒辦葬禮。」

敦子說著「和久保田沒有接觸是吧」，戳了戳額頭。

美由紀一頭霧水。

「對了。照片……寶石的照片呢？」

「太太說沒看過。」比嘉回答。「但她曾撞見丈夫龜山疑似在看照片。」

「這樣啊。那麼……菅原上門拜訪之前，有沒有一名二十多歲的年輕男子去找龜山？」

「咦……妳真清楚。」比嘉不禁睜圓雙眼。「太太提到有這樣一名訪客。」

小山田「哦？」了一聲。

「看到上門的那名年輕人，龜山非常吃驚，把他帶去外面——太太覺得應該是去附近的居酒屋。所以，不管是對方的姓名，還是兩人談了些什麼，太太都不清楚。龜山說是以前關照過他的人的兒子。」

「是不是年輕人拜訪之後，龜山才開始看照片？」

「我們並未把這兩件事連結在一起。」比嘉說。

「中禪寺小姐，妳掌握到什麼線索嗎？」

小山田訝異地問。

「我的腦袋有如雲山霧罩。如果妳有任何發現，請務必指點一下迷津。比起懲治河童，辦案才是我的首要之務……」

「目前還看不出什麼。」敦子回答。「只是……四散的碎片似乎漸漸拼湊出形狀。由於仍有許多空缺，我無法妄下定論。」

敦子果然心中有某些推測，小山田垂下眉尾，表示：

「就算不確定、有空缺，我也想知道。別說理出頭緒了，我根本是千頭萬緒。」

「請再讓我確定一下。如果我看出的形狀正確，不管是怎樣的碎片，應該都能完美地嵌進去。比嘉小姐，那名年輕人是什麼時候去找龜山的？」

「太太說是一星期前。接著龜山就向職場請假，花了兩天四處奔波，把菅原帶來家裡。後來他整個人浮躁不安，三天前說要去千葉，離開家裡。」

「附帶一提，龜山的死亡推定時刻，是前天下午四點到六點左右。」小山田補充道。「剛好是美由紀抵達東總元站的時間。」

「不清楚他是在哪裡過世的，因為上游不只一處，又有平澤川匯流在一起。如果是漂流過來……應該是這一帶嗎？」

小山田指著牆上的地圖。

「加上有障礙物，河道歪七扭八，恐怕不是一路往下流。喏，廣田的遺體是在平澤川撈到的，如果案發現場是同一處，就是從上游的平澤川流到夷隅川吧。那樣的話，從時間上來看，不可能是從比這一帶更上游的地方漂下來……這是會議上做出的結論。」

「這是哪裡？」

原本坐在椅子上的敦子站起，指著地圖問。

那是山區。

「是山啊，中禪寺小姐。不，那裡是……」

「是遠內。」池田巡查出聲。「是、是本官老家的所在地……」

「呃，這不是山裡嗎？」小山田說。

「那裡有池塘，對吧？」敦子問，「我猜這龍王池不是積水而成的池子，而是湧泉吧？實際看過的稻場小姐也說是泉水。如果是湧泉，水是不是會流出去？」

「沒錯。」池田回答。「水流並不大，不到小河的程度，但確實是條小溪。河面狹窄，高低差劇烈，水流湍急，不適合小孩子玩水，相當危險。」

「那種小知識就不用補充了。」小山田說。「總之有河是吧？」

「那條河……是不是通到夷隅川？」

「喔……應該相通吧。」

「什麼？」小山田提高音量。「也就是……這不叫支流呢。呃，雖然不清楚叫什麼，總之從那裡流出去的水，會流進夷隅川是嗎？」

「應該沒錯。」

「怎麼不早說……」小山田窩囊地喊道。

「這、這與案情有關嗎？」

「有啊，關係可大了。換句話說，那裡是上游——是源流之一吧？意即，不一定是從這一處漂過來嗎？」

水流到哪裡？小山田指著貼在牆上的地圖問。

「上面沒有河啊？地圖上什麼都沒畫。」

「是，這是居住地圖。山上已沒人住，所以也沒必要前往巡邏……」

「但河流會畫上去吧？」

「黑原上方有池沼，加上到處都有不少小湧泉，形成細水涓流，流入夷隅川。這些細流被樹林覆蓋，航空照也拍不到……我是這麼聽說的。因此，地圖上沒記載。」

「這河實在麻煩。」小山田說。「然後呢？」

「龍王池的水流分成兩支，一邊像這樣……」

池田指著地圖說明。

「流向大戶。另一邊則是像這樣，流到久我原西側，是……這一帶吧。流到這裡。」

「那不是什麼瀑布的上游嗎？」

「不動瀑布嗎？唔，會是這樣吧。」

「也就是平澤川吧？廣田的屍體被發現的地方。」

「會是這樣呢。」

「我說你啊，」小山田搔搔頭，「問題就在那個叫什麼瀑布的地方啊。浮屍可能是墜落瀑布漂過來的。墜落瀑布又流進大河，路線就像叉子。久保田和龜山的屍體就是在瀑布下游發現的。然後，廣田是在……」

這裡——小山田指著地圖。

「我剛才提過，如果這些都是他殺命案，而且死者是在同一個地點遇害，那麼唯一的可能，就是從平澤川漂流下來，是吧？即使是這樣，那可不是小東西，而是人類的屍體，有辦法通過瀑布和河川的匯流點，沒被任何人看到，順暢地漂到這邊嗎？唔，或許是可以……」

不過，這河真是太麻煩了——小山田說。

「對不起。」淳子道歉。

「啊，我不是在生氣啦。就算生氣，這河又不是妳挖的。可是，池田巡查故鄉的……叫什麼呢？若是從那裡，可能漂到匯流處的上游或下游吧？」

「兩邊都能流過去。」

「而且，假設是從那裡流出去，等於三具屍體都是從發現地點不遠的地方流出去的，對吧？」

「是的。」

「這一點很重要哪。」小山田唱歌似地說。

敦子觀察著小山田的神色問：「是不是……應該過去看看？」

「去哪裡？遠內嗎？唔，可是中禪寺小姐，如果這是他殺命案……雖然到現在都還不清楚是不是……」

「什麼怎麼辦……」

「有腫包啊。」多多良插口。「不是凹陷，是凸包呢。那個謎團怎麼辦？」

「還露屁股。那個……沼……」

「龜山是嗎？」美由紀接過話。

美由紀猜他是想說這個人，沒想到真的料中。

「龜山的褲子找到了嗎？或許是卡在那個……沼……」

「遠內，對嗎？」美由紀又說。

「或許卡在從遠內流出來的河川某處。不用找到沒關係嗎？欸，那座廢棄的聚落可能祭祀著龍神，然後河童會把屁股珠供奉給龍神。是歲貢喔，歲貢。」

「喔，那個河童……」小山田說。「要是能逮到就好了。我很樂意好好教訓河童一頓，不過應該逮不到吧……」

「怎麼可能逮得到！」多多良神氣地說。「要是古時候，這些案件一定會被當成是河童幹的好事，但現在已是昭和時代。可惜，二十世紀沒辦法把壞事推給河童了！」

小山田看著多多良，彷彿難以相信這番話出自多多良之口。

「何況，這一帶河童的屬性似乎分配到蛇和龍神身上了，根本沒有像樣的河童。如果要教訓，就該教訓凶手！」

凶手是人！妖怪研究家語氣強硬。

「這、這一點我同意，不過……假設真有凶手，凶殺現場——不，說什麼凶殺現場，人是溺死的。即使是殺人，也沒必要在選同一個地點，很難查到犯案現場吧？」

「不去看看怎麼知道？」多多良說。「我們快走吧！」

「小山田先生，龜山的命案什麼時候會公布？」敦子唐突地問。

「什麼？喔，昨晚就確定身分了，所以……」

「警方已公布。」比嘉回答。「我想應該會刊登在晚報上。當然，警方沒說是他殺或是連續命案，應該會報導是離奇死亡。」

「這樣啊，或許快沒時間了。」敦子說。

「沒時間……怎麼說？」

「方便借個電話嗎？我有幾件事想向編輯部確認……也想請偵探幫忙調查一下。」

敦子說完，瞄了美由紀一眼。

6

「抱歉說這些沒品的事。」

益田龍一這麼說道。

敦子是昨天下午聯絡益田的，短短一天卻已大致調查完畢，可見他具備優秀的調查能力。

敦子多少對益田刮目相看了，不過……

「可是，這不是我的錯，事情就是如此，沒辦法。其實，我也不樂意在美由紀這種嬌弱的女學生面前談論這種事。」

還是一樣無法少說兩句。

益田似乎在去年春天的事件中就認識美由紀了，態度莫名親密。美由紀則顯得有些厭煩。

「那不重要，請繼續說下去。」敦子催促。

「喔……驚擾淺草一帶的偷窺狂，應該是一名年輕男子。在浴室和廁所遭到偷窺的，多半是年過三十、五十歲以下的大叔。就是……喜歡大叔屁股的年輕人。嗳，性方面的嗜好是人各有志，奧妙無窮嘛。好像也有人專挑老的……」

「你只要報告事實就行了。」

快沒時間了——敦子有種預感。

「喔……就像敦子小姐知道的，出現許多模仿犯和搭便車的傢伙，所以不清楚正確的情況……畢竟也有類似湊熱鬧取樂的惡作劇嘛。總共有四個人被抓，其中三個是偷窺女人。這只是一般的偷窺色狼而已。剩下的一個則完全是惡作劇。結果沒逮到的好像比較多。美由紀的學校也鬧得人心惶惶。」

美由紀沒答腔。

「那邊的偷窺狂也沒抓到。元祖的偷窺狂──坊間說的偷窺相公，最後沒有抓到。」

「那個元祖偷窺狂是在什麼時期活動？」

「六月中旬到七月初旬。」益田回答。「意外地短暫。數量不多，發現的只有八起。不過偷窺狂本來就是偷偷摸摸地看，應該有沒曝光的案子吧……」

然後──益田說著，甩了一下瀏海。

「不愧是敦子小姐，火眼金睛，教人甘拜下風。有的，龜山家報案了。」

「龜山？」在一旁默默聆聽的小山田揚聲。「中禪寺小姐，這是怎麼回事？」

「換句話說，龜山家遭到偷窺，對吧？」

「對，龜山家有浴室，被偷窺的就是浴室。龜山的老婆在鄰近一帶是出了名的美女，所以老公氣急敗壞地跑去派出所報案……」

聽說他死掉了，是吧？──益田突然有些萎靡。

「老婆年紀輕輕就成了未亡人啊。真可憐。」

「這偵探不脫軌是會死嗎？」

小山田不禁板起臉。

「常有人這麼說。不過，被偷窺的是丈夫。然後……廣田那邊，他是去公共澡堂。他固定去的澡堂……叫紙乃湯，名字挺奇怪。這裡並未發生偷窺騷動。仔細想想，澡堂裡都是男人，沒必要偷看，正大光明走進去就行，光溜溜的裸體愛怎麼看就怎麼看。可是，廣田不常去澡堂。廣田是工匠，對吧？整天喀喀喀喀磨銼刀齒……」

「不必模仿。」敦子說。

「啊，不是模仿，是想像，我沒看過銼刀是怎麼做的。總之，他整天工作，一回神，澡堂往往已打烊，所以幾乎都是潑個冷水就算了。等手上的工作告一段落，貨交出去以後，再舒舒服服地上澡堂，喝杯小酒休息一下，過的是這樣的生活。然後，剛好六月到七月都很忙，訂單特別多。雖然銼刀應該沒有季節性的需求……」

「然後呢？」

「喔，廣田住的是六戶連在一起的長屋，廁所是共用的。那裡發生偷窺事件。」

「廣田被偷窺了嗎？」

小山田似乎十分驚訝。

「對，實際上被偷窺、吵著報案的是住隔壁賣金魚的。同樣是丈夫被偷看，但老婆是美女。結果隔壁的木匠也被偷窺了、佛具師傅也被偷窺了。」

那棟長屋的工匠特別多——益田又多嘴了。

「受害者全是男的。偷窺狂盡是偷看男人的說法，約莫就是從這裡傳出來。」

「那廣田呢？」

「這一點……不太清楚。或許也被偷看了，但不怎麼確定。這人滿遲鈍的……總之，廣田說出類似『要看老子的屁股，隨時讓他看』的話，很下流吧？」

益田轉向美由紀說。

美由紀沒搭理，微微別開臉。

「然後，其他還有幾戶人家，發生類似的偷窺事件，全是在淺草附近。看來，犯人不確定目標的所在之處。」

「在找……菅原嗎？」

「對，沒錯。我查了一下菅原市祐。」

「你查了？」小山田再次驚呼。

「當然，我就是幹這行的嘛。只要接到委託，我什麼都做，不過自然是在不違法的範圍內。況且，既然是敦子小姐的請託，我會比平常努力三倍。再怎麼說，奴隸體質已深入我的骨髓，所以我會粉身碎骨……」

「你怎樣不重要啦。」小山田說。

「這樣喔。我向仲村屋的幸江女士和芽生小姐確認過，她們說菅原這個姓氏，和記憶完全吻合。我也請青木提供協助。菅原有前科。恐嚇加竊盜，三項前科。職業類似江湖走販。」

「他住在哪裡？」

「淺草……但也是邊郊地區，離今戶很近。他住的是獨棟，不過是租的。由於做生意的關係，經常外出旅行，鮮少在家，又沒掛出門牌。昨晚我去看了一下。」

敦子說「辛苦你了」，益田應道「託您的福」。

這應答文不對題，益田向來如此。

「喔，我向周邊街坊打聽，那一帶遭到偷窺的情況最嚴重。獨居老頭、鰥夫老爹，被偷窺的全是男人。」

「唔……這到底是怎麼回事？」小山田轉向敦子問。

「我猜想是偷窺狂不知道菅原的家在哪裡，也不認得菅原的長相，同時又懷疑菅原已改名換姓。」

「事實上，真的很難。」益田說。「連長相都不知道，根本無從找起，才會亂槍打鳥，四處偷窺吧。」

「為什麼？」

「應該是……為了確認刺青吧。」

「刺青？」

「沒錯。」益田身體前屈，「哎呀，做夢也想不到，『昭和的偷窺狂』居然會與我手中的案子有關。就是呢，凶手是屁股上有寶珠刺青的男子。」

「凶手？」

這……不對。

這樣說容易引起誤會。

「意思是，偷窺狂在找屁股上有寶珠刺青的人。小山田先生，那個人一定是查到廣田、龜山或菅原其中一人的屁股上有刺青。可是，呃……」敦子說。

「沒辦法叫人露屁股給他看，」一直沉默的多多良開口：「對吧？」

「應該是吧……所以才會偷看？為了看屁股？偷看人洗澡、上廁所？怎麼會如此拐彎抹角，這到底是……」

「我完全不懂。」美由紀說，「雖然我也沒必要懂啦。」

在這個階段，實在難以解釋。

敦子總覺得沒辦法像哥哥那般，等所有要素齊全，一切不動如山、罪證確鑿再行動。

「總之，只有這種可能了。」益田接著說。「廣田、龜山、菅原、久保田，都是與七年前的寶石搶案有關的人。涉案的五人當中，川瀨似乎已死，所以剩下的四人之一，呃……敦子小姐，其實我不是很明白。久保田、廣田和龜山都露屁股了呢。他們沒有刺青，對吧？」

「沒有那種東西。」小山田說。

「只是普通的屁股。」多多良附和。

「那麼，屁股上有寶珠刺青的人……就是菅原了吧？如果相信久保田的說法的話。因為久保田委託三芳先生仿造寶石，就是為了騙過那個屁股寶珠男，搶回寶石。如果川瀨早就死了，當然無從騙起……」

敦子認為，刺青男子應該就是菅原市祐。

「所以，敦子小姐，假設屁股寶珠男是菅原，剩下的四人都死了耶。然後，可能是三芳先生製作的假寶石照片在龜山手裡。會不會是倖存的三人策畫欺騙屁股寶珠男菅原，反遭毒手？那麼，凶手不就是菅原嗎？」

「會是這樣啊。」小山田說。

「這樣的話，怎麼解釋偷窺的事？」

「偷窺……不就是偷窺嗎？只是輕微的犯罪。」

「是誰在偷窺？」

「呃，這……」

「就是說啊。如果是搶奪寶石的同夥，很可能早就知道菅原有刺青吧？畢竟他們是同夥。那麼，偷窺狂是他們以外的人嗎？」

「會偷看人上廁所的是河童啦。」多多良說著，嘻嘻詭笑。「若是河童，就吊起來打，不過，不可能是河童。」

不……

「是啊，問題是……那個河童究竟是誰？」敦子說。

「什麼河童是誰，中禪寺小姐，妳啊……」

小山田皺起眉頭。

雖然這還只是猜想……

「益田先生，另一件事……」

「是、是、是。」益田輕浮地翻開記事本。「久保田以前工作的地方……我看看，是銚子的江尻水產這家公司……又出現代表屁股的『尻』字了。這家公司成立，是那個麥克阿瑟線發布第三次許可（一九五〇年）以後的事，所以是四年前。在那之前，應該只是普通的船東吧。這家公司以遠洋漁業為中心，業績蒸蒸日上，但一樣因為那場原子鮪魚風波，遭受嚴重的打擊，雖然沒倒閉，仍裁了不少員工。久保田也是其中之一。」

他被裁員了呢——益田說。

「如同仲村幸江女士說的，久保田在昭和二十二年復員，做了某些壞事，失去一隻手，接著在昭和二十三年冬季回到千葉，在江尻水產成立時，受僱為行政人員。據說，他和老闆江尻在戰前是一起工作的漁夫……是靠關係進去的。」

「你調查得真詳細。」小山田很佩服。「衙門辦事，實在很難查出詳細內情。由於還不確定是刑事案件，說是偵辦，也只是查證一下身分而已。」

「喔，我是因為膽小又敷衍啦，眼前的事總有法子辦到，就算事後挨罵，只要拚命賠罪就好。啊，我真的沒做犯法的事。畢竟我是膽小鬼。」

「那些不重要。」敦子說。

「敦子小姐，妳最近好像對我特別嚴厲？我看一下……今年江尻水產解僱的職員，沒有妳要找的人。不過，只是正式僱員裡沒有而已。」

「意思是……？」

「打雜的人或是工友……有吧？那種類似見習生的人。穿著學生服之類的，那種待遇的人。雖然不是正職員工，但在裡面工作。」

「誰？」小山田問。

「就是川瀨香奈男。」益田說。

「川、川瀨的兒子！」

「對，香奈男……喔，這不是我親自問到的，是拜託同行調查，聽他轉述的。他說是六年前，所以也是昭和二十三年嗎？香奈男流落到九十九里，四處幫忙漁夫打雜。那時候他還是個少年。然後，前年他被江尻水產收留。不過，今年春天被裁掉了，都要怪氫彈試爆。」

「等一下，久保田和川瀨的兒子……以前在同一家公司？」

「是這樣沒錯。雖然我完全不懂這有什麼意義。遭到裁員以後，他就下落不明。」

暫時回到故鄉，然後……

——去了淺草嗎？

「告訴香奈男父親死訊的，應該是久保田。總元小學前任校長的外孫女稻場小姐，是香奈男的同學。她說香奈男在五月還是六月左右，似乎曾出現在總元村附近。」

「香奈男……」池田出聲，「他回來了？」

「是的，不清楚他是否還在這個村子裡。聽說，當時香奈男對稻場小姐的朋友提到，他的父親在七年前過世，但他直到最近才知道這個消息。如果香奈男一直在江尻水產工作到春天，表示久保田也在同一個職場。香奈男的父親……」

「敏男兄。」池田接口。

「對，川瀨敏男戰前似乎以這一帶為中心，四處行商，所以不太可能在那個階段，與待在銚子一帶的久保田有所牽扯，不過，如果搶奪寶石的五人組之一就是川瀨……」

「看來就是這樣哪。」小山田望向池田。

「久保田曾對三芳先生說，在搶奪寶石的時候，有人丟了性命。那麼，這五人裡，可能有人在當時過世了。如果就是川瀨……」

「剛好就是……在七年前過世嗎？」

「是的。川瀨敏男在七年前復員回來，告訴兒子香奈男有發財的機會，去了東京，就此一去不回……好像是這樣，對吧？」

「是的。」池田回答。

「他說的『發財的機會』，從時間點來考慮，可能是搶奪寶石的計畫。然後，委託仿造寶石時，暗示有這個寶石搶奪計畫的久保田，大概是在實行計畫的同一時期受了失去右手的重傷，想必是出了什麼事。但不管發生什麼事，都沒有多少人知道。如果相信久保田的說法，那就是犯罪行為，而且是瞞天過海的犯罪。這麼一來，知道川瀨死訊的人，自然有限。其中之一就是久保田，這一點毋庸置疑。」

「那麼……是復仇嗎？」美由紀問。

會是……這樣吧。

「為父報仇？」

可是，詳情仍不清楚，無法斷定。

「父親遭人殺害的香奈男，和失去一隻手的久保田……想報仇雪恨，是這樣嗎？」

「應該沒錯，可是……」

「不不不，」小山田揮手，「要向誰報仇？約莫是發生過內鬨，有人殺了其中一人，害另一人受傷，獨占那令人敬畏的皇室寶物……是這種情節嗎？」

大致上應該是如此。

只是……

「這麼一來，目標不就是屁股上有刺青的男人——菅原了嗎？但剛才不是在說，菅原就是凶手嗎？」

「那是我說的。」益田小聲開口，微微舉手。「刑警先生不是也支持我嗎？」

「是啦。原來菅原不是凶手嗎？」

「恐怕不是。」敦子說。「偷窺狂……應該是川瀨香奈男。」

「咦？這樣的話，敦子小姐，就變成香奈男不知道屁股寶珠男是誰了啊。」

「不這麼想，就無法解釋了。倘若香奈男是從久保田那裡聽聞父親的死訊，自然也會得知那起隱藏的犯罪……可以這樣推測吧？」

「的確。」小山田說。「不過，不光是提到死訊而已吧。久保田丟了一隻手，要說明很難避開這一點。如果久保田本人對那個……背叛嗎？對同夥的背叛懷恨在心，更是一定會提及吧。」

「香奈男得知這件事……」

「計畫報仇是嗎？」益田說。

「沒辦法斷定。但涉入過去的壞事的人陸續死亡，所以不可能無關。要是香奈男存心報復，會怎麼做？」

「唔，會先查出對象，找出他們的所在吧。」益田說。

「香奈男應該從久保田那裡問出了以前同夥的名字和住址。然而……他沒能問出到底是誰害死父親，或不確定是誰，只知道凶手的屁股上有刺青……是這樣吧？」

「嗄？所以……他才偷窺廁所、看男人屁股，想找出殺父仇人嗎？中禪寺小姐，妳認為呢？」

「對。除非有這樣的理由，否則不會去做那種事，各位覺得如何？」

「唔，除了太喜歡男人的屁股以外，只想得到這個理由。」益田說。

「可是，有點奇怪。」美由紀說。

沒錯，確實……有點奇怪。

「那個叫久保田的人應該知道是誰吧？為什麼不告訴香奈男？」

「沒錯。」

令人不解的，是久保田的行動。

大部分的碎片都確實地嵌入原位，所以大致上的構圖應該不會變——敦子如此認為。

可是久保田的行動，卻無法順利嵌進裡頭。

假設主犯——更正確地說，是獨占搶來的寶石的寶珠刺青男——是菅原市祐，那麼，久保田悠介當然極有可能知道這件事。如果害久保田受傷、殺害川瀨敏男的就是菅原，久保田想必會告訴川瀨香奈男。

然而，他隱瞞這件事。

如果這是久保田悠介與川瀨香奈男的復仇，兩人應該會攜手合作。目前看來，久保田與香奈男卻是各自行動。

敦子認為，委託三芳彰仿造寶石，是久保田的獨斷獨行。最重要的是，到現在仍看不出仿造寶石的目的。

然後，久保田死了。

而且是第一個喪命。

「何況，那個叫久保田的，應該是想要復仇的人吧？可是他死掉了耶。難道香奈男連特久保田都懷疑嗎？倒不如說，活著的只剩下屁股上有刺青的人，其他人全都死掉了。明明辛苦地看了那麼多屁股，結果不管人是誰殺的，死掉的都只有屁股上沒刺青的人。那麼，我覺得一開始的報仇不成反遭殺害的說法，比較正確。」

美由紀的想法不難理解。

可是——

「關於久保田，有許多不清楚的地方……不管怎樣，會不會是香奈男沒辦法透過偷窺行為來確定目標，才使出下一招……我是這麼覺得。他亮出某些誘餌，等待對方上鉤……」敦子說。

「提到誘餌，就是寶石吧。」益田說，「這種情況下，沒有其他誘人的東西了嘛。不過，敦子小姐，如果相信久保田的說法，寶石應該在菅原手裡，香奈男卻用寶石去釣菅原，不是太奇怪了嗎？哎呀，太奇怪啦。」

「要說奇怪，是很奇怪。可是，想想為什麼浮屍的下半身被脫光，還是只能得到這個結論。設下某些圈套，然後確認掉入圈套的是不是真正的仇人……應該是這樣吧？」

「喔。啊，就是為了鎖定目標的看屁股行動失敗，於是依序設下圈套，把人殺了，再確定屁股上有沒有刺青嗎？未免太過分了吧。不過要是人死了，的確屁股愛怎麼看都行。只是，這樣不是全部落空了嗎？」

所以，敦子才會覺得沒時間了。

「是這麼回事嗎？」益田說。「川瀨香奈男從久保田那裡得知父親死亡的真相，計畫為父報仇。不共戴天的殺父仇人，是廣田、龜山、菅原這三人其中之一。他查到凶手是屁股上有寶珠刺青的傢伙，但不知道屁股上有刺青的到底是誰。為了先確定這一點，他到處偷窺廁所和浴室，最後仍看不出個所以然。」

敦子也認為看不出來。

「接著，他設下圈套。這個圈套，就是委託三芳先生仿造寶石。」

「我認為沒有關聯。」

敦子覺得硬要找出關聯，會扭曲事情的輪廓。

「沒有關聯嗎？」益田虛軟地說，呆呆地張著嘴巴。「啊，失態了。然後，第一個中了那個不曉得是什麼圈套的人……會變成久保田耶？」

益田撩起瀏海，接著又說：

「有點不對吧？整件事的前提，不是久保田把各種情報透漏給香奈男嗎？就像美由紀提出的疑問，為什麼話只講一半？假設久保田也不知道屁股上有寶珠刺青的是誰，他怎會自己掉進圈套？」

「我認為有別的計畫。」敦子說。

「久保田嗎？他有和香奈男不同的計畫？可是，根據敦子小姐的推理，把照片交給龜山的，就是香奈男吧？照片上拍到的不是仿造寶石嗎？」

「我們查證過。」小山田說。「昨天傍晚，勝浦署的警員去了那座……河童橋是嗎？我瞧瞧……三芳先生嗎？請他看了照片。他說雖然無法斷定，但形狀和數目都和他仿造的寶石一樣。但因為沒有拍到可當比例尺的東西，無法確認大小，況且有可能不是贋品，而是真品，光憑照片難以判斷。不過，我覺得他是為了追求正確性，可以相信。」

「看吧。」益田有些得意，「那麼，久保田和香奈男就是共犯。」

「是啊，所以才覺得奇怪。如果兩人是共犯……凶手首先就殺了共犯嗎？把人殺掉以後，再脫褲子查看有沒有刺青嗎？」美由紀不服地問。

「喔。唔，應該……就是這樣吧？就算是共犯，也有可能鬧翻啊。屁股的話，只能說是想看……」

益田這麼說，敦子認為不太可能。

既然特地割斷褲子的鬆緊帶確認，想必凶手認為久保田可能是刺青男。即使是共犯，仍可能存有疑心，然而，會在毫無確證的情況下，就先殺了共犯嗎？如同益田說的，未免太過分了。

事實上，久保田並無刺青。

包括久保田在內，刺青男有四個候補人選。只是要向其中一人報復，應該不不會設下那種圈套——雖然不清楚是什麼圈套。

況且，確定是誰再下手還能理解，殺人之後再確認，根本沒有意義。即使打一開始就意圖殺掉所有人，也沒必要逐一確認。

合理的推論，果然久保田是自己掉進圈套吧？不，不光是久保田，廣田和龜山也可能是如此。

「不管怎樣，都還少了什麼。」敦子說。「不過，我想那不是動腦就能推測出來的。即使推測出來，也無法證實，縱然能夠證實……」

亦無法阻止。

「阻止？什麼意思？」小山田問。

「目前可以確定的是，從事不法勾當的五人幫裡，只有菅原倖存。如同益田先生說的，那個人或許是凶手，同時……」

可能是最後一名被害者。

「妳是指菅原也可能被殺？」

「我認為有這種可能性。」

「就算要殺，」小山田交抱雙臂，「要怎麼殺？老實說，以現狀來看，單純溺死的可能性更大。沒錯，就像那邊的老師說的，死者頭上有腫包。所以我不說沒有外傷，但那並不是致命傷，人是溺死的。」

「是河童幹的啦。」

多多良朝著無傷大雅的方向小聲說。

真是河童幹的就好了。

「就算是河童，我也要逮捕歸案。」小山田說。「只是，即使有凶手，目前可以確定的僅有他在人死後割斷皮帶，甚至不知道是不是死後割斷的。畢竟現階段仍沒辦法一口咬定是他殺……」

「可是……」

沒錯。

「雖然不曉得怎會變成這樣，但以結果來看，還是成功確認有無刺青了，對吧？先不管這是計畫性的行動，或是偶然演變成如此，總之確定久保田、廣田和龜山都沒有刺青。」

「畢竟可以從容地仔細檢查一番嘛。」益田接過話。「檢查屁股。」

「假設川瀨香奈男試圖透過某些手段查出刺青男，那他不是成功了嗎？」

就是菅原市祐。

「對耶，先前的三人是意外死亡或他殺，關係並不大，對吧？那個叫菅原的人……可能被盯上嗎？」

「美由紀說的沒錯。如果川瀨香奈男想為父報仇，這下仇人只可能是菅原了。另一方面，如果像益田先生一開始說的，菅原市祐反過來把盯上他的人一個個除掉，那麼，他最後一個要除掉的，就是……」

川瀨香奈男。

「當然，三人的神祕死亡之謎應該要解開，但我認為防堵接下來可能發生的事件，更為優先。不能再增加被害者了。若真是要復仇，既然已找到對象，只剩下……」

動手。

「這我明白，」小山田表情為難，「但警方沒辦法再撥出更多人手了。現在以平澤川和夷隅川的匯流點為中心，在當地人的協助下，尋找龜山的褲子。」

「遠內啦。」

多多良開口。

從昨天起，多多良似乎非常渴望去遠內。此刻他也是準備萬全，一副迫不及待的神情，站在門口，以便隨時出發。

「如果褲子掉下來，一定是掉在遠內，溯河而上就能找到啦。昨天我們不是達成這個結論了嗎？」

「不，那不是結論，是推論，老師。唔，上午的會議我呈報了。不過，關於這些案子，目前連搜查本部都還沒正式成立。」

「那我要走了。」多多良說。

「怎會是這個結論？實在令人費解。」

「所以，」多多良語氣強硬，「既然那裡不是警方要搜查的地區，不管我要去做什麼，都是我的自由吧？難道不是嗎？」

「沒錯，我沒有權力阻止老師。可是，聽中禪寺小姐的說法，或許會發生什麼事，不是嗎？就怕有什麼萬一啊。」

「那就一起去吧！」

「一起去？不，我得待在這裡，勝浦署的聯絡員就快來了……」

「來了、來了。」多多良連聲說道。

話聲未落，引擎聲已傳來，一輛汽車停在駐在所前。比嘉巡查打開車門下車，駕駛座上似乎坐著磯部刑警。

「主任，菅原市祐的……」

比嘉說到這裡，發現敦子和美由紀，似乎有點驚訝。

「喔，我請她們今天也過來協助辦案。這位是東京的偵探事務所的益田先生，他提供許多情報給我們。啊，菅原的背景我也聽他說了。」

「哎呀，女警小姐嗎？」益田走上前。「託您的福，我之前也是國家警官。神奈川本部以前有女警，可是不知道為什麼不高興，一下就辭職走人。是職場環境太糟嗎？從國家地方警察變成縣警察之後，不曉得有沒有改善？職場裡全是大叔和老頭嘛。比起職務，那些大叔和老頭更教人吃不消，孱弱的我實在禁受不住。對女人來說，一定很難熬吧，警界。」

「我有同感。」比嘉說。

小山田的表情更陰沉了。

「警視廳送來菅原的照片。」

比嘉遞出照片。

「菅原昨晚離家不知道去哪裡，他的江湖走販朋友說，最近沒有需要遠行的工作，應該也沒有表演活動。」

「這樣啊……」

小山田的表情顯得益發苦澀。

「還有，經過行政解剖，證實龜山是溺死。法醫認為頭部的傷和死因沒有直接關聯，但如果是在水中撞到東西造成的傷，可能失去意識，或當場喝下大量的水。」

「唔，這些就算是門外漢也看得出來。該建議進行司法解剖嗎？應該沒辦法吧，八成查不出什麼。要是驗得出安眠藥……不過，那麼明顯的東西，行政解剖不也驗得出來？」

這時，益田「啊」了一聲。

「怎麼了？拜託，不要把事情搞得更複雜啊。」

「不是啦，不過的確可能會讓事情變得更複雜。今天早上我搭第一班電車，轉搭公車過來，然後在木原線……跟這個人一起。」

「哪個人？」

「就是這個人啊。」益田指著小山田拿著的照片。

「菅原……嗎？」

「如果這個人就是那個Su什麼先生，也就是菅原——沒錯，他就在車上。」

「他在哪裡下車？」

「哪裡，就一樣啊。是叫東總元站嗎？」

「表示他在這一帶嗎？」

「要找他嗎？」池田巡查說。

「可是他又沒被通緝……」

不。

他應該在遠內，敦子如此確信。

「老師，我們走吧。」敦子說。「他們似乎很忙，我們也沒有更多情報可以提供了。我們去採訪那座龍王池的祠堂，然後回東京吧。」

「我也一起去。」美由紀說。

「等等、等等，小女生不行啦。」

「為什麼？因為那裡是山上嗎？那裡沒有人吧？」

「是啦，可是……」

「小山田兄！」磯部從車窗裡呼喚。「你在做什麼？你不是要去監督河邊的搜索行動嗎？我們快走吧。得快點結束，先回去縣警本部一趟，否則會挨罵。啊，你是偵探吧？」

磯部一看到益田，便用手指比出手槍的形狀，做出開槍的動作。看來，他對任何人都這麼做。輕浮的益田假裝中彈。不應該這樣亂湊興吧。

「噢，是沒錯啦。比嘉，妳……」小山田說。

「我預定在今天回去千葉。上頭說不用繞去勝浦署也行。」

「這樣嗎？那麼，不好意思，可以請妳暫時待在駐在所嗎？池田，你陪這些人去那個……遠內嗎？陪他們一起去吧。我怕會出什麼岔子。萬一出事就不妙了。啊，小女生可別去湊熱鬧。」

小山田拍著額頭，發牢騷說「真的是河童就好了」，坐上汽車。

比嘉目送車子離去。

「真是自私。」她說。「不問我方不方便，也不等我回答。而且，現在是什麼狀況，我根本一頭霧水……」

這是命令，我會聽從啦——比嘉嘀咕著走進駐在所，然後對池田巡查說「上司這麼交代，麻煩你了」。

池田敬禮回答「遵命」，又說：

「這片土地向來和平悠閒，所以本官認為應該不會再出事了。」

比嘉苦笑，「我是萬一出事的時候負責聯絡的人吧。總比在本部被差遣泡茶好多了。主任說或許會出事，會出什麼事嗎？」

池田再度敬禮，「很遺憾，這已超出本官的理解範圍。」

「這樣啊……那請千萬小……」

比嘉還沒說完，多多良已挺著胸膛，意氣飛揚地走出去。池田急忙大喊：

「學者老師，不是那邊！」

「咦，是這個方向吧？」

「方向或許對，但那邊沒有路。除非搭乘美軍的M4中戰車，否則不可能直線抵達。本來應該要搭木原線到久我原，登上細小的山路……」

「沒那麼多時間了。」多多良說。

「那、那麼本官帶各位走最短路線。雖然幾乎沒有像樣的路，但還算得上是人能夠通行的環境，如果這樣也行……」

不是那個方向！池田制止再次往前走的多多良。

一行人先前往車站，接著經過車站，深入後方山區。益田和美由紀也一起來了。雖然敦子認為美由紀不應該同行，但美由紀不是那種會聽勸的女孩，而且池田沒說什麼，所以敦子也不打算多說。

如果遇上什麼事，美由紀只能自己保護自己。

萬一出事，多多良會有什麼反應，完全無法預測。

至於自稱手無縛雞之力、卑鄙膽小的益田——當然，真的出事的時候，他應該會採取保護敦子或美由紀的行動，但總覺得他會第一個被打垮。看來能夠依靠的只有池田。

倒不如說……

敦子不認為會遇上暴力狀況。

只是，關於菅原這個人，有許多不明之處。由於無法預測他的反應，小心為上。

那裡與其說是山，更接近荒野。

池田巡查撥開灌木叢類的植物，開拓道路般前進。

稻場麻佑提過的，川瀨香奈男通學的路，想必就是這條捷徑吧。

樹木逐漸變高了。

地面傾斜，顯然是山地。

沒多久，冒出一條河。

不是多大的河，但也許是位在斜坡，水流相當湍急。

「這就是從龍王池流出來的，遠內的人稱為東水，流到久我原那裡的稱為西水。或許是這樣，才沒把它們當成河。」

池田說，接下來只要沿著這條溪流攀登就到了。

仰頭望去，不知不覺間，頭頂被樹木的枝椏遮蔽。

確實，航空照片也拍不到這條溪流吧。

但水量仍足以沖走一個人的屍體。

「搬走以後，本官再也沒回去過。將近二十年沒爬這條路，卻完全沒變。」

「對了，前任校長的外孫女說，川瀨香奈男都是走這條路去學校。」

「這樣說不通啊。」池田停住腳步。「敏男兄年紀輕輕就結婚……記得他一開始是在大多喜建立家庭。一、兩年以後，他離開大多喜，本官一直以為他遷到總元落了戶……他偶爾會來我們家，本官一直以為他住在山中鄉八村的某處，原來不是嗎？他回來遠內了嗎？」

「應該是吧。」

「這有可能嗎？那裡鳥不生蛋的，根本沒辦法生活。」

「你說他行商做買賣，是賣些什麼？」

「喔，賣藥。大概是賣跌打損傷的藥膏。我們家也買過，雖然不記得用過。」

「是河童的藥膏吧？」多多良嘻嘻笑，接著說「實在巧過頭了」。

「開戰的時候，香奈男是十二歲吧？現在約莫是二十五歲……但我覺得年齡有點不對。敏男先生大池田巡查八歲吧？那麼，今年是四十歲……不就等於是他十五歲時生的孩子嗎？」

池田詫異地抬起頭，「啊，也對，不可能。不，那香奈男的年紀應該更小嗎？那孩子很老成嘛。

咦？」

池田歪著頭，繼續上山。

「麻佑小姐和香奈男先生同年級，她現在是二十一或二十二歲。因為她說是昭和十四年進小學就讀。而且，她比二十歲的淳子小姐更早畢業……」美由紀說。「這樣還是很怪嗎？」

「不，這樣的話，數字就對了。敏男兄是在十八、九歲的時候離開聚落。」

「天哪！這麼年輕就結婚了嗎？」美由紀驚呼。「喔，是沒什麼關係啦。我長得這麼高大，人卻很幼稚。」

「這事不好大聲說，不過……後來本官聽說是女方有了身孕，不得不結婚。雖然這事不該在小姐面前說。」

「他太太是怎樣的人？」

「本官沒見過。只是敏男兄受到徵兵的時候……是啊，那時候香奈男被送到養雞場寄養……不對，敏男兄是志願兵。」

「志願兵？」

「對啊。之前一直記錯了，但他應該不是受到徵兵。剛開戰敏男兄就……不不不，這樣又不對了。本官想想，香奈男是昭和十四年上小學，對吧？開戰是……」

「昭和十六年底。」

「咦，這樣就變成香奈男戰爭期間也去上小學。奇怪，看來本官有哪裡搞錯。至少終戰的時候，香奈男在養雞場，本官復員後去探望過他。不，等一下，這麼一來，開戰的時候香奈男不是十二歲，而是終戰的時候十二歲嗎？」

池田按住額頭，顯然記憶混亂了。

「最好整理一下。」益田說。「和日常生活無關的事，人一般都會忘掉。但只是沒必要想起來而已，其實大部分都記得。忘記某些事，代表記憶沒遭到扭曲。」

池田再次停下腳步，「這樣啊，也對。本官一直有奇怪的錯覺。敏男兄說想報效國家，一開戰就志願從軍。這件事本官記得。他到我們家來道別，本官覺得他實在太勇敢了。當時本官十九歲，老實說，非常害怕從軍。」

「才沒人想去打仗。」益田說。「接到徵兵的紅紙時，我陷入絕望的深淵。畢竟世上沒有比自己的性命更重要的東西。」

「喔……那時候，敏男兄請求本官的母親，萬一他戰死沙場，希望能幫忙照顧兒子。然後……他說……對，他跟養雞場老闆約定，等兒子小學畢業，就讓兒子去那裡工作。」

「他是說等小學畢業嗎？」

「對……本官復員後過去一看，香奈男確實在那裡，仔細想想，那時候他大概十二歲左右。這麼一來，香奈男……」

「最晚在敏男先生服兵役以後，就回去遠內了吧？和母親一起。」

「和母親嗎……？本官沒見過他的母親。」池田說。

斜坡突然變得陡峭。雖然不到瀑布的程度，但溪流從相當高的地方落下。是湍流。植物繁茂，遮擋去路，不過溪流前方看起來十分開闊。

「上面就是遠內。爬得上去嗎？」

池田分開藤蔓樹枝前行，美由紀忽然大喊：「那是褲子嗎？是褲子吧？」

多多良轉身回答「對，是褲子」，踩進溪流兩、三步，撿起勾在岩石上的那條褲子。

多多良非常不拘小節。

「看吧，是褲子。啊，腰帶斷掉了。這是割斷的吧？」

「看不見啦。」

益田退避三舍。

「錯不了，是那具浮屍的褲子。欸，上半身和下半身都被我找到了。」

「那又不是下半身，是褲子，是衣物。而且，一開始找到的不是上半身，是全身。」

益田說著，遠離多多良。

「那不重要，請快點上來吧。萬一摔進河裡漂走，我可救不了你。」

「這人真愛計較。」多多良走出溪流，將濕漉漉的褲子往石頭上一扔。

「帶著也不能怎樣吧。」

「既然要丟掉，一開始乾脆別撿。」

益田說「這人真是名不虛傳」，多多良憤慨地反駁「是確認啦，確認」。

「又不是命案現場，只要知道地點就行了啊。就算保留現場也沒什麼意義。既然褲子在這裡，可見是從上面漂下來。褲子不會自行溯溪而上嘛。總之，這下證明搜索下游的河岸沒有意義，白費工夫！」

確實如此。

兩人交談之際，池田繼續開路。

「地面不好走喔。不過，多少看得出有人行走的痕跡。最近有人經過這裡嗎？啊，扶著樹幹走沒關係，但抓住藤蔓，藤蔓會斷掉，要小心。」

斜坡很陡，但不到懸崖的高度。即使跌落，除非姿勢太奇怪，否則不至於受傷。

水邊蕨類叢生，岩石生苔。

樹根盤根錯節，灌木叢繁茂。攀緣植物纏繞在一起。如爬牆虎的植物朝四方伸出觸手。

池田一馬當先，先把美由紀拉上去，接著敦子爬上去。

益田手忙腳亂地跟上去。約莫是擔心多多良會摔落。站在多多良這名巨漢底下太危險了。

不出所料，後方傳來老師「啊！」的叫聲，以及滑落的聲響。

敦子姑且不去在意。

多多良應該已習慣這種環境。

爬上陡坡後，視野十分開闊。

四下是一片草地。

放眼望去，全被綠意覆蓋的景觀，其實難得一見。

被森林圍繞的平地一帶，長滿高及敦子腰部的雜草。

約莫也有矮木，但極目所見，皆是綠草。

正中央有條河流過。

「遠內到了。」池田說。

「呃，這是村子嗎？」益田東張西望，「啊，那是建築物嗎？」

左右都有被藤蔓覆蓋的東西。看上去完全是一團植物了。

「啊，真是驚人。哎呀，這恐怕沒辦法修復。」

池田分開草葉前進。

「腳邊看不清楚，不過有河流，請小心前進。雜草遮住河的邊界線，萬一失足，會滑進河裡。」

背後再次傳來多多良的慘叫聲。

想必是差點摔進河裡吧。

「這一帶本來全是田地。本官的老家……是那裡。」

朝池田指示的方向望去，一樣有一團綠色物體。由於有牆壁和玄關，藤蔓不太密集，勉強看得出是建築物，但屋頂雜草茂密。房屋滿大的。

池田凝望半晌。

「啊，抱歉。祠堂在更前面。」

他說著，往前走去。

「在這條河前面……啊，看到了嗎？」

綠色向上隆起。

彷彿一片被綠意覆蓋的高牆。

「那座懸崖爬不上去。然後，那個洞……」

那……不是湖。從大小來看，確實是池塘。

綠色的圓圈內側漸轉陰暗，形成黝黑光亮的渾圓平面。或許是比較的對象只有植物，讓人陷入一種看著巨大湖泊的迷你模型的錯覺。實際上並不怎麼大，目測約有五坪，但感覺相當深。

池子的三分之一，嵌進凹陷的崖壁當中。

洞裡沒有植物生長。

或者，是太黑了看不見？

那一定就是這條溪流的起點。湧出的水朝正面拉出一條線。

這就是池田說的東水——敦子一行人一路追溯的溪流。湧水在左邊似乎也形成一條水流，那就是西水吧。

水看上去極為清澈。

池子深處，洞窟裡有疑似祠堂的物體。

「那就是龍王池。看得到祠堂嗎？」

「祠堂……」

過不去。

被池塘擋住了。

「就像你們看到的，這座龍王池和那個洞窟差不多寬。雖然是座小池子，但湧水量相當多，得準備小舟之類的工具，才能去到祠堂。按規定是禁止進入，本官從未看過裡頭有什麼……」

「啊……！」

從隊伍末尾衝到最前頭的多多良，瞇起眼鏡底下的雙眸，露出微笑。

「是祠堂。」

「是啊，雖然過不去。」

「可以游過去吧？」

「唔，水相當深，但池子不大，或許有辦法游到對面。不過，這是禁池，不能進去。」益田說。

「又沒人會罵。」

多多良這個人，往往讓人搞不懂到底是虔誠還是毫無信仰。明顯是迷信的事，他也會主張是當地的文化，應該予以保護、保存。另一方面，他又會滿不在乎地踐踏禁忌。因為不是當地人，有身為外人的自覺，所以不受束縛嗎？

「我可不要。」益田說。

又沒人逼益田進去。

「我是旱鴨子，不想涉險，也不想搞得全身濕答答。我這輩子只去湘南的海邊玩過水，而且那也是……」

「川瀨家在哪裡？」敦子打斷益田的話，問道。

比起祠堂，更重要的是現在發生的事件。

「喔，上川瀨家是那邊……」

池田指示右側。

「往裡面。下川瀨家是那裡。」

池子左側，有幢建築物。

或許稱不上大宅，但相當大。而且和其他住家不同，依然保留著房屋的外形。雖然屋頂一樣雜草叢生，不過牆壁、柱子和門戶都很完整。只是過於融入風景，讓人一時無法辨認出那是房屋。

「上下川瀨家就位在池子的左右。聽說川瀨家原本就是負責管理祠堂，是祠堂的……叫堂守嗎？是這樣的職位。」

「是神官嗎？」多多良出聲問。

「不不不，應該不是神主之類，而是堂守。記得他們會供奉和打掃……直到大正時代以前，有條用來前往祠堂進行維護的小舟。聽說本官小時候也有，本官卻毫無印象。」

池田往前走去。

「江戶時代，整個聚落有十五戶左右，更早以前就不知道了。村人遷到這裡，是在源平會戰（註一）的時代，或建武新政（註二）的時代……不過，據說上下川瀨家代代都擔任堂守的職位。池田家是負責田地。」

「所以才姓池田嗎？」美由紀問。「池子的田地嘛。」

益田質疑：「有那麼單純嗎？」池田回答：「應該沒錯。」

「明治以前平民沒有姓氏，就算有，本官也不知道是怎麼稱呼。」

下川瀨家的正前方有溪流——西水橫切而過，上面架了座小橋。看上去有些腐朽，但感覺很堅固。

「這條西水流向久我原。西水沿岸有更像樣一點的路，馬匹也能通行。是這個聚落通往山腳唯一的路。聚落的玄關口有一戶水口家，和山腳下村莊的交流、買賣，主要由水口家負責。不過，這都是明治維新前的事了，本官住在這裡的時候，每戶人家都下山工作……」

來到下川瀨家前面。

「這一戶……還可以住人呢。」美由紀說。

「倒不如說，直到最近都有人住吧？」益田接過話。「有人進出的痕跡。」

「不，」敦子說：「現在也有人住。或者說……大概……」

有人。

「裡面有人。」

註一：指平安時代末年，治承四年（一一八〇）至文治一年（一一八五）的全國性內亂。為平氏與源氏兩政權相爭。

註二：指元弘三年／正慶二年（一三三三），後醍醐天皇打倒鎌倉幕府，返回京都重新執政後施行的新政，亦稱「建武中興」。

敦子就要伸手開門，池田反射性地制止：

「讓本官來。就怕有什麼萬一。」

池田要求眾人後退，靠近建築物，敲了敲門。

「有人在家嗎？香奈男，你在裡面嗎？你還記得我嗎？我是以前住在遠內這裡的池田叔叔，你爸爸的朋友。喏，我們以前在山下的養雞場見過吧？」

有人的動靜。

池田回頭看了敦子一眼，接著大聲說「我要開門嘍」。門輕易打開了。

屋內很暗。

「香奈男，你在裡面嗎？」

有東西活動的聲音。

不久後，細蚊般的聲音傳來：「在。」

「香奈男嗎？我可以進去嗎？」

「就算叫你回去，你也不會照做吧。而且，你應該是來辦公差的。」

「呃，這算公差嗎？一半一半吧。」

好懷念啊——池田說著，踏進屋內。

「我們家整個荒廢了。」

「那是當然。每個人都拋下這裡離開了。一旦被拋棄，就變成垃圾，再也沒辦法使用。」

「或……許吧，但這裡……」

「這裡有人住。」聲音——香奈男說。

「有人住……」

「你還帶其他警察過來嗎？是來抓我的嗎？我不會反抗。可是，我……我什麼都沒做。」香奈男說。

「不是啦。跟我一起來的……你自己看，不是警察。」

敦子踏進屋內，接著是美由紀、益田，最後多多良也進來。

「他們是誰？」

「我是研究家。」多多良說。「其他還有編輯、女學生和偵探。」

「莫名其妙。」

香奈男輕笑起來。

「先不管這個，香奈男，你說有人住，是你住在這裡嗎？難道……」

「我住在這裡啊。**一直都住在這裡**。」

「一直？可是，你不是在大多喜出生嗎？你媽是大多喜的人吧？」

「我完全不記得大多喜了。」香奈男應道。「直到兩、三歲……似乎都勉強住在那裡，但我沒什麼印象。」

我們被趕出來了——香奈男說。

「池田叔叔倒像沒事。」

「沒事？」

「遠內的人受到厭惡。那怎麼說？是叫污穢嗎？尤其是川瀨家，格外被瞧不起。」

池田露出悲傷的表情。

「我媽說，別人都嘲笑我是耍猴人的孩子、河童的孩子。明明我們家又沒養猴子，我也從未看過什麼河童，卻遭人欺侮。所以，我對那裡沒有記憶。我爸沒辦法找到正經工作，我媽被娘家斷絕關係。沒工作就付不出房租，但住在這裡不用錢。」

「呃，那樣的話……你們不是住在總元村，而是回到這裡嗎？在所有人都遷出去以後？」

啊……池田深深嘆息。

「敏男兄什麼都沒說。」

「他才不會說。大戶和三又一帶的人還算好……倒不如說，離這裡很近，卻不清楚遠內是怎樣的地方，和久我原的人也本來就有交流。山中鄉的村子感覺待得下去，只是我爸不想住在那裡。可是，大一點的村子，沒一處容得下我們。那裡的人都厭惡我們。我爸說，應該是以前巡迴過那些地方吧。」

「巡迴？」

「為馬廄祓禊，對吧？」多多良說。「讓猴子跳舞，祓除馬廄的邪氣。耍猴在現代只被當成一門技藝，但在過去，是宗教人士負起這類職責。不過，如同往昔的民間宗教人士，遭到歧視。」

「歧視？沒錯。」香奈男笑道。「我們的確受到歧視。」

「可是，本官從來沒摸過猴子。」

「我和我爸也是啊。那個人說的祓褉，好像到我曾祖父那一代都還有在做吧。總元是許多小聚落形成的村子，所以我們祖先多半是去大村莊，挨家挨戶表演討賞錢。大村子就有大戶人家，家裡養著馬。況且，聽說會做那個什麼耍猴的，只有川瀨家，其他遠內人不會。」

多多良不禁沉吟。

「大多喜那一帶，是我們主動過去，但附近的村子，反倒是來乞雨，所以對我們態度比較好。雖然還是嫌我們低賤啦，但我可以上小學，也交到朋友。」

「稻場麻佑小姐說來過這裡。」美由紀說。

「喔，麻佑嗎？校長的外孫女，對吧？那位校長是了不起的人，他不僅說那種迷信陋習不可取，絕不能以出身歧視一個人，讓我入學，多方照顧我。他也要求麻佑平等對待我。可是，那女生來過一次……就不怎麼跟我說話。」

「那位校長是了不起的好人。」

「可是，那時候我爸一副認為校長的好意是一種麻煩的樣子。」

「呃，你也不知道你爸是不是真的嫌麻煩吧……」

「因為我爸堅持那才不是什麼迷信。」

香奈男這麼說。

敦子的眼睛熟悉黑暗後，總算看見聲音的主人。青年坐在地爐後面。

「我爸反倒拿迷信當擋箭牌，瞧不起身邊的人。他相信我們家原本出身高貴，說我們是在京城負責照顧馬廏的一族後裔。嗳，他只有這一點能拿來說嘴了吧。如果把傳說全部視為迷信、謊言，連這些驕傲也得一起丟掉，我爸就是不想這樣吧。」

「那麼，敏男兄是從這裡下去村子做生意嗎？他來過我們家幾次……」

「都是遠內的老鄉，我爸覺得和叔叔十分親近啊。」香奈男說。「約莫是感到懷念吧。」

「這麼說來，上川瀨家和你爺爺他們怎麼了？」

「我爺爺應該是在池田叔叔一家離開後死掉了，我幾乎不記得他。他從來沒去過大多喜。至於上川瀨家的人，我不曾見過。」

「這樣啊。原來是這樣啊。」

池田說著，總算在地板邊緣坐下。

「敏男兄出征後，你和你媽一直在這裡相依為命嗎？聽說你媽在戰時過世……」

「我媽一下就死了。」

「一下就死了……？」

「我爸剛加入軍隊，我媽就死了。我們家太窮，想必是營養不良。她什麼也沒吃，或許是餓死的。所以，我一直是一個人。」

「可是，那個時候……你還是小學生吧？」

「是啊。」

「什麼是啊……你怎麼不找校長求助？他一定會伸出援手吧。」

「我沒告訴任何人。」香奈男說。「喔，只告訴跟我爸要好的養雞場叔叔。不過，那也是很後來的事。我沒告訴其他人。我沒人可說。」

「那樣的話……開戰當時，你不是才八、九歲嗎？你還那麼小，在這種地方怎麼有辦法獨自活下去？」

「意外地總有辦法。」香奈男答道。「放學以後，我就下去久我原，偷田裡的作物吃，有時候也會真的偷東西。實在過不下去，便去養雞場，請叔叔照顧我。」

「你就這樣糊口嗎？」

「對，我爸也是半斤八兩啊。我爸賣的膏藥，是拿生長在遠內的草或果實當原料。我不知道有沒有效，但根本賣不出去。」

香奈男望向屋裡，是在看父親的殘影嗎？

「所以，我爸肯定跟我一樣，四處行竊。我在學校被人討厭，不是因為身為遠內的人，而是我很髒，衣服破破爛爛，根本沒洗澡。我媽活著的時候，我還人模人樣一些，但仍是又髒又臭。麻佑居然願意跟我一起來這裡，我實在佩服。」

「啊……」池田擠出聲音。「我太疏忽了。身為村子的警察，居然完全沒發現。但敏男兄怎麼不肯跟我說一聲？我多少幫得上忙……」

「他是要面子啦。」香奈男說。「或者，也不是要面子？和拒絕校長援助是一樣的理由吧。」

「但、但我是他的老鄉。」
「就因為是老鄉啊。」
「為什麼？我們算是同族吧？」
「好像不是。池田叔叔家本來是川瀨家的臣子吧。能清理馬廄、祈禱乞雨的，只有川瀨家，其他的遠內人……如果用武士來比喻，就是家臣。」
「拉不下臉向家臣求助嗎？」
池田露出寂寞的神情。
「所以在我爸心中，之前那場戰爭是特別的。我爸說，他要為陛下而死。」
「陛、陛下！」
池田頓時僵住。
香奈男慢慢地指向正上方。
香奈男背後有一座巨大的祭壇或佛壇，上面掛著天皇的照片。
「我爸說，身為自上古以來就在宮中清理馬匹的一族末裔，誠惶誠恐，只要陛下希望，為陛下鞍前馬後、出生入死，是理所當然的事。他只能在這當中找到人生的光明。」
昏暗的屋中，掛在更加昏暗的上方的那幅肖像，即使知道那是什麼，卻幾乎無法辨別。
香奈男仰望著照片，「這玩意不曉得是從哪裡拿來的。學校裡也有掛，想必到處都有吧。總之，我爸早晚都會膜拜。我也被逼著拜。噯，我爸不曉得哪裡思想僵化了。」

我們一直赤貧如洗——香奈男笑道。

「就算我爸沒離家，我媽沒死，生活應該差不多就是那個樣子，所以我並不覺得有什麼。畢竟我……還活著嘛。」

「過去就點到為止吧。」益田說。「我這個人信奉輕浮放浪，那種話聽著實在難受。」

雖然是和平常一樣的打哈哈語調，但益田的神情陰沉。香奈男哼笑：

「我沒辦法談未來啊。明天的事，我從未思考過。我只有乏味的過去。倒是……幾位來是有什麼事？」

「啊，我是為了那個……七年前的寶石。」益田說。

「喔。」香奈男應道，換腳盤腿。「偵探先生在追查我爸以前幹的壞事嗎？」

「也不是這樣啦。」益田蜷起背。

「沒關係，我說給你聽。」香奈男應道。「不過我能說的，只有我知道的事而已。就是……我爸雖然雄心萬丈地出征……卻沒為陛下光榮殉身。」

而且戰爭還打輸了，不是嗎？——不知為何，香奈男愉快地說。

「老實說，戰爭的事我不是很懂。那時候我還小，這裡又沒有廣播，也沒有報紙。戰況漸漸失利以後，我便沒去上學。那時候大概剛過十歲，我只是個流浪兒童，連小學都沒畢業。某天我去養雞場，叔叔告訴我戰爭已結束，我毫無真實感。叔叔叫我在他那裡工作，所以我就照他說的做。」

「我一復員，不是立刻去養雞場找你嗎？因為敏男兄把你託付給我們家。那時候你看起來很正常。」

「我記得。」香奈男說。「是啊，我總是很正常。然後，大概是戰敗後第二年吧，池田叔叔來找我之前，我爸回來了。他對我說，接下來——」

我要回報大恩……

「我爸這麼說。」

「報恩？向誰報恩？養雞場的叔叔嗎？」

益田問，香奈男再次指向上頭。

「咦？」

「是這位。明明在戰爭中吃了那麼多苦頭，我爸卻一點都沒變。像我就會質疑，到底是為何而戰、是誰決定輸贏？但我爸不一樣。雖然應該有很多複雜的原因，不過我想不會錯……就是這個人害的。」

香奈男指著天皇肖像說。

提到戰爭責任，依據各人的立場和見解，意義會有極大的不同。敦子認為，法律責任、政治責任、倫理責任應該分開來看，在這層意義上，並沒有一個廣義的戰爭責任——倘若有，或許必須擴及到每一個國民身上——只存在許多重疊而狹義的戰爭責任。

正因如此，關於皇室的責任，意見出現重大分歧。不，感覺議論這一點，本身就是一種禁忌。雖然有不少人對此發言，但應該沒發展成具建設性的討論。提出來之後，不是遭到漠視，就是被封殺，或是被攻擊，她有這種印象。

有段時期，敦子對此進行嚴肅的思考，但無法和任何人討論，也無法做出結論。

「我爸他……」香奈男繼續說下去。「復員之後，在這裡待了一星期左右。雖然他完全沒說『戰敗讓人不甘心』之類的話，但對於要求陛下退位的論調——那時候好像有人這樣主張，我是不知道啦——我爸忿忿不平，所以……」

「才說要報恩嗎？」益田接過話。

「對。我疑惑他在說什麼，結果是皇室賜給軍方的寶石流落黑市的傳聞。我爸非常憤怒，說簡直是大不敬，他要取回寶石，還給陛下。」

「居然是真的。」多多良不禁傻眼。「那是什麼計畫？有奇招祕策嗎？」

「應該……只是去搶回來而已。」香奈男說。

「只是去搶回來？當強盜嗎？」

「大概吧。說是以前跟他同一個部隊的人接到委託，負責從掮客手中把東西送過去——那個人就是久保田先生。你們知道久保田先生吧？」

「沒見過。」益田說。「而且他死了。」

「久保田先生是好人。」香奈男說。

沒錯。

久保田的行動……讓敦子摸不著頭腦。

「我爸說，同一部隊的三個人，再加上其他兩個人，一起動手……同一部隊的另一個人是龜山，後來參加的是廣田，還有……」

菅原嗎？

「沒錯。」香奈男說。「喔，我爸在復員船上搞壞身體，復員之後，在東京的醫院還是傷病兵療養所躺了一段時間，可能是得瘧疾。那時候久保田先生去看過他。後來聽久保田先生本人說，當時他承攬黑道的工作，手頭闊綽，所以買了香蕉去給我爸。」

「久保田承攬的工作，是幫忙變賣隱匿囤積物資嗎？」

「說是承攬，也只是把東西搬到指定地點而已。然後，他說現在手上都是些小案子，但半年後有一筆大的，邀我爸出院以後一起幫忙，還說每個人能拿到的工資不少。」

「他說的那筆大的，就是皇室的寶石？」

香奈男抬眼一望，說「結果我爸生氣了」。

「久保田先生說，我爸一開始興致勃勃，但一發現和皇室有關，頓時氣得面紅耳赤，表示居然有人想拿皇家的寶物中飽私囊，他絕不能坐視不見……所以，是啊，始作俑者是我爸。」

「始作俑者……？」

「這是去搶黑道手上的東西，一般根本不可能有膽動這種歹念。太危險了，幾條命都不夠用，根本不划算。除非有什麼天大的理由。」

「是啊。這是打劫私賣品，根本是在虎口換珍珠。」益田說。

「是吧？但我爸有理由冒這個險。我爸對陛下無比崇敬，在他眼中，居然把皇家賜予軍方、要造福國家的寶物拿去變賣換錢，簡直是罪該萬死的大罪。」

「不能報警嗎？」美由紀提出非常合理的意見。

「那是美軍占領期間啊。我爸認為，就算警方扣押東西，也會直接落入GHQ手裡。」

事實上，變成這樣的可能性……不能說沒有。

「如此這般，在我爸的提議下，他們幾個策劃搶奪寶石……這就是事情的原委。然而，每個人都各懷鬼胎。久保田先生想得很簡單，認為歸還寶石沒關係，只希望拿到一筆報酬，或起碼私吞個一顆。龜山應該也差不多。問題是最後加入的……」

「河童廣田和……菅原是嗎？」

「我不是很清楚他們每個人的來歷。」香奈男說。「不過，龜山和廣田感覺都不是壞人，街坊對他們的風評也不錯。但廣田不管是對日本還是美國……倒不如說，他對戰爭本身恨之入骨，所以反對歸還皇室。久保田先生告訴我，廣田說給他幾千萬圓補償都不夠，他要把被奪走的東西全部搶回來。」

「因為原子彈，廣田的家人親戚都死光了。」益田陰沉地說。「唉，心上開出的大洞，再多金錢都沒辦法彌補。」

「這樣啊。」香奈男說。「我是因為原子鮪魚丟了飯碗。那些原子彈還是氫彈，引爆到底對誰有好處？」

「沒有人。」益田語調平板地說。「那種東西只能嚇唬人，不能真的拿來用。用了究竟會死多少人？所以，只能恐嚇『要丟了、要丟了』。不過，為了達成恐嚇的目的，必須先讓全世界瞭解它的威力有多可怕，才丟出幾顆吧。為了這種理由，害死那麼多人，教人怎能接受？過世的人也死不瞑目，簡直太荒唐了。」

「真是棘手呢。」香奈男說。「不管是怎樣的悲痛，最後也只能換算成金錢補償。每個人都是這麼做的。死人不會復生，廣田應該也是這麼想。所以，那個叫菅原的打算搶到寶石後，全數變賣。這主意我爸絕不可能同意。因為這等於是去做自己最厭惡的行徑。」

想必是如此。

「但那個叫菅原的，似乎是搶奪寶石行動實質上的總司令。沒辦法，其餘四人都是普通人嘛。久保田先生說，要是少了菅原，絕不可能成功。可是，不管討論多少次，都得不出結果。每個人想要的都不一樣。雖然除了我爸以外，其他四人能互相妥協。」

在仲村屋三番兩次的聚會，就是在討論妥協方案吧。

川瀨很少參加，是只有他堅持物歸原主的緣故嗎？

既然他知情——倒不如說，他就是提案人，不可能把他排除。但如果川瀨在場，計畫不可能有進展，所以其他四人決定討論好計畫之後，再找他過來嗎？

「可是，」香奈男有些自嘲地說：「不管怎樣，得先把寶石搶到手吧？所以久保田先生說，他們決定先搶到寶石，再決定如何處置。」

「香奈男，敏男兄對養雞場老闆說有大賺一筆的機會，應該也是盤算要拿去換錢吧？」

池田問，香奈男回答：

「那是養雞場叔叔的解讀吧。關鍵在於，對一個人來說，最重要的是什麼。對養雞場叔叔來說，應該是金錢。畢竟過日子最重要。一般都是如此。所以，聽到我爸有個要捨身去做的重要任務，也會解讀成是賺大錢的機會，但我爸和他不同。名譽……不對，忠誠那些……也不是，我不太會說。是啊，不管怎樣……」

都是自我滿足——香奈男說。

「現在想想，我爸回來這裡，應該是在動手的前夕吧。我爸說，日本會輸是因為他們奉獻得不夠，還說他能活著回來，多虧陛下的英斷，所以他必須補償、報答這份大恩……他非常亢奮。在養雞場叔叔眼中，一定是覺得他遇上大賺一筆的機會吧。然後……」

他們真的動手了——香奈男說著，不禁笑了。

「到底是怎樣的計畫，細節我完全不知道。久保田先生並未透露。那種事問了也不能怎樣，所以我根本沒問。總之，他們展開行動，而且……似乎成功了。」

「他們真的搶到寶石了。」

「好像是呢。不過，百分之百成功了嗎？倒也不是。接下來的事，是久保田先生告訴我的。先是他被抓了。」

「被抓了？」益田驚呼。「那不是命在旦夕嗎？」

「久保田先生說，當時他心想，好不容易在戰爭中倖存，撿回一條命，卻要就此一命嗚呼了嗎？他不想死，於是徹底裝傻，堅稱毫不知情。但接下運貨任務的是久保田先生，找人幫忙的也是他，所以他被迫負起責任。」

「咦？」

「嗯，說是手指不夠賠，把整隻手……」

「砍斷了嗎？」美由紀驚叫。

「以示負責嗎？」益田則是發出走調的怪叫。「太冷血了，不愧是黑道作風。原來那隻手是賠給黑道啊。」

「不知道，我是鄉巴佬，不懂黑道的規矩，不過就是這樣吧。」

「呃，一般是切小指。」益田豎起小指說。「唔，我是聽過每犯下什麼錯，就依序切斷一根手指……可是，居然直接砍掉一隻手？天哪，不過交易金額很驚人嘛。這是我的猜想，黑道本來計畫要把寶石賣到國外吧。那樣的話，就算賠上一條命也莫可奈何，畢竟對方是黑道。啊，久保田先生算是普通人嗎？他沒加入黑道……哎呀，所以才砍斷一隻手嗎？」

「他是這麼說的。後來其他夥伴怎麼了、寶石流落何方，久保田先生都完全不知情。」

「喔……」

「我無法想像他們的計畫內容，不過行動是在深夜，而且是在海裡、河裡還是湖裡之類的地方進行。好像也用了小船，因為久保田先生說大家是游泳逃走。」

「所以廣田才會被挖角嗎？他對自己的泳技頗有信心。」

「喔，或許是吧。我爸熟悉水性，其他人應該也是。我不清楚詳情，不過計畫感覺很粗糙，類似在小船上搶走裝寶石的盒子……接下來各自往四面八方游泳逃走。」

「好單純的計畫。」

「就是啊，一定是的。」香奈男說。

敦子也覺得算是單純。

如果最初的動機是川瀨敏男要回報天恩，想必不可能準備什麼精巧的詐騙計畫。而且決定動手後，感覺也不像研究過計畫內容。確實，他們多次密會商議，但討論的主要應該是搶到寶石以後的事——利益分配問題。從川瀨敏男沒參加討論的情況，亦不難想像。

久保田說，少了菅原計畫就無法成立，想來是指偷到寶石以後的銷贓管道吧。一般人沒有門路變賣偷竊的寶石。

既然都捨命參加了，久保田和龜山當然想分一杯羹，即使歸還寶石，也不可能完全不求回報。廣田甚至反對歸還。

菅原的態度則是可想而知。

在這層意義上，或許可說，川瀨敏男從一開始就被夥伴擺了一道。

香奈男繼續說下去：

「最早的計畫中，久保田先生只是引路，他單獨留在船上。因為黑道僅僅掌握他一個人的身分，就算一起游泳逃走，遲早都得上陸，不可能逃掉。既然如此，乾脆裝成毫不知情留下……這樣應該比較容易裝傻，也能夠拖住黑道的行動。他說事後再拿自己那一份就行了。」

「不不不，他就是因為這樣被抓了吧？計畫完全曝光了。」

「好像不是的。」香奈男說。「久保田先生說，黑道相當信任他，只要按照計畫，他就不會有事。沒想到實際動手的時候，有人把他推進水裡。」

「推進海裡嗎？」

「不清楚是海還是湖。這麼一來，只能逃命了，對吧？而且，那場面看起來也像是他和搶匪一起跳水逃離。」

「被當成同夥了嗎？」益田甩動瀏海。「唔，遇上這種情形，換成我會怎麼做？假裝溺水……不，猴戲兩三下就會被拆穿。大喊搶劫……也不行嗎？久保田先生骨子裡似乎是老實人，不可能馬上倒戈，何況不管怎樣都得負責。還是，會選擇開溜嗎？」

「總之，遇到意料之外的狀況，久保田先生雖然完全不曉得是怎麼回事，但心想演變成這樣，只有逃命一途。沒想到他正要游走，又遭到同伴攻擊，害他沒辦法游下去。差點溺死的時候，他被黑道逮住。」

「遭到攻擊？」

「他是這麼說的。」

「為什麼同伴要攻擊他？」美由紀問益田。「更重要的是，為什麼要把他推下水？計畫無法成功，有什麼好處嗎？」

「喔，這個啊，美由紀，黑道掌握了久保田先生的長相和身分，萬一他被逮到是共犯，不可能逃得掉，弄個不好，他也可能倒戈黑道。為了保命，他恐怕會出賣同伴啊。所以，一定是早就計畫好讓他引路，再找機會將他滅口。」

「他們一開始就打算殺他嗎？」香奈男平板地問。

「那當然啦！」益田誇張地說。「讓黑道活抓他，豈不是更危險？畢竟久保田先生知道他們每一個人的底細，所以是懷著殺意把他推下水，懷著殺意攻擊他。不曉得是誰幹的好事嗎？」

「不曉得。當時是晚上，四周很暗，又是在水中。不過，他說瞥見了。」

「瞥見什麼？」

「刺青。」香奈男說。「久保田先生被狠狠地撞了一下，差點昏過去。失去意識的瞬間，他藉著月光，看見一團屁股『潑喇』一聲潛進水裡。那屁股上……」

「寶珠！」多多良簡短地說。「有寶珠，對吧？」

「嗯，久保田先生說是右邊屁股。不過第一次聽到的時候，我不知道寶珠是什麼，後來看到圖畫，才大概明白。」

「雖然叫『珠』，其實尖尖的，對吧？就像栗子。」多多良說。

「我根本不知道寶珠是什麼。」美由紀說。

「不知道？怎會不知道？寶珠在梵文中叫『震多末尼』，也就是如意寶珠。是能實現心願的靈驗寶珠。那是地藏菩薩……」

「現在不用講這些啦。」益田制止多多良的饒舌。

「久保田先生說看到寶珠。」香奈男說。「雖然不清楚對方有沒有殺意，總之，即將失去意識的久保田先生在溺死前一刻，落入黑道手裡。」

「簡直爛透了。」益田說。「他絕對會全盤托出。黑道的拷問很恐怖，又牽扯上那麼一大筆錢。換成是我，不用他們開口，我就會全招了，然後豁出去求他們饒我一命。」

「久保田先生一個字也沒說。」

「什麼？因為他是好人嗎？」

「不是的。他認為萬一被發現自己參與其中，絕對會被宰掉。要是供出同夥的名字或住處，一定會有人被抓。這樣一來，夥伴會認定是久保田先生背叛，不會保護他，只會加油添醋，把罪全推到他身上。那樣一來，就算寶石回到黑道手裡，久保田先生也……」

「是啦，大概會被埋到什麼地方，或是丟進海裡。不，那樣的話，他的手呢？他不是裝傻到底了嗎？可是，他的手不是被砍下以示負責嗎？」

「那是為了他僱用那種來路不明的傢伙負責。」

「原來是這個問題？」

「是的。久保田先生即使遭到拷問，也堅稱與他無關。但畢竟有引狼入室的責任，所以被砍斷慣用手，囚禁在某處，直到血止住，然後趕出去。黑道告訴他小命還在就該謝天謝地了，如果久保田先生招出來，應該早就沒命。因此，他落魄沮喪地從東京逃回老窩銚子。」

換句話說——剩下的四人當中，有人拿走寶石嗎？

久保田告訴三芳寶石被私吞了。若是這麼回事，就不難理解。要取回寶石，物歸原主的奇妙說法，原本也是川瀨的主張。

還有，這表示久保田真的不知道刺青男是誰。

「那你呢？」池田問。

「我嗎？我一直在等我爸。他叫我不要再回遠內，所以我一直待在養雞場。我爸跟叔叔說他去個十天就回來，但大半年過去，根本沒見到他的人影。我不知道他去哪裡，也沒辦法找他，所以暫時回到這個家……」

說到這裡，香奈男暫時打住。

接著，他望向敞開的門口。

「回來一看，門開著，似乎有人來過。我心想要是有人來，只會是我爸，以為他回家了，於是等了他一陣子。但不管再怎麼等，都沒等到他。無可奈何，我只好離開遠內，也沒回去養雞場……」

香奈男又停頓片刻。

「我去了千葉，四處換工作……不曉得過了幾年，一位江尻先生收留我，僱用我在公司當書生（註），其實就是打雜的。沒想到，久保田先生也在那裡。這完全是巧合。久保田先生得知我是川瀨敏男的兒子，相當驚訝。」

註：明治、大正時期，稱寄住在別人家中工讀的學生為「書生」。

香奈男慢慢站了起來。

「寶石怎麼了？」美由紀問。

益田接著說：「對啊，這才是重點。關於這件事，久保田先生……」

「寶石——」

香奈男格外大聲地說，像要打斷益田的話。

「寶石我爸帶回來了。帶回來這裡。」

「這、這裡？」

「沒錯。我爸逃離黑道的追殺後，似乎和誰起爭執，受了重傷。應該是挨刀了還是怎樣吧。不，他是挨刀了。」

「你怎麼知道？」

「屋裡留下一些血跡。喏，那邊的地板、那邊的地面，還有那座橋上。所以，他一定是受傷了。但他沒包紮治療，掙扎著回到家裡，就這樣死了。」

「死了……屍體呢？總不可能什麼都沒有吧？」

「我爸為了避免寶石被人發現，連同自己的屍體一起藏起來。」

「人沒辦法把自己的屍體藏起來。」多多良說。「不可能，人都死掉了。」

「當然是趁還活著的時候移動。比起包紮傷口、比起自己的性命……」

最後他選擇對陛下忠誠——香奈男說。

「不知道我爸是從哪裡逃過來的，但回到出生的故鄉遠內，他恐怕察覺死劫難逃了吧。可能會有人追著他過來，一旦他斷氣，寶石絕對會被搶走，遭到變賣。所以……他趁還有一口氣，躲藏起來。」

「躲、躲藏在哪裡？」

益田東張西望。

「龍王池的池底。」

「池……池底？」

「對。祠堂正下方有個橫穴，寶石就在橫穴裡。現下也在那裡……」

「現下也在？」

「就是這麼回事，菅原！」香奈男大喊。「你聽見了嗎？」

一道影子擋住門口。

「聽見了。」

那是個渾身肌肉、眼神不善的男子。

池田站了起來。

益田跳起來，躲到多多良的背後。

多多良不動如山。

美由紀僵在原地。

這個人就是菅原嗎？

「怎會這麼大陣仗？」菅原說。「喂喂喂，居然還有警察。哎，警察先生，我什麼都還沒做，可不能抓我。喂，你就是……川瀨的兒子嗎？」

「我叫香奈男。」

菅原冷哼一聲，「你早就料到我會來？問你一件事……你明知有寶石，為什麼不拿？」

「我對寶石沒興趣。」香奈男說。「也不是沒興趣，我不知道錢能做什麼。因為我一直過得一貧如洗。寶石是嗎？得到那種東西，既沒辦法拿去換錢，也沒靈活運用的腦袋。就算能換錢，也不曉得怎麼花。」

「是喔？這麼清心寡欲。」菅原不屑地說。「你那個老爸啊，無論如何就是要把鑽石還給皇室，怎麼也勸不聽。這樣好嗎？你不想繼承你爸的遺志？」

「不想。」香奈男當下回答。「我是被那種父親養大的，所以多多少少……」

香奈男稍微望向後方。

「陛下是嗎？我多少覺得陛下是尊貴的人物，也有敬仰的心情。可是，報紙上不是登了他跟美國那個司令官站在一起的照片嗎？看到那張照片，我忽然覺得一切都無所謂了。陛下一定是了不起的人、尊貴的人，但就是個人嘛。站在他旁邊的外國人一副不可一世的模樣。為了那種人送命，我覺得實在很蠢。」

「你比你老爸明理多了。」菅原笑道。「要是你爸像你這麼明理，現在我跟你都是錦衣玉食的大富翁了。唉，過去的事再提也沒用。這樣啊，寶石在那座池子底下。」

菅原回望後方。

不知不覺間，蟬鳴籠罩四方。

或許一直在響，但敦子完全沒注意到，蟬彷彿突然鳴叫起來。

「對了，久保田和廣田，還有龜山嗎？他們怎麼會死？我……一直以為是你殺的。」

「我要怎麼殺？不關我的事。我真的什麼都沒做。他們只是單純的溺死吧？大概是想得太簡單了。那座池子又小又清澈，會讓人錯覺比實際上還要淺。他們似乎毫無準備，就直接跳進池子。連衣服也沒脫，可能以為跟公園的池塘沒兩樣吧。可是，那座池子比看上去深太多。腳碰不到底，水仍不停湧出，還會往外沖，非常危險。」

「原來如此。那好吧。」

菅原說著，後退離開門口。

「換句話說，他們是為了拿到池底的寶石，失手溺斃了，是吧？」

應該就是這樣，但……

「是啦，不管泳技再怎麼高明，說到潛水，又是另一回事。游得快和游得久，完全是兩碼子事。遺憾的是，我從小就特別擅長潛水，應該有辦法拿到。要是我拿到……表示我可以拿走吧？」

「喂，你……」

池田往前一步。

「警察先生，不是告訴過您，我什麼都還沒做嗎？」

「不，等一下。對了，七、七年前……」

「要追究那件事，先抓到私賣物資的傢伙吧。他們才是罪大惡極。況且，沒有證據證明我就是搶走寶石的人。只有那個小鬼的說法，還是聽來的，沒有半個證人。光憑他的說詞，沒辦法抓我吧？」

菅原面對著眾人，移動到橋上。

「好了，你們暫時待在那裡，乖乖別動。我呢……事情辦完馬上就走。要是輕舉妄動，小心後悔莫及。」

「喂！」

菅原脫下圓領衫，連褲子也脫掉，只剩兜襠布。他打算跳進池子吧。

「等一下！」

敦子出聲制止。

只能制止了。

香奈男在撒謊。

「搞什麼啊，小姐？該不會要說妳想先下吧？這樣的話，我倒是可以在一旁欣賞。」

「不是的。那裡……應該沒有寶石。」

「什麼？」

「香奈男先生，我沒說錯吧？」

「少唬人了。」菅原說。「亂掰一通拖延時間，也不會有援兵過來。就算來了，也不能怎樣。」

菅原轉身過橋，走到池畔。

臀部上——有刺青。

只有線條，並未上色。

是上方尖起的珠子。

周圍還畫著火焰般的圖案。

「菅原先生，要是下水……你會沒命。」敦子說。「那裡……是禁忌的池塘。」

「禁忌？什麼跟什麼？妳是說，這池子會作祟嗎？哈，笑死人。難不成裡頭有河童？太扯了。」

菅原瞥了敦子一眼，深深吸一口氣……

縱身入池。

「菅原先生！」

池田和美由紀跑過去。

多多良和益田也奔出屋子。

香奈男轉向敦子說：

「我不知道妳是哪位，但妳為什麼要阻止他？隨他去就好了。我不曉得寶石屬於誰、有什麼價值，反正只是漂亮的石頭吧？誰想要就拿去啊，就算物歸原主也沒有意義。要是原主生活困頓，又另當別論，不過原主是不愁吃穿的皇室吧？既然來到這種鬼地方，不惜下水都想得到的話……」

「可是……」

寶石不在池子裡吧？敦子說。

「香奈男先生，你……是直到最近，才從久保田先生那裡得知父親的死訊吧？」

「那又怎樣？」

香奈男跨過地爐，走到前面。

雖然仍帶有幾分稚氣，但他應該已二十一歲。

「久保田先生早就知道川瀨敏男先生——你父親在七年前過世。換句話說，久保田先生知道……帶著寶石逃亡的是你父親嗎？」

「不，不是的。他應該不知道寶石的下落，找到寶石的是我。」

「怎麼找到的？」

「很簡單。那個橫穴只有川瀨家的人才知道，而且……橫穴裡……」

有我媽的屍骨——香奈男說。

「屍骨……」

「對。池田叔叔或許知道，遠內沒有檀那寺。遠內的人不被允許成為寺院的檀家，所以也沒有墓地。」（註）

「這裡沒有墓地嗎？」美由紀問。

「沒有。在這裡過世的人，都是隨便找塊地埋了。從幾百年前就是如此。像是森林之類，埋在各種地方，沒有墓碑。不過，被丟在這裡的人另當別論。」

池田皺起眉頭。

「我媽過世的時候，我還不滿十歲。由於遠內已沒有別人，我根本束手無策。即使想埋葬，我也挖不了洞，於是勉強拖到屋子後面，讓她躺在那裡。我只能做到這樣了。過了兩年左右，我媽的屍體化為骨骸，所以我拿到池邊洗乾淨，埋在屋子後面，唯獨頭骨……」

安放在祠堂底下。

「因為龍王池是遠內最美的地方。」

香奈男望向池子。

「我不懂什麼神聖、清淨，可是覺得池子很美，水從來不曾變得混濁。水是從那橫穴底下湧出，源源不絕。即使在夏季，永遠都沁涼無比。如果當時我不是那麼小，一定會在屍身腐爛以前，把我媽的遺體放進橫穴。我忽然想到，我爸應該會有一樣的念頭，所以……」

「這樣啊。」

原來是這樣。

因為這樣——

「我潛進水裡查看，果然找到了。不出所料，我爸覺悟死期將近，躲進橫穴。只是這樣而已。」

註：江戶幕府賦予寺院管理戶籍的權限，以家族為單位，即為「檀家」。規定從出生、搬遷、嫁娶到死亡，都必須向所屬寺院申報。檀家與寺院的關係延續至今。

「香奈男先生，」敦子提問：「你……究竟是什麼時候知道這件事的？」

「不久之前。」香奈男答道。「是丟了飯碗，回到這裡以後。」

「是嗎？但你七年前回來，就看到血跡了吧？」

「對。可是一般不會想到那種事。又沒有屍體，我以為是我爸受傷回來，又去了別處。那時候我還小嘛。之後，我從久保田先生那裡聽說我爸七年前過世的事，才想到這種可能性，潛進池子裡查看。」

「可是……還是很奇怪啊。」

美由紀插口。

「仔細想想，久保田先生怎會知道你父親過世的事？這非常奇怪吧？」

美由紀站在門外說。

「不奇怪啊。」

「不，這說不過去。一個被推進海裡，遭到衝撞，差點溺斃，因此落入黑道手裡的人，無從知道其他人的下落啊。香奈男先生，你是不是有所隱瞞？」

「你們這些人怎會這麼愛鑽牛角尖？」

香奈男走下泥土地，笑了一下。

他的身軀相當瘦削。

「沒錯，如同那個女孩說的，我省略一些細節。首先是……久保田先生目擊我爸拿著裝寶石的盒子跳進水裡。就在他被推落的前一刻。」

香奈男緩步前行，彷彿在估算時間。敦子受到壓迫，往後退去，離開門口，和美由紀並肩站在一起。

「可是，久保田先生在水裡遭到衝撞時，也看到撞他的人……手裡拿著盒子。」

「這樣不是很奇怪嗎？妨礙久保田先生游泳的，是菅原先生吧？我剛才看到他的屁股上，有個像栗子饅頭的圖案。攻擊久保田先生的，是屁股上有寶珠刺青的人吧？」美由紀追問。

「對，所以久保田先生一直認定陷害他的是我爸，川瀨敏男。然而認識我之後，久保田先生得知川瀨敏男的屁股上沒有什麼刺青。怎麼可能有呢？我爸一直住在這裡，後來就直接進了軍隊。如果是在戰場上刺青，又另當別論。這麼一來，攻擊久保田先生的人……」

是龜山、廣田，還是菅原？

「不管是誰，總之那傢伙在水裡，從我爸手中搶走盒子。」

「這樣啊。」

「不過，這也是當然的。如果寶石在我爸手裡……他對陛下無比忠誠，不可能老老實實地把寶石交給被私利私欲沖昏頭的傢伙，或是怨恨國家的傢伙。如果盒子一開始在我爸手裡，後來落入其他人手裡，中間肯定發生過爭執。所以久保田先生說，要是我爸的屁股上沒有刺青，恐怕已被搶走盒子的人殺死。可是……」

久保田不知道搶走寶石的，到底是龜山、廣田，還是菅原——香奈男說。

「久保田先生深信，唯一可以確定的，就是那個人屁股上有寶珠刺青，也是那個人陷害他，害他失去一隻手。倘若他知道是誰，一定會說出名字，但他是真的不知道。」

「話雖如此……你騙了久保田先生吧？」敦子說。

「我何必騙他？」

「就算不是騙，香奈男先生，你也……並未完全相信久保田先生吧？」

「什麼意思？」

就在此時……

龍王池一陣波動。

但並未激起波濤，或發出水聲。

然後，菅原……背朝上浮出水面。

「快！快點把他撈起來！」

敦子大喊。

池田和益田跑到池邊。敦子和美由紀匆匆過橋，多多良跟上去。

回頭一望，香奈男面無表情，麻木地看著池子。

池田半個身子跳進池裡，把菅原拉到池畔，美由紀、敦子和益田合力將他拖上岸。明明正值盛夏，水卻冰到幾乎要凍僵手。

「溺水了。」多多良騎到菅原身上，按壓他的胸口。

「本、本官來……」

池田接手進行人工呼吸。

反覆幾次後，菅原吐出水，猛吸一口氣……接著，以看怪物般的眼神，看著香奈男。

香奈男毫無霸氣地過橋，在菅原身旁停步。

「你們……救了他。」

「這是理所當然的，香奈男。看到有人溺水，沒有公僕會見死不救。」

「是啊。」香奈男屈身注視菅原，接著問：「底下……有什麼？」

「那、那是……那是……」

菅原牙齒不住打顫。

「那是河童喔。不，是猴子吧？」香奈男說。

「河童！」多多良大叫。「有有有、有河童嗎！」

他探頭看著池子。

「老師，小心掉下去，會溺死的！我們沒辦法把你拖上來，不要亂來！」

益田抓住多多良的背心，制止道。

「菅原先生……你的運氣真好。運氣是抵擋不了的。雖然我……只要你一個就好。」

香奈男這麼說。

「是你刺了我爸嗎？」

菅原抬起充血的雙眼，仰望香奈男。

「你刺了我爸，對吧？你刺死他，搶走寶石，沒錯吧？」

菅原艱難地翻身，嗆咳幾下，總算發出聲音：

「他、他不可能活著。他居然能跑到這種地方，實在難以置信。不可能。那、那傢伙……川瀨那傢伙，明明中了刀，卻繼續游，繼續追我。那、那傢伙太死纏爛打了。他在碼頭上撲向我。我、我害怕起……」

川瀨的眼神。

「他趁我畏縮的瞬間，搶走盒子，所、所以……」

「所以怎樣？你又刺了他嗎？」

「沒錯！」菅原說。「一刀又一刀，我刺了他好幾刀。但那傢伙依然不肯放手，緊抓著盒子，掉進海裡。我找了好久，卻沒找到他，也沒看到盒子。川瀨和寶石都消失了。他不可能還有辦法游泳。他應該死了。那傢伙……」

菅原抱住頭，痙攣呻吟，口角溢出白沫。

「撞到頭了嗎？是腦震盪吧？本、本官揹他下去，久我原有醫院……」

池田留下一句「後面的事就拜託了」，便揹起菅原跑了出去。

「好強壯。」益田說。

「啊，這樣的話，他會得救吧。」

唔，這樣也好嗎？——香奈男說。

蟬唧唧大吵。

草葉嗶嗶搖顫。

香奈男依舊面無表情。

澄澈的池子一片寂然。

「香奈男先生。」

敦子呼喚，香奈男沒有反應，只是注視著清澈的水面。

「香奈男先生。」敦子又呼喚一聲，「池底的河童……是你的父親，川瀨敏男先生……對吧？」

聽到敦子這句話，香奈男總算轉向她，睜大眼睛說：「妳居然猜得到。」

「等等，敦子小姐。」益田開口。「意思是屍體嗎？呃，可是他七年前就死了……那麼，是骸骨嗎？」

「是……屍蠟吧。」敦子回答。

香奈男笑了笑，說「我不知道」。

「我爸維持著和生前一模一樣的姿態，在池子底部的橫穴裡，懷抱我媽的頭骨坐著。現在也是……」

香奈男望向水面。

「什麼是屍蠟？」美由紀問。

「就是蠟啦，蠟。」多多良解釋。「在低溫不會氧化的環境中，屍體的脂肪會皂化，變得像肥皂那樣。一旦變成屍蠟，就不會腐敗，也不會化成骨頭。因為不會乾燥，便不會變成木乃伊。看上去……宛如蠟像。」

「喔，那麼……」

「那是洞穴裡面，池底的橫穴深處……所以非常陰暗吧。不管池水再清澈，也看不清楚。那麼，看起來八成就像活生生的人。」

「哇！」美由紀尖叫。「那、那一定很恐怖……」

美由紀望向水面。

「香奈男先生，那個橫穴有多大？」敦子問。

「高度和寬度都不到一公尺。深度大概兩公尺，裡面深處的頂部要高一些吧。」

敦子不禁想像起來。

潛入冰冷的池水，發現洞穴，探頭望進去。

應該早已死去的男子，以如同生前的模樣坐著。

面對著這裡——

絕對……會嚇得魂飛魄散。

如果在狹小的洞穴裡嚇得後仰，頭頂或後腦可能會撞到洞穴的頂端。不，似乎每個人都撞到了。在這個階段，恐怕就會呼吸困難。

然後……

「原來是這麼回事啊。」益田說。

他應該想到是什麼狀況了吧。

「唔，必定會大吃一驚。倒不如說，在水裡沒辦法憋氣太久，要是受到驚嚇，就會喝到水。一旦陷入恐慌，又撞到腦袋……」

「會溺水。」多多良說。

「你是……刻意這麼安排的吧？」

「天曉得。我不清楚是怎麼回事。喔，在江尻水產工作時，我聽到久保田先生說我爸可能死了……在那之前，我連搶奪寶石的計畫都不知道，不免相當震驚。後來我們都被解僱，久保田先生表示，如果我沒地方去，可以跟他一起去東京。他是個好人。只是，我無論如何都想回來一趟……我剛才說有血跡是真的。我在七年前看到血跡，於是猜想我爸回到這裡，然後死掉了。這是真的，所以……」

結果。

父親。

就在池底。

「所以我前往東京，告訴久保田先生這件事，只是這樣而已。我覺得應該告訴他一聲。不料，久保田先生說，我爸一定是被殺的。不是龜山、廣田，就是菅原下的手，他們當中屁股上有寶珠刺青的那個人就是凶手。我也是這麼猜想，卻查不出到底是誰……我自以為聰明，偷窺廁所什麼的，引起一陣騷動。最後我死了心，回到遠內。」香奈男說。

「回來了？什麼都沒做？」

「沒什麼好做的啊。幸好江尻社長發了一筆……那叫離職金嗎？總之給了我們一筆錢，生活暫時不用愁。」

「那麼，久保田先生為何委託三芳先生仿造寶石？」益田問。

「為了拍照。」敦子說。「大概是要利用照片，探探對方的反應。」

「對方……是指剩下的三人嗎？」

「沒錯。這是假設就像香奈男先生說的，久保田先生真的不知道是誰拿走寶石。如果是川瀨先生拿走的，寶石就會在遠內。但也可能在其他人手中，所以……」

「他試探了他們？」

「比方，他向廣田亮出寶石的照片，說川瀨把寶石藏在故鄉……」

「這樣啊，如果廣田就是搶走寶石的人……」

「可以從反應看出來。」美由紀說。

「廣田在淺草一帶小有名氣，想必很快就能查到他的所在之處。廣田和龜山後來似乎仍有交流，不難得知寶石不在龜山手裡。所以龜山那裡……」

「龜山的住處是我查出來的。為了偷窺。」香奈男說。「我也找到菅原的住處，並告訴久保田先生。對久保田先生來說，寶珠男一樣是他的仇人吧，所以……」

「這樣啊。」

「不過，那些都和我無關。」

應該吧。

「我不知道久保田先生想做什麼。久保田先生只是……」

香奈男指向池子：

「就死在那裡了。」

「咿呀！」益田發出怪叫。「那麼，久保田先生的目的到底是什麼？唔，如果寶石在川瀨先生以外的人手裡，就像這個人說的，對久保田先生來說，那也是他恨之入骨的仇人，可是……」

「貪念啦貪念。」多多良說。「比起恨意，貪念更強，對吧？就是說吧？」

是……這樣嗎？

敦子認為，或許久保田悠介真的想繼承川瀨的遺志，將寶石歸還皇室。當然，也可能只是利慾薰心。但不光益田和仲村幸江，連香奈男都說他是好人。

「某天……」香奈男說道：「喔，從東京回來後，我以此為根據地，在這一帶打零工過活，不料某天回來一看，發現久保田先生死了。喏，就在那邊……東水附近。起初我覺得莫名其妙，驚訝極了，但慢慢察覺是怎麼回事。」

香奈男凝望河面，彷彿那裡仍漂浮著屍體。

「這個人八成是以為寶石在這裡，所以才跑來。他四處尋找，最後跳進池子……」

遭到天譴。

「這麼一想，久保田先生所說的一切，全都變得可疑起來。畢竟嘴上要怎麼說都行，其實我根本沒必要相信他。就像那個女人說的，我並不相信久保田先生。不，不對，我是看到浮在那裡的屍體以後，沒辦法再相信他。可是……我沒騙他。」香奈男說。

應該吧。

至少，久保田悠介似乎是自己跳進偶然形成的圈套。

「說穿了，久保田先生只是想要錢。既然如此，他跟其他人也沒兩樣吧？我是川瀨敏男的兒子，所以他對我撒謊，虛情假意……我漸漸這麼覺得。搞不好他怪罪同夥，裝出被害者的嘴臉，其實是把自己的所作所為賴到同夥身上，殺了我爸的就是他——這樣的念頭閃過腦海，所以……」

「你檢查了他的屁股啊？」益田不禁愕然張口。

「對。為什麼呢？屁股刺青的事，也只是久保田先生這麼說而已。如果那就是他自己，應該不會特地說出來。後來我才想到這一點，但當時不知為何，我覺得非確定不可。不過，什麼都沒有。檢查的時候，我從後褲袋找到那張照片……」

原來香奈男偶然得到寶石的照片嗎？

「我看不懂那是什麼，只知道好像是寶石，於是猜想是以前拍的照片。照片濡濕，而且我沒看過多少照片，無法判別是新是舊。」

「久保田先生的屍體呢？」

「放水流了。他不是遠內的人，不能埋葬在這裡。」

「怎麼不報警？」益田問。「池田巡查不是好人嗎？」

「我有想到池田叔叔，可是我之前試圖偷窺，不太敢去駐在所。豈料，過沒幾天……」

廣田也死了——香奈男說。

「他卡在屋子前面的橋那裡。不，或許我發現的時候，他還沒完全斷氣。可是，比起救他……」

「檢查屁股比較重要嗎？」益田遺憾地說。

「對，我莫名其妙地生起氣。他們會死，就是因為利慾薰心吧？為了那種東西，連命都賠上，不覺得很蠢嗎？我爸也一樣。究竟為什麼送命？為什麼非死不可？」

香奈男一陣激動。

「我爸是誰殺的、凶手是誰，或許對我都不重要了。我沒想過要復仇，只是開始覺得，那些為了寶石，不惜拿性命陪葬的守財奴，死掉是活該。我媽沒東西吃，活活餓死，是我爸害的。為了莫名其妙的使命感，我爸丟了性命。不是為了家人、不是為了孩子，而是為了連見都沒見過的人送死，這到底算什麼？」

但我活著——香奈男說。

「我沒錢，受盡歧視、備受欺凌，但我活著。人是可以活下去的。然而，擁有足夠的經濟能力，可以溫飽的傢伙，還貪圖什麼？久保田先生確實身體有殘缺，丟了工作，不過跟以前的我比起來，好上太多了。而且，淺草的人都很好心。廣田失去家人，或許有著悲慘的過去，卻依然過得十分開心。明明這些人都是可以活下去的……」

為何非死不可？

「為了活下去，沒有什麼是不可缺少的。即便有，也只有一點點而已。追求超出必要的金錢、奢侈、名聲，究竟要做什麼？為了那些東西，連命都不要嗎？我實在不懂。我才是錯的嗎？我真的搞不懂了。」

「然後……你去找了龜山，對吧？這是為什麼？」

「因為我不知道久保田先生有何企圖。我不明白為什麼他們會一個接著一個跑來遠內，想要查出來。由於剩下龜山和菅原，我先去找龜山。不，菅原那裡我去過好幾次，但不管什麼時候去，他都不在，而且那人很可疑。龜山有老婆，看起來過得相當幸福，我以為他不會對寶石有興趣……」

沒想到，他也一樣——香奈男說。

「聽了我的話，他張口結舌、眼睛發亮，問我：『原來久保田說的是真的嗎？』喔，龜山本來不相信久保田先生的話，或者說，他根本不相信久保田先生這個人。他似乎覺得寶石的事無所謂了。久保田先生曾聯絡他工作的地方，但他沒理會。」

那才是對的——香奈男說。

「龜山過得很滿足，根本沒必要來蹚這渾水。可是，我一亮出寶石的照片，他彷彿變了一個人。我說，其實我找到這樣的東西，但不知道是什麼，所以想請教一下，這是值錢的東西嗎？我原本想問久保田先生，可是他已過世……結果龜山追根究柢地打聽地點等細節。他問我什麼，我全都告訴他，僅僅如此。他還向我索討照片，所以我也給他了。」

「那時候你……知道了嗎？」美由紀問。

「知道什麼？」

「久保田先生和廣田為什麼會死。」

「喔……」

香奈男抬頭望天，蟬聲突然止歇。

「我去找龜山的時候，隱約已猜到他們怎會溺死。只是，我不認為那樣做一定會死，也沒有殺人的念頭。」

美由紀露出哀傷的神情。

「看到龜山的反應，我猜他也會來。之後，我又去找菅原，他還是不在家。結果我一次都沒見到菅原，剛才是我們第一次見面。既然他不在家，也沒辦法。於是我直接回來遠內。照片送出去後，我已無事可做。不管龜山來不來，都隨他去吧。我認為就算放著不管，菅原應該也會來。反正久保田先生一定已告訴他。」

「似乎沒有。」敦子說。「久保田先生的確去找過菅原，但我想對方沒理他。」

「怎麼會？」

「不管久保田先生說什麼，因為川瀨先生是菅原親手殺害——雖然實際上並未當場斷氣，總之是菅原親手刺傷川瀨先生的，所以就算聽到寶石在千葉的深山裡，他一下也無法相信吧。你回來以後，龜山似乎去找了菅原，恐怕是在那個階段，菅原才總算相信。」

「是喔？」

每個人都一樣——香奈男對著池子說。

「反正就是想要錢吧。不惜陷害別人、殺害別人，也想要錢。」

接著，香奈男突然回頭：

「這算是設圈套嗎？他們都是自己跑來、自己死掉的，我可沒引誘他們。我什麼也沒說，甚至隱瞞最重要的事。我只撒了一個小謊。至於他們是否會心生歹念，並非我能左右。他們是受到慾望驅使，憑自身的意志找到這裡，然後赴死。這是自作自受吧？雖然只有刺傷我爸的菅原活下來了。」

「或許……不是受到慾望驅使。」

敦子有這種感覺。

「妳認為不是嗎？」

「龜山和菅原似乎發生爭吵。我猜，那時候龜山察覺，可能是菅原傷害或殺害川瀨先生，所以……」

龜山應該是來查證的吧。

「查證什麼？」

「人已死，真相如何，無從得知。但如果遠內有失竊的寶石，或川瀨先生的遺體，就會成為菅原犯罪的證據吧。」

「妳是說……龜山想要舉發嗎？舉發菅原？」

不可能吧——香奈男說。

「這樣他也會被抓。他是共犯啊，竊盜共犯。」

「我認為有些事即使自己會蒙受其害，也無法坐視不管。」

「我……實在難以相信。」香奈男的眼神變得殺氣騰騰。「蒙受其害？別說蒙受其害了，他是想獲取莫大的利益吧？如果他不是那種人，一開始根本不會參與搶劫寶石的行動。我說的不對嗎？哪有可能事到如今才洗心革面？舉發菅原，龜山又有什麼好處？」

沒好處的事，人才不會去做——香奈男忿忿地說。

確實，那也可能是精打細算之後的行動。

然而——

「我認為對於久保田先生和廣田的死，龜山應該心存疑問。或許他察覺到你——香奈男先生復仇的念頭。」

「那樣的話，他就不會過來，反而會逃得遠遠的吧。」

「或許他是來阻止你。」

「什麼？」

香奈男叉開雙腿，瞪著敦子。

「怎麼可能？那個人利慾薰心，想獨占寶石，然後自尋死路。絕對沒錯。龜山也露出那種表情。他看到寶石的照片，開心極了！」

「這種事誰知道！」

美由紀大喊。

「不管一個人是什麼表情，都不可能看出他內心的想法。人家總說我不管遇到什麼事，看起來都像個沒事人，可是，我心裡一點都不是沒事！別人的心情，不是那麼容易懂的。你那種說法，只是一廂情願的認定罷了！」

「不，我知道，我看得出來。人不會那麼容易改變。七年來始終保持沉默的傢伙，事到如今不可能想揭發犯罪。如果他真的想揭發犯罪，早就去自首了。」

「或許他一直在煩惱啊！」

「太可疑了。」

香奈男誇張地搖頭。

「他一直佯裝毫不知情，快樂地過日子，不是嗎？況且，看到寶石的照片，哪有人會萌生那種清高的念頭！」

絕對是萌生貪念了——香奈男以咒罵的口氣說。

「這還用說嗎？他想要錢，絕對是的。我不知道那些寶石值多少錢，但應該足以讓好幾個大人圍攏上來，爭個你死我活。既然如此，他當然也會鬼迷心竅。就是這樣的，哼。」

香奈男踹一下地面。

飛揚的沙土在池面激起漣漪。

「每一個都死要錢。」

「不是那樣的！」多多良語氣強硬。「河童呢，討厭金屬類。雖然愛吃魚和小黃瓜，而且好色，但沒有河童是愛錢的！世上沒有那種河童。河童沒有金錢慾！重誠信，講信用，即使犧牲性命……」

「那麼，我爸果然是河童……」

香奈男無力地說著，頹然跪地，往池畔坐了下去。

「五個人當中，唯一不想要錢的，只有我爸。可是，我爸那個人比守財奴糟糕。他把可笑的傳說當真，為了從未謀面的人去打仗，忠誠地賭上性命，保護寶石……」

就這樣死了。

「那麼……每個人都是河童。」敦子說道。

「什麼意思？」香奈男問。

「久保田先生似乎打算，如果這次能取回寶石，不是拿去變賣，而是要歸還皇室。姑且不論是不是真心，可以確定的是，他這樣對朋友三芳先生說過。那麼，廣田和龜山或許是繼承你父親……」

「不要說了！」

香奈男拔起池邊的草，扔到水面。

「別讓我強調那麼多次。不管發生什麼事，人的本性都不會變。要是有那種善根，七年前根本不會拉攏菅原那種人，一起合謀。妳看到菅原剛才的態度了吧？根本就是個無賴。我是在底層打滾的人，但從沒看過那麼惡劣的傢伙。既然會拉那種人進來，他們每一個都是貪婪的守財奴。我爸是愚蠢的河童，而我……」

是卑賤的河童之子。

真是大快人心啊——香奈男笑道。

「根本沒有那種東西。這裡有的，只有我爸的屍體和我媽的骨頭。只有為了陛下上戰場、為了陛下偷寶石、為了陛下丟掉性命的傻子，和成為那傻子的犧牲品的可悲女人。然而每個人……」

「沒有寶石的盒子嗎？」美由紀問。

「就說沒有了。」香奈男回答。「這就是我唯一撒的謊。沒有那種東西。我只對久保田先生說，我爸的屍體在水裡。他問我有沒有看到寶石盒，我說沒看到。因為我也不知道那是怎樣的盒子。」

「為什麼不說？就是你撒謊，久保田先生才會託人做仿造品，想出某些計畫……」

「跟那沒關係。我又沒說有寶石，只說我沒看到而已，這不算什麼大謊吧？可是，其實沒有。如果寶石裝在照片上的那種木盒子，早就不曉得漂到哪裡。如果盒子在漂流途中破損，寶物早就埋在河底的泥沙裡了！」

「如果沒有盒子，表示你父親早就改變。」美由紀說。

「哪裡改變？」香奈男捶打地面，「少說得一副很懂的樣子！」

「自以為懂的人是你！」

你最好適可而止！——美由紀吼著，氣勢洶洶地站在香奈男面前。

「仔細想一想，你父親在最後一刻選擇了你母親，不是嗎？」

美由紀這麼說。

香奈男一臉懵然地仰望美由紀。

「什麼……意思？」

「你不是說，你父親在水裡抱著你母親的頭骨？」

「對啊，我爸抱著我媽的頭骨……」

「那樣的話，」美由紀站在香奈男的正前方，「屍體是不會動的。人死掉了，就不可能拿起東西。換句話說，你父親還活著的時候，拋下寶石盒，拿起你母親的頭骨，難道不是嗎？」

「咦？」

「除此之外，沒有別的可能。你父親知道，那就是妻子的頭骨。」

「可是，我沒把媽媽的事告訴爸爸……」

「不曉得為什麼，但他就是知道。」美由紀重申一次。「一個受重傷，隨時會死掉的人，為何會進入池底的橫穴？因為要把比性命更重要的東西藏起來——除此之外，沒有別的理由了吧？」

「所以……我爸這麼做了啊。」

「那麼，他應該拿著寶石盒才對吧？」

「這又怎麼了？」

「然而，沒有寶石盒。因為他放手了啊。正因他放手了，寶石盒才會下落不明吧？」

「這……」

「如果是木盒，應該會浮起來。池水不斷湧出，不確實抓緊會被沖走。放手會有什麼後果，小孩子都知道！可是，你父親放手了吧？為什麼？你一直說本性難移、一個人是什麼德行，一眼就看得出來，那你不是應該看出來了嗎？你說，究竟是為什麼？」

美由紀厲聲說著。

「因為洞穴裡有足以讓他放手的理由啊！裡面有比忠誠心和名聲、比寶石更重要的東西。所以，他才會放掉寶石盒，拿起那個東西。那就是……」

你的母親啊！美由紀說。

「不可能有別的解釋。你父親一看到頭骨，立刻察覺那是什麼、怎會在這裡，悟出一切。所以，我不知道是為了忠誠還是一族的名譽，可是比起賭上性命得到的皇室寶石，你父親最後選擇了你母親的遺骨。面臨死亡，你父親更珍惜自己的妻子！」

「爸……」

爸、爸、爸……香奈男不斷呼喚。

「確實，人難以改變……但有些時候，只是相信自己就是這樣、應該是這樣而已。很可能不是真正的本性。我的朋友——還是不算朋友？在我認識的人裡，有人相信自己是惡魔之子，做出許多殘忍的事，最後……被殺掉了。但如今回想，我覺得她是很好的人。」

美由紀不禁哽咽。

「她只是碰上不得不相信自己是惡魔的現實，才硬逼自己相信。若境遇稍有不同，我和她一定能變成好朋友。」

這讓我覺得很寂寞——美由紀說。

「你的父親……會不會也是如此？只是一直努力要自己相信，其實他並不是那樣的人。其他人也一樣。每件事都一口咬定就是如何，根本是乖僻！他是你的父親，做兒子的應該要相信他吧！」

敦子也這麼認為。

「認定自己的父親是河童……真的好嗎？」敦子說。

香奈男哭了。

然後——

川瀨香奈男向總元的駐在所自首。

小山田帶他前往縣警本部，但據交接的比嘉巡查的說法，那位刑警感到十分頭大。說是不知道能以什麼罪名來治罪。即使硬要移送檢調，案子也不太可能成立。又不是河童，沒辦法不經審訊就直接懲罰，這也是當然的。

香奈男犯下的罪行中，唯一確定可以起訴的罪狀，只有偷窺這項輕罪。

池田巡查送去久我原私人醫院的菅原市祐，保住了一命。是池田急救有功。

不過，頭部的撞傷意外嚴重。撞到橫穴的頂端時，似乎造成輕微的腦震盪。據說因此嘴裡沒灌進太多池水，實為大幸。

浮上水面的時候，菅原一度恢復意識，但記憶相當混亂。

清醒之後，他一直處在恐懼中。

沒人告訴他，在池底遇到的究竟是什麼。七年前親手殺死的對象，居然以和生前一模一樣的姿態出現在眼前，要不陷入恐慌，才是不可能的事。

等到可以出院的時候，菅原被逮捕了。

本人主張什麼也沒做，但警方在打撈起來的川瀨敏男遺體上，找到多處生前造成的刺傷，因此菅原蒙上傷害致死的嫌疑。他似乎還有許多罪嫌，據說不管怎樣，一定會依某些罪嫌起訴。

此外——

警方預定在近期，針對疑似盜賣隱匿囤積物資的黑道集團展開調查。與本案有關的案件雖然已超過七年，但既然「接收解除貴金屬及鑽石相關案件」現在仍積極偵辦中，恐怕也不能坐視不管。

川瀨敏男屍蠟化的遺體，將在驗屍之後火化，和妻子的遺骨一同埋葬。

稻場麻佑的祖父——前任校長盡力安排喪葬事宜。

附帶一提。

聽說，池塘深處的祠堂裡是空的。

至於原本就是空的，還是御神體失竊，又或者是因錯陽差漂走，則是不明。

三芳彰仿造的五顆寶石，在久保田悠介下榻的淺草廉價旅店天花板上找到，存放在和照片一樣的木盒裡。

從照片上來看，精美無比，幾乎可以假亂真，但據說看過實物的人，一眼就能辨認出是玻璃珠。不過製作得十分細緻，足以騙過從未看過真鑽石的外行人。

仿造寶石被警方當成證物扣押，但要做為證明什麼的證物，詳情不明。而且，所有權相當微妙。三芳沒能拿到製作費用，但只因東西是他做的，就歸還給他，他應該也無從處置。

不過，聽說三芳領回原本可能當成無親亡者處理的久保田骨灰，放進父母安葬的墓地裡祭拜。

三芳說，因為久保田是他的朋友。

二十天過去。

敦子前往自家附近的柑仔店兒童屋。

她覺得或許會遇到美由紀。

敦子耳聞前些日子，在美由紀就讀的學校出沒的偷窺狂被捕獲了。

不是逮捕，而是捕獲。

令人驚訝的是，在校園徘徊的是真正的猴子——日本猴。

兒童屋像是美由紀的祕密基地。

新學期很快就要開始。敦子估計美由紀差不多要從老家回來宿舍，便過來看看。

不出所料，美由紀就在那裡。

美由紀一看到敦子，立刻伸直纖長的手臂，大大地揮動。

「居然是猴子！」

敦子一走近，吃著袋裝爆米香的美由紀便愉快地說道。

看來，她早已察覺敦子的來意。

「好像是呢。」

敦子說著，在美由紀對面坐下。是很廉價的長板凳。她本來想買些什麼，但沒看到顧店的老闆娘。

「老奶奶不在。」美由紀說。「佛壇的香用完，她出去買了。敦子小姐，要吃點什麼嗎？」

「不好意思，不用了。」

敦子只買一瓶彈珠汽水。

「偷看人人憧憬的瞳學姊的，是一隻餓肚子的猴子。於是，主張河童是猴子的岩手人市成同學占有優勢，但宮崎人的橋本同學堅持猴子就是猴子，小泉同學居間仲裁，我們班陷入河童熱潮……」

根據傳聞，有個住在上馬的男子，打算在過年期間靠耍猴挨家挨戶討賞賺一筆，於是跑到八王子一帶，辛辛苦苦抓到一隻猴子，卻不知道該拿牠怎麼辦，還沒開始調教，就讓牠逃了。

真是件好笑的事。

「那人覺得是無本生意，划算得很，但不可能那麼順利。光是抓猴子就很辛苦了，調教猴子難度應該更高。」敦子說。

「就是說嘛。」美由紀附和。「還要花飼料錢，又不可能養在公寓。那個人被警察狠狠地刮了一頓……」

讓猴子逃走的男子向玉川署報案遺失，但那根本不是寵物，而是野生動物，極有可能危害鄰近居民，警方立刻展開搜索。

一開始，猴子似乎潛伏在駒澤球場周邊的森林，但為了覓食，溜進美由紀的學校，就此定居下來。進入暑假，校園人變少，糧食短缺，於是猴子出來覓食，卻被抓個正著。

「多多良老師很生氣。」

聽到這件事，多多良勝五郎大為憤慨，說外行人才不可能耍什麼猴子，滔滔不絕地講述起耍猴這門技藝在日本的精神歷史。

敦子左耳進右耳出，忘得一乾二淨。

「那位老師真是奇特的人。」美由紀佩服地說。

「是很奇特，但他在各方面都是十分厲害的人，而且無所不知。這麼說來，老師提到什麼河童沒辦法忤逆姓菅原的人……」

實在令人不解。

「香奈男先生會怎麼樣？」美由紀擔心地問。「這次有許多人過世，只能說是不幸。我自以為是地數落一堆，但也能理解香奈男先生的心情。他……會被定什麼罪呢？」

不好說。

「不知道。警方試著找了一下寶石，但一顆都沒找到，想必完全不曉得要從哪裡下手、如何下手吧……」

「夷隅川的水系非常複雜，」美由紀說：「連河童都找不到嘛。」

「就是說啊。或許……」

早已獻給龍神嘍——敦子應道。

（全書完）

主要參考文獻

《鳥山石燕　畫圖百鬼夜行》　高田衛監修／國書刊行會

※

《千葉縣鄉土誌叢刊・千葉縣夷隅郡誌》　夷隅郡公所編／臨川書店
《總元村史》　總元村史編纂委員會
《用眼睛吃東西的日本人　食品樣品誕生史》　野瀨泰申／旭屋出版
《近代日本食文化年表》　小菅桂子／雄山閣
《昭和　兩萬日全紀錄》　講談社
《第五福龍號事件》　第五福龍號事件編輯委員會 編／燒津市
《第五福龍號航海中　比基尼氫爆受災事件及輻射污染漁船六十年紀錄》　第五福龍號和平協會
《縣別河童小事典》　和田寬／河童文庫
《河童的文化誌　明治・大正・昭和篇》　和田寬／岩田書院

解說　Waiting

倒回今昔的時間夾縫中，再度拾起我們遺落的吉光片羽
——談《今昔百鬼拾遺——河童》

（本文涉及小說情節，請自行斟酌閱讀）

自從二〇一二年的外傳短篇集《百鬼夜行——陽》以後，喜愛京極夏彥「百鬼夜行」系列的讀者們便陷入了漫長的等待期，一直到二〇一九年四月，京極才又推出全新的外傳系列「今昔百鬼拾遺」，並且以連續三個月由不同出版社發行一本的方式，一口氣推出了《今昔百鬼拾遺——鬼》、《今昔百鬼拾遺——河童》與《今昔百鬼拾遺——天狗》等三本作品。

不過，這三本讓書迷期待已久的小說會用這種方式誕生，其實全屬意料之外。二〇一八年，講談社、KADOKAWA與新潮社這三間出版社打算各自推出一本京極的小說，甚至就連上市日期也排在了同一天。不過，這件事並非刻意安排，只是由於編務流程及出版計畫的巧合，才因緣際會地造就了這種頗為罕見的情況。

由於京極對書迷得在同一天買下這三部頗為厚重的小說感到不好意思，決定特別撰寫一則短篇，作為送給購買這三本書的讀者特典。

雖然三間出版社都樂於接受這樣的跨社合作，各自的負責人卻也同時向京極表示，希望這則短篇的情節，能夠稍微帶到這三部小說的內容。

這樣的要求使京極陷入了苦惱之中。講談社要出版的，是「百鬼夜行」系列的《鐵鼠之檻》全新硬殼精裝本、KADOKAWA要出版的，則是一本背景設立於現代，情節遊走在謊言與真實間的連作短篇集《虛談》，至於新潮社推出的作品，則是京極以新選組的土方歲三作為主角，頁數超過千頁的長篇時代小說《ヒトごろし》。

由於這三部小說的主題與時代背景均差距頗大，京極難以將其融合為彼此相關的短篇作品，幾經思索後，才決定搬出埋藏在他心中已有將近二十年的概念，也就是使「百鬼夜行」相關外傳總算得以臻至完整的「今昔百鬼拾遺」。

事實上，先前的「百鬼夜行」（註一）、「百器徒然袋」與「今昔續百鬼」等三個外傳系列，其名稱均是引用自江戶時代畫家鳥山石燕的妖怪畫集書名。由於鳥山石燕的妖怪畫集共有四部，按發表順序分別為《畫圖百鬼夜行》、《今昔畫圖續百鬼》、《今昔百鬼拾遺》與《百器徒然袋》，京極其實早在「百器徒然袋」系列之前，便有了要推出四部外傳系列，將鳥山石燕的畫冊名稱全數使用的想法，使得這則並未在計畫之內的短篇，成為了京極總算實現這個概念的契機。

關於「今昔百鬼拾遺」的主角由兩名年輕女性擔任，還有故事的謎團結構等方面，基本上均與京極最初的構想相符，最主要的不同之處，在於為了搭配前述三部小說的相關元素，需要改變原本想作為主題的妖怪種類。

幾經思考後，由於難以找出一個可以完全符合三部小說主題的妖怪，京極這才決定採用三者間的最大公因數，也就是「鬼」，作為這部短篇的題材（註二）。

再度出乎京極意料的是，這篇結合三本小說的元素，既是「百鬼夜行」外傳，謎團與謊言及真實有關，同時還與土方歲三有所牽連的作品，最終竟然成為一部篇幅大可獨立成書的作品，導致《今昔百鬼拾遺——鬼》難以作為那三部小說的特典，若是僅交給其中一間出版社出版，也顯然說不過去的情況，最後他做出乾脆再寫兩本，讓三間出版社各自發行一本的決定。京極就這麼意外實踐了醞釀多年的創作構思，也讓早已望穿秋水的讀者們得以一償宿願，迎來連番現身的三本「今昔百鬼拾遺」小說。

至於你手上的這本《今昔百鬼拾遺——河童》，正是三部作品中的第二部，故事風格也正如前作《今昔百鬼拾遺——鬼》，在中禪寺敦子與吳美由紀兩名主角的帶領下，展現出與本傳系列截然不同的明快特質。

如果你曾讀過「百鬼夜行」本傳系列，就會知道這套將背景設立於一九五〇年代前期的小說，極為巧妙地勾勒出了一幅時代交替，既是黎明也是黃昏的幽微光景，透過依舊存於人心當中的妖怪傳說，以及快速席捲而來的現代科技浪潮，帶領讀者置身於理性與非理性間的奇異地帶，一切總是顯得混沌不明。

註一：此處的「百鬼夜行」系列所指的是包含《百鬼夜行——陰》與《百鬼夜行——陽》這兩本於書名上直接使用「百鬼夜行」四字的短篇外傳，與從《姑獲鳥之夏》開始，並未於書名上標註「百鬼夜行」四字的本傳系列不同。

註二：這個決定也讓京極為了整體的一致性，把「今昔百鬼拾遺」系列中使用的妖怪全都改為「河童」、「天狗」之類，與「鬼」同樣具有較高知名度的選擇。

清，一直要到小說最後，才藉由真相的揭曉，驅除整則故事中的瀰漫霧氣，世界變得清朗起來。

不過，雖然「今昔百鬼拾遺」的故事背景處於相同的時間點，但由於兩名主角的年齡設定，本系列的氛圍變得明亮輕快許多，兩名主角的觀點及思維大多凝視著未來的方向，較少駐足於她們未曾參與的過去之中。

之前，京極曾在正傳系列裡提及一些像是NHK開台的事件，藉此強調社會現代化的快速腳步。而在《今昔百鬼拾遺——河童》中，他則提及美國進行氫彈試爆，導致日本漁船暴露於放射塵中的「第五福龍丸事件」（註），甚至進一步提及日本自那時開始核能解禁，朝核電廠這類設施，開啟研究核能非武器用途的全新方向。而在那個短短的片段中，京極透過角色對於核能的思考，暗示他對福島核災的部分想法，讓本作在這類細節方面，具有一種更加面向未來的視野。

在《今昔百鬼拾遺——河童》裡，過往的妖怪傳說，已不再置身於濃稠黏膩的一團漆黑中，因此在妖怪的「今」與「昔」之間，有了更明確的區別，甚至在全書開首的地方，成為一種年輕學子們的閒聊話題，讓這則不像本傳系列那麼複雜難解的輕快故事，確實在同一個世界觀底下，使「拾遺」這樣的名稱顯得無比貼切。既能讓忠實書迷讀得開心，也意外適合作為從未接觸過本系列的讀者踏入「百鬼夜行」世界的入門之作。

事實上，綜觀全書來看，像是這種今昔之間的對照，也確實散布在各個不同的層面當中。

就以河童的形象來說，京極便透過書中的屢次討論，展現出那個妖怪形象才剛要被定型下來的短暫時刻。藉由日本各地對河童形象的不同描述，讓我們察覺對當時許多人而言，河童究竟是不是綠色，頭上是否有像禿頭般的盤子，其實都還是一個各說各話的狀態。

只是，在那個電視與印刷技術均飛快進步的年代，像是節目、書籍，甚至是零食包裝袋這些開始在全日本迅速傳播的媒介，使各地對同一妖怪的不同詮釋，在短短時間內便面臨被取而代之的情況，因此也使得那個在今昔之間遭人遺落的光景，就這麼被京極透過故事給拾了起來，呈現於讀者眼前。

甚至書中案件的構成核心，同樣是一種由於不同時代觀點導致的衝突而成，讓舊有的傳統精神意外化為妖異的存在，成為實質的駭人機關，懲罰著那些眼中僅有一已之私的惡人們。這則故事的謎團與真相，也成為一種具有諷刺意味，遊走在忠君愛國與個人情感間的時代悲歌。

倒回今昔的時間夾縫之中，用不同的角度，拾起那些我們一度遺落的吉光片羽。這，就是京極透過「今昔百鬼拾遺」系列，再度為我們做到的事。

註：附帶一提，第五福龍丸事件也是電影《哥吉拉》的主要靈感來源，就此催生了另一個屬於新時代的日本經典怪物。而《哥吉拉》的上映年份與本書的背景一樣均為一九五四年，時間則是書中故事結束不久的三、四個月後。

作者簡介——

Waiting，本名劉韋廷，曾獲某文學獎，譯有某些小說，曾為某流行媒體總編輯，近日常以「出前一廷」之名於部分媒體撰寫電影相關文章。個人FB粉絲頁：史蒂芬金銀銅鐵席格

京極夏彥作品集24——今昔百鬼拾遺——河童

原著書名：今昔百鬼拾遺　河童
作者：京極夏彥
翻譯：王華懋
責任編輯：陳盈竹
行銷業務：徐慧芬、陳紫晴
編輯總監：劉麗真
總經理：陳逸瑛
榮譽社長：詹宏志
發行人：涂玉雲

出版社：獨步文化
城邦文化事業股份有限公司
104台北市中山區民生東路二段141號5樓
電話：(02) 2500-7696　傳真：(02) 2500-1967

發行：英屬蓋曼群島商家庭傳媒股份有限公司城邦分公司
104台北市中山區民生東路二段141號2樓

網址：www.cite.com.tw
讀者服務專線：(02) 2500-7718；2500-7719
服務時間：週一至週五：09:30～12:00　13:30～17:00
24小時傳真服務：(02) 2500-1900；2500-1991
讀者服務信箱 E-mail：service@readingclub.com.tw
劃撥帳號：19863813
戶名：書虫股份有限公司

香港發行所：城邦（香港）出版集團有限公司
香港灣仔駱克灣道193號東超商業中心1樓
電話：(852) 2508-6231　傳真：(852) 2578-9337
城邦（馬新）出版集團 Cite (M) Sdn Bhd
41, Jalan Radin Anum, Bandar Baru Sri Petaling,
57000 Kuala Lumpur, Malaysia.
Tel: (603) 90578822　Fax:(603) 90576622　email:cite@cite.com.my

封面設計：高偉哲
排版：游淑萍
印刷：中原造像股份有限公司
2021年（民110）3月初版
售價399元

KONJAKU HYAKKI SHUI KAPPA
by KYOGOKU Natsuhiko

國家圖書館出版品預行編目資料

今昔百鬼拾遺——河童／京極夏彥著；王華懋譯. -- 初版. - 臺北市：獨步文化, 城邦文化出版：家庭傳媒城邦分公司發行，民110, 3
面；　公分. --（京極夏彥作品集；24）
譯自：今昔百鬼拾遺　河童
ISBN 978-986-99810-7-1（平裝）

861.57　　109021416

獨步文化 APEX PRESS

廣告回函
北區郵政管理登記證
台北廣字第000791號
郵資已付，免貼郵票

104台北市民生東路二段 141 號 2 樓

英屬蓋曼群島商家庭傳媒股份有限公司
城邦分公司

請沿虛線對摺，謝謝！

獨步文化 APEX PRESS

書號：1UH024	**書名**：今昔百鬼拾遺——河童	**編碼**：

請於此處用膠水黏貼

獨步文化 APEX PRESS

讀者回函卡

謝謝您購買我們出版的書籍！
請費心填寫此回函卡，我們將不定期寄上城邦集團最新的出版訊息。

姓名：＿＿＿＿＿＿＿＿＿＿ 性別：□男 □女

生日：西元＿＿＿＿年＿＿＿＿月＿＿＿＿日

地址：＿＿＿＿＿＿＿＿＿＿＿＿＿＿＿＿＿＿＿＿

聯絡電話：＿＿＿＿＿＿＿＿ 傳真：＿＿＿＿＿＿＿＿

E-mail：＿＿＿＿＿＿＿＿＿＿＿＿＿＿＿＿＿＿＿＿

學歷：□1.小學 □2.國中 □3.高中 □4.大專 □5.研究所以上

職業：□1.學生 □2.軍公教 □3.服務 □4.金融 □5.製造 □6.資訊
□7.傳播 □8.自由業 □9.農漁牧 □10.家管 □11.退休
□12.其他＿＿＿＿＿＿＿＿＿＿＿＿＿＿

您從何種方式得知本書消息？
□1.書店 □2.網路 □3.報紙 □4.雜誌 □5.廣播 □6.電視
□7.親友推薦 □8.其他＿＿＿＿＿＿＿＿＿＿

您通常以何種方式購書？
□1.書店 □2.網路 □3.傳真訂購 □4.郵局劃撥 □5.其他

您喜歡閱讀哪些類別的書籍？
□1.財經商業 □2.自然科學 □3.歷史 □4.法律 □5.文學
□6.休閒旅遊 □7.小說 □8.人物傳記 □9.生活、勵志 □10.其他

對我們的建議：＿＿＿＿＿＿＿＿＿＿＿＿＿＿＿＿
＿＿＿＿＿＿＿＿＿＿＿＿＿＿＿＿
＿＿＿＿＿＿＿＿＿＿＿＿＿＿＿＿

為提供訂購、行銷、客戶管理或其他合於營業登記項目或章程所定業務需要之目的，家庭傳媒集團（即英屬蓋曼群島商家庭傳媒股份有限公司城邦分公司、城邦文化事業股份有限公司、書虫股份有限公司、墨刻出版股份有限公司、城邦原創股份有限公司），於本集團之營運期間及地區內，將以mail、傳真、電話、簡訊、郵寄或其他公告方式利用您提供之資料（資料類別：C001、C002、C003、C011等）。利用對象除本集團外，亦可能包括相關服務的協力機構。如您有依個資法第三條或其他需服務之處，得洽詢本公司服務信箱cite_apexpress@cite.com.tw請求協助。相關資料不提供亦不影響您的權益。

□我已詳讀權利義務之相關條款，並同意遵守。

請於此處用膠水黏貼